Johan Jonsson

Strandänkan

© Johan Jonsson 2024
Förlag: BoD – Books on Demand, Stockholm, Sverige
Tryck: BoD – Books on Demand, Norderstedt, Tyskland
ISBN: 978-91-8057-673-4

Min mormor brukade ofta säga att livet bara är en lek, att man inte ska ta allting så allvarligt. Jag brukar ofta tänka på detta, men för mig har livet inte varit någon lek - tvärtom. Att växa upp som tonåring på Utö under andra världskriget var långt ifrån en lek. Det var fattigt, skolan var tuff och det var krig i Europa. Det var jobbigt att träda in i vuxenlivet, men också spännande. Allt vad jag kände till fram tills jag blev tonåring fanns på Utö, men sedan började det hända saker. Min kropp och mina hormoner förändrades och ibland kände jag inte igen mig själv. Att det fanns en helt ny spännande värld utanför Utö var en stor vändpunkt för mig. Jag visste ingenting om vare sig kärlek eller förälskelse, men när jag träffade Erik förändrades allt.

Karin

Kapitel 1

Utö, 18 maj 1940

Det är två veckor kvar på vårterminen och nedräkningen till examen har börjat på allvar. Skolavslutningen är nästan det enda eleverna på skolan pratar om. De yngre barnen pratar om vad de skulle göra under sommarlovet medan de äldre om vad de ska göra nu när de inte längre hade någon skola att behöva gå till. De vuxna pratar nästan uteslutande om kriget som pågick runtom i Europa och om vad Tysklands diktator Adolf Hitler ska hitta på härnäst. För bara en dryg månad sedan hade Tyskland ockuperat både Norge och Danmark. I Sverige var alla på helspänn och det var stor oro överallt i landet. Socialdemokraterna med Per-Albin Hansson i spets kämpar för att hålla Sverige neutralt, men pressas att göra eftergifter för tyskarna som kräver att få transportera material över till Norge via svenskt territorium. Dessutom hade Sverige skickat både materiel och svenska soldater till Finland året innan.

På ön Utö i Stockholms södra skärgård strax utanför Nynäshamn, är sommarens alla vackra blommor redan i full blom. Sommaren och värmen kom tidigt detta år.

Dofterna av syren kan kännas nästan överallt på ön, men särskilt längs vägen mellan skolan och kyrkan och ända bort till Gula villan. Måsarnas hesa skrik ekar mellan bodarna nere i hamnen i Gruvbyn.

För Karin Lewin är skolan bara ett nödvändigt ont som man är tvungen att gå igenom, vare sig man vill eller inte. För henne är skolan som en iskall och stenhård kedja som har hållit henne fast i flera år men nu är det bara några veckor kvar tills kedjan äntligen skulle lossna från hennes kropp. Därefter var hon fri att göra vad hon ville, sedan var man vuxen. Men lika mycket som hon längtade tills dagen då hon slutade skolan för gott, lika mycket oroade hon sig för hur hon skulle klara av allt. Det var snart det började - vuxenlivet.

Hennes far, Thor Lewin, både räknade med och hoppades på att hon skulle hitta en pålitlig karl att gifta sig med inom rimlig tid. Allra helst ville han såklart att hon skulle gifta sig med sonen till öns rikaste man som gick i samma klass som Karin, Sune Vilhelmsson. Han var son till Harald Vilhelmsson som var öns mest välbärgade person som ägde ett flertal fastigheter både på Utö och i Nynäshamn med omnejd. Det rådde ingen som helst tvekan om att han också ägde det flottaste huset på ön. Ända sedan Karin kom in i tonåren hade hennes far kommit med gliringar om att han tyckte hon och Sune skulle passa bra som ett par. Karin var dock inte lika förtjust i den tanken. Även hon förstod ju att hon skulle säkra sin framtid genom att gifta sig in i släkten Vilhelmsson, men hjärtat sa en helt annan sak. Att bli hemmafru åt Sune Vilhelmsson här på Utö resten av sitt liv gav henne rysningar. Karin ville helst av allt bort från den här ön så småningom. Flytta in till Nynäshamn kanske. Eller kanske till och med Stockholm? Tänk att få utbilda sig till något fint inne i Stockholm! Så småningom, tänker hon. Först jobba ett par år på värdshuset på Utö hos sin far, för att tjäna ihop lite pengar.

– Karin!

Hon hoppar till när magister Tryggve Lennartsson påkallar hennes uppmärksamhet med bestämd ton.

– Sitter Karin och dagdrömmer nu igen? Kan hon inte försöka skärpa till sig de få dagarna som är kvar på terminen? säger han strängt och blänger på henne.

– Jag ber om ursäkt, magistern. Jag bara…

– Bara sitter och fantiserar? avbryter han. Tänk om Karin fantiserade lika mycket på skolarbetet som på pojkar, då skulle betygen vara riktigt bra, säger Lennartsson bistert. Ett lågt fnitter hörs i det lilla klassrummet som inhyser samtliga öns fjorton elever i olika åldrar. Karin tittar ner i bänken och blir röd om kinderna.

Hennes bästa kompis Astrid tänker på precis samma sak som Karin, det vill säga vad som kommer att ske på lördag. För första gången har Karin fått lov att åka in till Nynäshamn själv - utan sin far den här gången. Det var inte utan att hon kände sig vuxen när han gav henne tillåtelse att åka in till stan för att gå på dans på stadshotellet. Men hon var tvungen att lova att hålla ihop med Astrid hela kvällen, särskilt när de skulle ta färjan hem igen på kvällen. Hon hade lovat dyrt och heligt att så också skulle ske och hon hade heller inga andra tankar. Hon hade dessutom blivit förmanad att om mot all förmodan flyglarmet skulle ljuda, så skulle hon snabbast möjligt ta sig hem till faster Inga-Lisa ute på Trehörningen i Nynäshamn och stanna där tills Thor kom och hämtade henne. Hon lovade även detta, utan några invändningar. Hon hade nog kunnat lova vad som helst så länge han bara gick med på att hon skulle få åka in på dansen på lördag. Thor var nöjd med att även Sune och hans bäste vän Uno också skulle till hotellet. Egentligen är det artonårsgräns på hotellet, men Sunes far Harald hade affärer med hotellets ägare, och han lovade att inträdet för de fyra sextonåringarna inte skulle bli några som helst problem. Harald kanske också tänkte att hans son och kompis skulle skydda tjejerna mot eventuella slödder och bråkstakar. En viss förhoppning hade han såklart även att hans son och Karin äntligen skulle fatta tycke för varandra där på hotellet. Men för Karin existerade grabbarna i klassen knappt. I veckor hade tjejerna fantiserat om hur det skulle vara inne på hotellet. Om vilka killar som skulle vara där och hur det skulle vara att få höra en riktig orkester spela. Om de skulle få se fulla människor där. Karin hade aldrig sett någon full människa förut. På värdshuset brukade Thor beskriva en del gäster som "glada i hågen" och "salongsberusade" men aldrig "full." Skulle någon kanske till och med bjuda upp till dans på lördag? Hon fick fullt av fjärilar i magen av bara tanken. Hennes självförtroende var långt ifrån på topp och hon tvivlade på om någon kille skulle tycka hon var tillräckligt vacker för att bjudas upp. Än så länge var hon omedveten om att hon var den sötaste tonåringen på ön, trots att Astrid brukade påpeka det och trots att Sune alltid brukade larva sig och fåna sig inför henne. Ännu hade hon inte förstått att det var på det sättet som killar betedde sig på när de var intresserade av någon.

Varken hon eller Astrid visste hur man dansade, men de hade hittat en bok i skolan om olika sorters dans och på kvällarna övade de tillsammans i Astrids rum. Jazzen som hade dominerat länge verkar vara på väg ut, hade de hört. I stället var det swingen som var det senaste enligt löpsedlarna. Hennes far brukade tala illa om de så kallade swingpjattarna. Dessa var tydligen "kärringar i herr-kostym" enligt honom och var ingenting att hänga i granen. Karin kunde inte förstå hur Thor kunde känna sådan avsky till dessa pojkar, men ju mer han talade illa om dem desto mer nyfiken blev hon.

Karin och Astrid brukade turas om vem som skulle leda dansen. Övningarna brukade oftast bli snudd på kaos och nästan alltid slutade det med att båda låg på golvet och tjöt av skratt.

Äntligen var skolans lektioner slut och det var dags att gå hem. Hem och laga mat till småbröderna och sedan gå upp till Thor på värdshuset och hjälpa honom med det sista i restaurangköket innan det var dags att gå hem igen och göra sig i ordning för kvällen. Samma visa i princip varje dag. Allt sedan deras mor Maj dog i cancer för tre år sedan hade Karin fått ta det största ansvaret i hemmet. Städa, diska, laga mat och se till att bröderna kom i tid till skolan på morgnarna. Dessutom behövde hon titta till sin gamla mormor Esther uppe i hennes stuga varje dag. Stugan ligger bara några hundra meter in mot mitten av ön på en liten höjd. "Heliga Esther" som hon ibland kallades var född och uppvuxen i stugan. Hon var gammal och skröplig och klarade inte av alla sina sysslor själv, även om hon var väldigt envis. De senaste vintrarna hade hon tillbringat de kallaste nätterna inne i hos Lewins då hennes egen stuga var alldeles för kall, oisolerad som den var. Den enda tillgängliga platsen i huset var i köket och där fick hon tillbringa den mesta av tiden i bäddsoffan.

Thor gjorde så gott han kunde. Mestadelen av hans vakna tid gick åt att försöka driva värdshuset som knappt gick runt. Det var tuffa tider, men han försökte att inte klaga alltför mycket. Vem vågade förresten klaga på småsaker när kriget låg för dörren?

Karin var precis på väg ut ur klassrummet när magister Lennartsson ropade på henne.

– Karin! Karin, är ni snäll och stannar kvar ett par minuter? undrar han med låg men ändå bestämd röst.

– Javisst, magistern. Olle och Gunnar, gå hem före ni så kommer jag så fort jag kan! ropar hon till sina bröder.

Åh, vad vill magistern nu då? Tänker han skälla på mig för att jag satt och dagdrömde nu igen? Jag orkar inte få skäll av honom igen. Bara han inte nämner något till far.

Med tveksamma steg går hon fram till magister Lennartsson som sitter vid sin kateder och ser på henne. Alla de andra eleverna har nu lämnat klassrummet. Hans blick synar henne långsamt uppifrån och ner och sedan upp till ögonen igen. En stark känsla av obehag far fram i Karin, som sväljer hårt.

– Ville magistern något? undrar hon försiktigt. Återigen ler han överdrivet mycket, så där som han brukar göra ibland utan någon särskild anledning.

– Säg Karin, är det inte så att ni fyller sexton snart?

– Ja det stämmer. I juli, säger Karin försynt.

– Hehe, ja då kanske det snart är dags att kalla er fröken Lewin i stället för Karin? För ni är ju snart unga damen, inte sant?

– Magistern får gärna kalla mig Karin, det går bra.

– Vad tycker ni om att gå i skolan egentligen? Jag ser ju att era tankar ofta är någon helt annanstans. Eller hur?

– Ja, det kan väl hända, säger Karin tvekande och blir osäker på vad magistern vill mena med det. Han tar ett stadigt tag om hennes ena hand och håller den med ett bestämt grepp.

– Jag förstår mycket väl att det är lätt att tankarna far i väg åt något helt annat håll än just skolan, särskilt nu när ni bara har några dagar kvar av skoltiden. Karin kanske till och med tänker på pojkar? Det är fullkomligt normalt i er ålder. Ni förstår, skolan är det allra viktigaste Karin har att tänka på nu. Men för att bli någonting här i världen så är det ju viktigt att man får bra betyg. Några av dina betyg ligger precis på gränsen nu. Av förra terminens betyg att döma så är ju inte Karin den skarpaste kniven i lådan, om jag säger så, suckar magister Lennartsson.

– Men jag vet ju att du innerst inne kan mer än vad du visar. Och ditt dagdrömmande under lektionerna gör ju inte saken bättre. För Karin vill väl ha bra betyg, inte sant? säger Lennartsson och spänner ögonen i henne. Hans vänliga leende är nu borta och han ser sträng ut. Karin ser förvånat på magistern.

– Men jag trodde att jag låg ganska bra till?

Hon gör ett försök att dra undan sin hand ur hans, men han håller kvar den i ett hårt grepp. Sakta smeker han sin tumme över hennes hand. Karin känner hur paniken smyger sig allt närmare och hon får lust att skrika men lyckas låta bli. Lennartsson tar en överdrivet djup suck och pausar för ett ögonblick innan han fortsätter.

– Vad tror du din far skulle säga om du fick underkänt i något ämne? Eller i underkänt i uppförande, med tanke på ert dagdrömmeri? undrar Lennartsson. Hon ryser till längs hela ryggraden när hon hör vad magistern säger. Skulle hon få underkänt i uppförande? Hon som har alltid skött sig exemplariskt? Lennartssons blick växlar hela tiden mellan hennes ögon och hennes bröst.

– Det finns fortfarande en chans för er att säkra era betyg. Förstår Karin vad jag menar?

– Jag… jag vet inte riktigt, stammar Karin.

– Vi skulle kunna… umgås Karin och jag. Jag skulle gärna… vilja se hur ni ser ut under er skoluniform. Jag behöver se så att ni har utvecklats som ni ska under er pubertet, förstår ni. Så att ni inte lider av vitaminbrist. Sådant ser jag, förstår ni. Jag ser ju att… att ni har vuxit på vissa ställen av kroppen, säger han med glansiga ögon.

Han fuktar läpparna med tungan medan han ser henne djupt i ögonen.

Båda flämtar kraftigt. Han av kåthet och hon av avsky.

– Va?! Vad är det magistern säger?!

– Det jag säger är att... vi kulle kunna ha en hemlighet ihop, Karin och jag. Ingen skulle någonsin behöva få veta. Vi gör detta naturligtvis för era betygs skull. Alltså... Karin vet ju att jag lever ensam och har gjort så hela mitt liv. Och vi män vi har... vissa behov förstår ni. Och som vuxen man behöver man ibland få utlopp för dessa känslor... låt oss kalla det vuxenkänslor, om Karin förstår vad jag menar? Karin skulle kunna hjälpa mig med dessa behov. Skulle det inte kännas bra att få hjälpa sin magister?

– Jo, men jag förstår nog i alla fall inte riktigt. Kan magistern vara så vänlig och släppa min hand, magistern gör illa mig! flämtar Karin förtvivlat och försöker dra sig loss.

– Om Karin hjälper mig så hjälper jag Karin med betygen. Skulle det inte kunna vara en bra och fin överenskommelse? fortsätter Lennartsson. Flämtande lyckas Karin till slut slita loss sin hand från Lennartssons svettiga hand och hon springer ut från klassrummet och vidare längs grusvägen som leder hem till sitt hus. På håll hör hon hur magister Lennartsson ropar efter henne.

– Vi säger ingenting om det här, va? Karin! Fröken Lewin?! Tänk på era betyg! Tänk på vad som står på spel! ropar Lennartsson med desperation i rösten.

Karin hör knappt vad han ropar efter henne, men hon bryr sig inte. Tårarna rinner längs kinderna och hon vill bara komma hem till tryggheten i sin säng nu.

Kapitel 2

Utö, 18 maj 1940

Efter några minuter har den värsta chocken lagt sig. Karin torkar sina tårar med baksidan av händerna. Hon har slutat springa nu men går i rask takt i riktning mot sitt hem. En bit längre fram ser hon sina småbröder och försöker gå ifatt dem. Hon har svårt att ta in vad som nyss hände och mår dåligt.

Ville magister Lennartsson ha sex med mig så att jag kunde vara säker på att inte få underkänt? Herregud! Vilken snuskhummer! Det kunde jag aldrig tro om honom. Han som alltid varit vänlig och hjälpsam i alla år som jag har gått i skolan, och helt plötsligt har han sådana tankar! Har han stått klassrummet och sneglat på mig i smyg med snusk i tankarna under flera år? Vad ska jag ta mig till nu? Tänker han inte ge mig godkända betyg nu? Ska jag berätta för far om vad som har hänt?

Tankarna fullkomligt snurrar i huvudet på Karin medan hon går längs grusvägen. De vuxnas sätt att vara skrämmer henne mer och mer ju äldre hon blir. Hon är inget barn längre utan på väg att bli vuxen, det vet hon. Hon börjar inse alltmer att världen inte är så oskyldig som hon tidigare trott. Fram tills för bara några år sedan trodde hon inget annat fanns än världen här på Utö, men det är annorlunda nu och hennes nyfikenhet att utforska fastlandet växer för varje dag som går. Hon har aldrig varit i Stockholm till exempel. Dit skulle hon så gärna vilja åka en dag. Inne på fastlandet i Nynäshamn har hon varit flera gånger med sina föräldrar och handlat mat, men så mycket längre bort än så har hon ännu inte varit från sitt hem. Än så länge. Hur ser det ut om man fortsätter på vägen som går från Nynäshamn? Är det bara skog ända tills man kommer till Stockholm? Borde det inte finnas massa bondgårdar överallt mellan städerna? Hon vet inte men hon misstänker det. Hon och Astrid brukar ligga och fantisera om vad de skulle göra om de åkte in till Stockholm någon gång. Hon hade hört talas om alla teatrar, höga byggnader, utelivet med mera. Allt detta skulle hon så gärna vilja uppleva med egna ögon. Men hur undviker man allt negativt som finns? Hon tänker främst på kriget som härjar i Europa men även alla orättvisor, alla människor med onda tankar, fattigdom med mera.

Hon torkar bort tårarna ännu en gång precis innan hon kommer i kapp sina syskon och hon försöker låtsas som att allt är som vanligt. Hon tänker bete sig precis som vanligt under resten av kvällen, laga mat åt sina småbröder, städa och hjälpa dem med sina läxor. Sedan ska hon skynda upp en stund till Thor och hjälpa till med disken, precis som vanligt. Men innan hon går dit måste hon bara gå förbi Astrid och berätta om magister Lennartsson.

Karin tränger sig emellan sina småbröder och lägger armarna om dem.

– Hur har ni haft det i skolan idag, pojkar?

– Bra. Vi har fått läxor av magister Lennartsson, säger Gunnar och suckar.

– Är det matematik som vanligt?

– Mm. Jag hatar matte, det är så svårt och jag fattar knappt någonting, säger han surt och sparkar på en sten.

– Ingen fara, jag ska hjälpa dig med det ikväll.

Gunnar är den äldste av Karins småbröder och är tolv år. Han växer så det knakar och är nästan lika lång som Karin nu. Thor har börjat ge honom alltmer ansvar för hemmet. Ibland hjälper han till och bäddar sängar uppe på värdshuset när Thor behöver extra hjälp och för det brukar han få en liten slant. Denna sommar har Thor till och med lovat honom sommarjobb med betalning. Han ska få bädda sängar och dammsuga är det sagt. Eventuellt ta hand om disken.

De är strax framme vid deras lilla hus som ligger i utkanten av Gruvbyn, det största samhället på ön. Huset är enkelt och i ganska dåligt skick och Karin hatar det. Det är trångt och det är lågt till tak, det drar när det blåser om höstarna och det håller värmen dåligt om vintrarna. Allra värst är det att ta sig till utedasset om vintrarna och hon kan inte fatta varför man byggde dasset så långt är ifrån huset. Om vintrarna fryser hon rumpan av sig och om somrarna är det stekhett och fullt av flugor där. Karin önskar att de hade haft en riktig toalett, en sådan där med vatten tillkopplat som man bara kunde dra i ett snöre så spolar den. Vilhelmssons hade en sådan. Sune hade visat henne den en gång för ett par år sedan när de var där och hon blev mäkta imponerad. Förra året lagade hennes far en läcka på taket, men helt tätt är det inte ännu. När hon klagar om huset brukar Thor bli arg och säga att han inte har pengar att renovera huset. Hon är den fjärde generationen Lewin som bor i det nu, har hon fått berättat för sig. Förhoppningsvis den sista, brukar hon tänka.

De kommer in på tomten och Karin tar fram husnyckeln som ligger under en blomkruka som står på farstubron och hon låser upp ytterdörren. Inte för att det finns något särskilt av värde för en tjuv där inne, men ändå. Det enda som finns av värde är hennes älskade mammas vigselring, men den ligger väl gömd under en planka i golvet. Guldringen som har en liten diamantring på toppen är det enda som Karin ville ha kvar efter sin mors bortgång. Alla gamla kläder ville hon att Thor skulle slänga. De skulle bara göra henne påmind om sin mor och göra henne ledsen. Thor hade lagt undan några örhängen av silver som grabbarna skulle få ärva en vacker dag och förhoppningsvis skulle de öka i värde.

Mitt på köksbordet står en genomskinlig vas med några kvistar av blå syren i. Karin tvivlade starkt på att Thor ens hade lagt märke till att det fanns blommor på bordet, men blå syren hade varit Majs favorit. När hon sluter ögonen kan hon se sin mor framför sig stå lutad över köksbordet och dra in ett djupt andetag från dofterna av färska syrenkvistar. Det gjorde henne både ledsen och glad på samma gång. Vissa dagar var saknaden extra stor. Som idag till exempel. Hon hade verkligen behövt sin mors goda råd just nu. Hennes magister hade gjort obehagliga närmanden mot henne och hon behövde både tröst och råd en dag som denna. Men trösten skulle hon i stället hämta från bästa vännen Astrid lite senare under kvällen.

Karin visste att inom vilken minut som helst skulle Gunnar börja jämra sig och fråga när maten är klar, så det var lika bra att börja med detsamma. Ibland hände det att det blev mat över från värdshuset som Thor tog med hem, men det var länge sedan det senast hände. Det var tur att alla i familjen tyckte om strömming och potatis för det var vad som oftast stod på menyn och så även denna dag.

När maten var uppäten och Gunnars läxa var gjord var det så äntligen Karins tur att få lite egentid. Medan småbröderna går ut och leker på tomten passar hon på att gå förbi hemma hos Astrid som bor bara några hus längre bort. Medan hon går, funderar hon på vad som hände efter skolan med magistern. Kan hon möjligtvis ha fattat fel? Är det kanske ett missförstånd alltihop? När hon sluter ögonen kan se sin magister framför sig stå och undervisa framför svarta tavlan. I flera år har han ju undervisat henne ända sedan första klass och aldrig har hon tänkt att den något stränge men ändå rättvise gamle magistern skulle vara en snuskhummer förrän just idag. Hon knackar på hos familjen Pettersson där Astrid bor och strax därpå öppnar hennes mor.

– Godkväll Karin! Astrid är i sitt rum. Gå in du bara, säger Gun Pettersson och ler som vanligt. Karin kan inte påminna sig att hon sett Astrids mor annat än glad. Hon ställer av sig sina skor och går in till sin bästa vän. Rummet är lika välstädat som vanligt. Sängen är bäddad och det vita virkade överkastet ligger hårt spänt över sängen. Rummet är litet och färgen i taket börjar släppa, men hon har åtminstone ett eget rum. Det är mer än var Karin har, som delar rum med sina småbröder.

– Hej vännen! säger Astrid förvånat när Karin sticker in huvudet i hennes rum.

– Hej, svarar Karin men ler inte tillbaka. En liten bekymmersrynka anas i pannan och Astrid förstår på en gång att det är någonting som inte står rätt till. De har känt varandra sedan de var små och ibland behöver de inte ens säga någonting till varandra för att förstå vad de menar, det kan räcka med en min. Karin kämpar med att hålla tillbaka tårarna och lyckas med det.

– Lova att du tror mig om jag berättar? får hon till slut fram.

– Det är väl klart jag tror dig. Berätta, vad är det som har hänt? undrar Astrid som nu ser både fundersam och nyfiken ut. De sätter sig i sängen och Karin tar ett djupt andetag innan hon börjar.

– Jag vet inte om du märkte det, men efter sista lektionen precis innan vi skulle gå hem så hejdade magister Lennartsson mig.

– Nä jag tänkte inte på det. Jag slog följe med Siri och Gun hem. Men vad ville magistern då?

– Han… han började tala om att det är viktigt att man gör bra ifrån sig i skolan så att man får bra betyg. Sedan la han handen på min och började syna min kropp uppifrån och ner. Det var jätteotäckt! snyftar Karin.

– Men vad i hela friden säger du? Tafsade han på dig? utbrister Astrid och spärrar upp ögonen.

– Äh, jag vet inte om man kan kalla det tafsa. Men han började tala om att han hade sett min kropp utvecklas det senaste året. Astrid, han såg så äcklig ut i blicken att jag trodde jag skulle spy!

– Så då är det sant alltså då, säger Astrid och suckar medan hon slår ner med blicken.

– Vaddå sant? Vad menar du?

Karin fattar tag i Astrids båda händer.

– Du menar väl inte att du också har blivit antastad av magister Lennartsson? säger hon allvarligt.

– Nej det har jag inte. Men Gun sa till mig i förra veckan att hon kunde svära på att magistern stirrade på hennes bröst när han hjälpte henne med en skoluppgift. Hon tyckte det hela kändes ganska obehagligt faktiskt. Tycker du att vi ska säga till våra föräldrar? undrar Astrid.

– Jag vet inte. Nej, jag tror inte det. Det är bara ett par veckor kvar nu av vår skoltid. Vi gör kanske bäst i att inte bry oss om det som varit. Så länge det inte upprepas något mer så tänker jag inte säga något till far, det känns bara onödigt. Du känner ju min far. Om jag skulle berätta om magistern så skulle han gå raka vägen upp till honom och ge honom ett kok stryk han sent skulle glömma och han skulle inte ens skänka en tanke på konsekvenserna.

Far är ingen våldsam man, men jag vet att han gör allt för att skydda oss barn. Och vad skulle det få för konsekvenser om far skulle misshandla självaste magistern? Det skulle bli ramaskri på hela ön och han skulle säkert hamna i fängelse!

– Du har nog rätt. Det är kanske bäst att bara låta det vara, så länge han inte har gjort något mer än att antyda saker så bör vi nog låta det hela bero. Men från och med nu så håller vi ihop. Vi ska nog inte vara själva tillsammans med magistern. Lova mig det, Karin! säger Astrid och ser allvarligt på sin vän.

– Jag lovar, vännen min. Vi håller ihop. Som vi brukar göra, ler Karin.

– Jag ska gå nu men jag var bara tvungen att få prata av mig lite. Jag ska gå upp till far på värdshuset och hjälpa honom med det sista inför kvällen så han också får komma hem någon gång, suckar hon och reser sig från sängen.

– Stackare! Ni i er familj sliter ju nästan dygnet runt. Vill du att jag följer med dig upp och hjälper till ikväll?

– Det var snällt av dig Astrid, men det går bra. Men gärna en annan gång, det vet du!

De kramas snabbt, sedan går Karin vidare bort mot värdshuset, för ännu är inte dagens alla sysslor klara. Hon vet att Thor behöver all hjälp han kan få och om han bara får hjälp den sista halvtimmen med disken så betyder det mycket för honom, det vet hon. När kriget bröt ut för ett år sedan sjönk antalet besökare på värdshuset drastiskt och han var tvungen att låta Märta gå. Märta var värdshusets allt i allo. Hon både städade rummen och hjälpte till i köket och på somrarna såg hon till att rabatterna utanför var i gott skick.

Försommarkvällen var ljummen och det var fortfarande ganska ljust ute. Ett lätt täcke av dimma börjar växa till sig över de låga delarna av ängen som hon passerade. För att inte spilla någon tid tar hon sin cykel. Hon lämnar Bygatan där hon bor och cyklar vidare ett par hundra meter och svänger höger på Lugnetstigen. Kort därpå tar hon höger igen in på Prästbacken som leder henne ända fram till den lilla kullen där värdshuset ligger. När hon kommit fram lutar hon cykeln mot lastbryggan på baksidan och går in genom dörren där bakom som leder direkt in till köket. Inga gäster syns till ute i restaurangen. Thor kommer in genom dörren och blir nästan rädd när han ser sin dotter.

– Hej gumman! Du får gärna börja med att torka av borden där ute. Vi har knappt haft några gäster ikväll så det är bara borden närmast fönstren som det har suttit gäster vid, säger han och skyndar in till rummet bredvid som är hans lilla kontor.

– Jag ordnar det. En snabb blick in bland disken och hon förstår att de verkar komma hem tidigt ikväll. Hon går och hämtar en trasa och blöter den med vatten och går sedan ut till borden och börjar torka av dem. Solen gick ner för ett tag sedan men ännu lyses fastlandets låga silhuett upp av ett svagt skimmer. För ett ögonblick stannar hon upp och tittar ut genom fönstret.

Visst är det fantastiskt vackert här på ön. Men hur vackert det än må vara så är det trots allt bara en ö och vårt vackra land innehåller så mycket mer som jag ännu inte har sett. Jag måste härifrån snart. Jag måste få upptäcka saker, se saker och göra saker som jag inte gjort förut. Vågar jag ens nämna för far att jag har tankar på att lämna ön när jag blir myndig? Eller räknar han med att jag ska jobba här på värdshuset tillsammans med honom? Han vet ju att jag inte tycker det är roligt här uppe på värdshuset. Antagligen är han rädd för att fråga vad jag vill göra så småningom, för han vill inte höra svaret. Men bara för att både han, hans far och även hans farfar har bott här ute på ön i hela sina liv innebär ju inte automatiskt att jag också måste göra det. Det kan väl inte vara förbjudet för mig att flytta någon annanstans? Den dagen som han inte orkar arbeta mer så finns det säkert folk som är villiga att ta över. För det är ju inte direkt så att han äger hela värdshuset, han hyr ju faktiskt bara det av Harald Vilhelmsson. Är det bra eller dåligt att far hyr värdshuset i stället för att äga det egentligen? Det borde vara dåligt, för den dagen far hade velat sälja så hade han ju fått pengar för det. Men nu får han ju ingenting den dagen han vill lägga ner verksamheten. Men å andra sidan brukar han ju muttra om att hyran som han betalar till Harald är alldeles för hög. Stackars far, han sliter och kämpar på detta ställe och ändå går han back varenda månad. Hur länge till ska han orka? Och hur länge till klarar han av att gå back? Hoppas de där soldatgubbarna som håller på att anrätta skjutfält här på ön bor kvar ett tag till här på värdshuset. Det ryktas ju till och med att det skulle komma hit fler hit till ön. Värdshuset måste börja gå plus snart igen, annars vet jag inte hur länge far orkar driva det längre.

Karins djupa tankar avbryts plötsligt när Thor ropar på henne.

– Har det gått bra i skolan idag? ropar han inifrån sitt kontorsrum.

– Ja, svarar hon kort men tänker genast på vad magister Lennartsson hade sagt och gjort tidigare. Thor kommer ut och går fram till henne med ett leende på läpparna.

– Jag har pratat med herr Vilhelmsson. Han har lovat att både skjutsa och hämta er fyra som ska in till hotellet på lördag med sin båt, det var väl vänligt av honom?

– Ska han köra oss? Jag trodde att vi skulle ta färjan, säger Karin förvånat.

– Jo det var väl tanken från början, men när herr Vilhelmsson erbjöd skjuts så tyckte jag att det lät som en bra idé. Han lovade dessutom att Sune skulle hålla ett öga på dig när ni är på dansen. Man vet ju inte vilka slags typer som kommer dit och det är ju tack vare honom som ni ens kommer in på hotellet. Det är ju artonårsgräns där egentligen, men herr Vilhelmsson har ju ordnat detta påstår han. Han har väl sina kontakter…

Ska Sune hålla ett öga på mig? Såklart han ska, han kan ju knappt låta mig vara om dagarna i skolan. Alltid ska han hålla på och fjanta sig för mig och Astrid. Särskilt för mig, av någon anledning. Större fjant än Sune finns ju inte och jag tvivlar på att han skulle kunna skydda mig från någon där på hotellet. Visserligen är han stor och tung… Synd att inte jag och Astrid kunde få åka in själva till Nynäs. Nu måste vi ha de där töntarna Sune och Uno i släptåg. Men vi kanske kan skaka av oss dem så fort vi kommer in till hotellet.

– Hjälper du mig lite med disken när du är klar med borden? Det är inte mycket kvar. Jag tog det mesta tidigare, säger Thor med trött röst.

– Visst, jag ordnar det. Så åker vi hem och tar kväll sedan.

En halvtimme senare låser Thor ytterdörren och de går mot sina cyklar som står parkerade på baksidan. Det är mörkt ute nu och de är tvungna att använda sina cykellysen. Luften har snabbt hunnit bli kall och Karin önskar hon hade tagit med sig en tröja. Hennes mörkbruna långa hår fladdrar i vinden. Thor ser på henne.

– Vill du låna min kofta så slipper du frysa?

– Nej tack, det går bra. Vi är ju snart hemma, ler Karin.

Snäll och omtänksam hade han alltid varit, hennes far. Särskilt sedan Maj dog. På något sätt kändes det som om Thor blev extra snäll sedan hennes bortgång. Kanske för att han märkte hur snabbt livet för någon kunde förändras och att det gäller att ta vara på alla stunder man har tillsammans, tänkte Karin.

– De är inte kloka de där tyskarna. Jag hörde på radion innan idag hur de beter sig i Norge och Danmark. Det är väl bara en tidsfråga innan de kommer hit. Det fullkomligt väller in tyska soldater in till Norge, suckar Thor medan de cyklar hemåt. Karin som försöker tänka så lite som möjligt på kriget för att inte må dåligt blir skrämd av det hennes far säger.

– Tror du verkligen att tyskarna kommer ända ut till oss? Det finns väl ingenting för dem att hämta här? säger hon oroligt. Thor skakar på huvudet.

– Det enda jag vet är att vi lever i oroliga tider och att ingen går säker. Jag önskar att jag kunde säga att vi är säkra här, men det kan jag tyvärr inte. Det är den enda fördelen med att inte din mor är i livet längre. Hade hon levt nu hade hon grubblat alldeles för mycket på det här förbaskade kriget. Hon avskydde vapen och skulle farit illa av att se alla de här soldaterna som håller på att sätta upp ett skjutfält här på ön, även om det är svenska soldater...

Karin svarar inte. Hon talar helst inte om sin mor. Det är fortfarande för tidigt för det, trots att det har gått tre år nu sedan hon gick bort. Men i tankarna är hon med henne. Ständigt närvarande. Det är knappt så hon har talat om henne med Astrid ens. Bara lite i början, precis efter bortgången.

De kommer hem och parkerar cyklarna vid gaveln av huset. Olle och Gunnar som fortfarande är på tomten kommer och möter dem. Olle visar upp sitt ena knä för Karin.

– Kolla Karin! Jag skrapade upp knät när jag ramlade av gungan. Men det känns inget alls längre, säger han nästan lite stolt. Händerna är smutsiga och näsan är snorig.

– Men vilken tur då. Vi kan ju tvätta av såret med lite blött papper när vi kommer in i alla fall. Du är ju lortig så stor du är, du borde hoppa i nere vid bryggorna och skrubba dig, säger hon leende med moderskänsla i rösten.

Medan hon tvättar rent såret funderar hon på vad som kommer att hända på lördag.

Två dagar till, sedan är det äntligen dags. Synd att jag inte har några nya plagg att ha på mig. Jag önskar så att jag hade en ny fräsch blus att ta på mig. Astrids mor kanske har något att låna ut, om jag ber snällt? Men jag tar väl den vita klänningen jag hade förra året, den borde fortfarande passa. Den är ju faktiskt ganska fin. Vi skulle i alla fall få låna lite smink av Astrids mor, om vi lovade att inte ta för mycket.

De gör i ordning sig inför kvällen och går och lägger sig. Karin och hennes småbröder delar rum i det lilla huset medan Thor sover i rummet bredvid. Nuförtiden är grabbarna så stora att de inte brukar krångla vid läggdags, även om det ibland både tisslas, tasslas och småbråkas ibland. Ibland önskar Karin att hon hade ett eget rum, precis som Astrid. Men huset är litet och de har inte råd att köpa ett större. När hon kom med förslag till Thor att hon och mormor Esther kunde byta hus, så blev det tvärstopp direkt vilket kanske inte var så konstigt. Att dela hus med sin gamla svärmor kanske inte är vad man önskar.

Det sista Karin tänker på innan hon sluter ögonen denna kväll är hur det kommer se ut inne på dansgolvet på hotellet och om det kommer finnas några snygga killar att titta på. Hon skänker sin far en tacksamhetstanke för den slant hon fick av honom som skulle räcka till både inträde och mat om de skulle bli hungriga. Det är knappt så hon vågar tänka på hur många timmar han måste ha jobbat för att få ihop till pengarna. Hon vet att de har ont om pengar och hon tänker återgälda honom någon gång. Så snart hon bara kan, lovar hon sig själv innan hon släcker lyset för natten.

Kapitel 3

Utö, 21 maj 1940

Det är äntligen lördag och Karin räknar nu timmarna tills det är dags för henne, Astrid, Sune och Uno att få skjuts in till Nynäshamn för att besöka hotellets festlokal. Så fort skolan är slut för idag ska hon bara hem snabbt och se till att göra middag till sina småbröder, sedan ska hon hem till Astrid och göra sig i ordning. De ska sminka sig idag vilket inte händer så ofta. Dessutom ska de få låna Astrids mors röda läppstift.

Klassen börjar som vanligt med att magistern ber dem stå upp och sjunga en psalm ur psalmboken. Varken Karin eller Astrid söker ögonkontakt med magistern och om det skulle vara så att han vill tala enskilt med någon av dem så ska de säga att de har bråttom i väg för deras far väntar på dem utanför.

Det blir rast och alla elever går ut på skolgården. Eftersom öbefolkningen är liten och eleverna så få, går alla elever i samma klass. Karin och Astrid samt Sune och Uno är äldst i klassen. Oftast sparkar alla grabbarna boll på rasterna och Sune bestämmer såklart reglerna. Karin och Astrid sitter på en bänk och diskuterar den kommande kvällen när Sune med Uno i släptåg kommer fram. Karin suckar inombords.

– Är ni laddade inför ikväll, tjejer?

– Såklart vi är, säger Astrid utan att se på honom.

– Hehe, det lär bli kul. Men passa er bara, grabbarna inne i stan lär vara ganska tuffa. Men säg bara till mig och Uno så kan vi slå ner dem, säger Sune malligt och sträcker på sig. Karin blir föga imponerad. Hon gör en vresig blick och höjer ögonbrynen lite nonchalant.

– Du, vi klarar oss nog alldeles utmärkt utan er "hjälp." Sune lyfter upp händerna och backar ett steg.

– Jaja, jag bara erbjuder min hjälp. Ifall någon är dum mot er, det var bara det jag menade. Kom Uno vi drar, säger Sune surt och vänder på klacken och går därifrån.

– Fan vad hon ska vara mallig jämt. Vad vet väl Karin om hur det brukar vara inne på hotellet om helgerna. Det är ganska tuffa grabbar som går dit, fnyser Sune.

– Är det? Hur vet du det? Du har väl aldrig varit där? undrar Uno som går snett bakom.

– Nä, förvisso. Men man har ju hört ett och annat. Jag tror det är bäst ändå att vi två har lite koll på tjejerna. Tänk om någon grabb kommer fram och är oförskämd mot Karin. Då kan jag gå dit och slå ner honom - mitt framför ögonen på henne. Då kanske hon ser mig som hjälte och äntligen får upp ögonen för mig. Eller vad tror du?

– Ja du har nog rätt. Men skulle du verkligen våga slå ner någon? Du är ju visserligen över en och åttio och väger nittio kilo så det inger väl respekt. Men du har väl aldrig varit i slagsmål innan?

– Jag slog ju Lasse i magen så han tappade andan i vintras, vet du väl? säger Sune och flinar.

– Jo det minns jag. Men han är ju två år yngre än oss och väger mycket mindre.

– Det räknas ändå. Dessutom tror jag att far skulle bli stolt över mig om jag berättar att jag försvarat Karin mot en stöddig grabb från Nynäs.

När skoldagen är slut går Karin och Astrid tätt ihop och skyndar sig ut från klassrummet utan att möta magisterns blickar. Som tur var säger han ingenting den här gången. Äntligen började det roliga närma sig. Karin har fått lov från sin far att slippa sina sysslor uppe på värdshuset denna kväll så hon kunde hinna göra sig i ordning. De skulle ses hemma hos Astrid klockan halv fem var det bestämt. Där skulle de sminka sig och göra sig i ordning inför kvällen. Medan de går raskt över skolgården och vidare hemåt ropar Sune på dem.

– Hörni tjejer! Glöm inte att vara nere vid hamnen vid fars båt klockan sex. Senast! Far gillar inte när folk är sena.

– Nädå! ropar Astrid utan att vända sig om. När Karin kommer hem gör hon snabbt i ordning några smörgåsar med mjölk åt sina småbröder. Sedan tar hon fram den enda klänning hon äger och sätter på sig den. Den är vit med breda axelband. Det är samma klänning som hon hade förra året vid både skolavslutningen och midsommar, men den får lov att duga. Hon tar med sig en jacka ifall det blir kyligt på kvällen. Sminket och håret ska hon fixa hemma hos Astrid. Olle tittar nyfiket på medan Karin packar ihop de sista sakerna medan han tuggar på en smörgås.

– När kommer du hem ikväll?

– Jag vet inte exakt, men Sunes far kommer och hämtar oss. Jag är nog inte hemma före midnatt. Men far kommer hem innan det blir mörkt har han lovat, säger hon och tar på sig ett par matchande skor med låg klack.

– Det är ingen fara, vi klarar oss själva.

– Det vet jag att ni gör, ni börjar ju bli stora nu, säger hon och går fram till Olle och rufsar honom i håret. Han ler tillbaka och tar en tugga till.

– Jag måste verkligen skynda mig över till Astrid nu, men ha det så bra ikväll!

– Tack det ska vi. Karin, kan inte du väcka mig när du kommer hem? säger Olle med dyster min.

– Det är klart jag kan, plutten. Hejdå Gunnar! Lova att hålla sams nu! Hej så länge, hälsa far! säger hon och skyndar i väg hem till Astrid.

Kapitel 4

Gävle 20 maj 1940

Stämningen är som vanligt god på den lilla puben i hörnet av Hattmakargatan och Norra Strandgatan i Gävle. Trots att det bara är fredag är det närapå fullt här inne. Annars är det lördagskvällarna som gäller. Under sina tre månader som myndig hade Erik Wall varit här nästan varenda helg. Men inte varje gång har han supit till det lika hårt som sina kompisar oftast gör. Numera beställer han in en öl och sätter sig gärna lite avskilt och funderar i stället. Trots det höga bakgrundssorlet från musiken och från grabbarna borta vid biljardbordet kan han ändå tänka klart. Eller rättare sagt grubbla. Erik ser sig omkring. Allt från nyblivna artonåringar till gubbar i femtioårsåldern skålar och skrattar och verkar inte alls bry sig om kriget som pågår i Europa. Fast inte i Sverige. Inte än i alla fall. Eller är det just det de är - medvetna om vad som komma skall? För merparten av männen är detta sista kvällen i frihet. I morgon blir de utstationerade till olika ställen runtom i landet för att öva på att försvara landets gränser. De äldre har såklart redan gjort militärtjänstgöring, men de yngre har knappt någon aning om vad som väntar dem, däribland Erik. Ovissheten gör honom nervös. Osäker. I normala tider skulle han inte ha något problem att göra militärtjänst, men det är skarpt läge nu. Utbildningen på Gotland skulle bli kort men intensiv gick det rykten om. Därefter blir det utplacering någonstans på ön. Hur skulle han som var en lugn och sansad person kunna rikta sitt vapen och avfyra den mot en fiende om han mot all förmodan skulle anfallen? Fanns modet där att skjuta? Han kom fram till att det var omöjligt att svara på innan man hamnar i den situationen. Men om han stod öga mot öga mot en tysk så visst skulle han skjuta? Alternativet var ju att återvända till Gävle i en liksäck.

Plötsligt får han en hård dunk i ryggen. Det är hans bästa vän Knutte som slår sig ner bredvid honom.

– Men va fan Erik! Sitter du här och grubblar nu igen? "Erik den hemlighetsfulle!" Jag tror du behöver en stadig pilsner till så sover du bättre i kväll, säger Knutte och häller i sig det sista ur en flaska medan ivrigt han stampar takten till musiken. Erik ler lite.

– Jag är inte hemlighetsfull, jag bara…

– Du är bara så jävla rädd att det ska dyka upp ett gäng ryssar eller tyskar när vi är på Gotland när du minst anar det och du är rädd att du ska göra i byxan då, är det inte så? flinar Knutte och dunkar honom i ryggen igen.

– Det är bara det att allt känns så overkligt. I morgon åker vi till Gotland och här sitter jag. Jag borde vara hemma hos mor och far i stället. Jag vet att de oroar sig mer än vad jag gör. Jag borde gå hem, Knutte. Ska du med?

Knutte blir alvarlig för ett ögonblick. Han ställer ner sin flaska på det slitna gamla bordet av trä.

– Jo, när du säger det så där så kan man ju undra vad man egentligen gör här. Alla vi här inne kanske innerst inne är så rädda för vad som kommer att hända att vi försöker dränka rädslan med pilsner… Du har rätt, vi går hem nu. Vi har ju för fan ingen aning om när vi kommer att få se våra föräldrar igen.

De tar sina jackor och vinkar hejdå till några de känner innan de lämnar puben. Luften ute är kylig. Månen lyser starkt och är nästintill full. För några sekunder kan inte Erik släppa blicken på den. Han stirrar på den som förtrollad och stannar till på trottoaren.

Tänk om du månen hade ögon som såg allt som händer här nere på Jorden. Vad hade du tänkt då? Kanske att vi alla är dårar som bråkar och strider om småsaker när vi egentligen bara borde luta oss tillbaka och försöka uppskatta det vi har i stället? Hur många bomber kommer vi fälla på vår planet innan vi till slut inser vad som egentligen är viktigt?

– Men för helvete Erik! Kom nu, stå inte och stirra rätt upp i luften! ropar Knutte och drar honom i armen. De lommar i väg längs Norra Strandgatan och vidare bort mot småbåtshamnen. Ett äldre par står och för en livlig diskussion bredvid en båt. Grälet är så häftigt att de inte ens noterar Knutte och Erik när de går förbi. Deras höga röster ekar mellan husväggarna. Grabbarna fortsätter att gå den långa vägen hem till området där de bor. De bor på samma gata och har gjort så i hela sitt liv. De säger inte så mycket till varandra medan de går. Knutte börjar nyktra till medan de går och sakta börjar allvaret infinna sig i honom med. De tänder varsin cigarett och går vidare. I morgon är det dags. Klockan sju på morgonen avgår en buss som ska ta dem till hamnen i Nynäshamn. Samma kväll avgår färjan Hansa från Nynäshamn över till Visby på Gotland där de ska göra sin beredskapstjänstgöring. Där blir de upphämtade av olika befäl som ska ta dem till olika orter runtomkring på Gotland, har de fått information om hem i brevlådan.

Snart är de framme vid huset där Erik bor och de stannar till utanför vid tomtgränsen. Det blir tyst en stund. Från och nu är det slut på leken. Det är allvar nu och vad som helst kan hända, det vet de.

– Vi ses nere på stationen i morgon bitti då, säger Knutte. Erik nickar långsamt.

– Glöm inte din inkallelseorder samt legitimation. Och allt annat som kan vara bra att ha. Gå hem nu och försök sova så mycket du kan tills i morgon. Man vet inte när vi får en god natts sömn nästa gång, suckar Erik.

– God natt. Ses i morgon då. Hälsa dina föräldrar så mycket.

– Ses i morgon, hälsa du med.

Erik går in på tomten och vidare längs grusgången. Alla fönsterlamporna är släckta. Konstigt vore väl annars då klockan snart är midnatt, tänker han. Trots att han smyger så gott han kan så vaknar hans mamma Gertrud när dörren går igen. Erik ser en springa av ljus under föräldrarnas dörr in till sovrummet.

– Erik, är det du? viskar hon högt.

– Det är bara jag mor, svarar han och hänger av sig kläderna på tamburmajoren och sparkar av sig skorna. Han hör ljud inifrån sovrummet och strax därpå stiger Gertrud ut medan hon sveper morgonrocken om sig. Hon ser yrvaken ut.

– Vad sen du är. Du som ska upp så tidigt i morgon. Har du packat allt inför i morgon?

– Jadå, mor. Allt är klart, säger han och ler mot henne. Han anar oro i hennes blick. Inte undra på. I morgon åker hennes ende son i väg till Gotland för att göra sin beredskapstjänstgöring.

Vad gammal hon ser ut. Hennes smala ansikte ser ut att ha fått fler rynkor. Hon verkar ha åldrats tio år sedan kriget bröt ut förra året. Kanske inte undra på då far fick slaganfall ungefär samtidigt. Stackars mor, hur ska hon kunna ta hand om far nu när jag är borta i ett helt år?

Det har varit en tuff tid för den lilla familjen och Gertruds redan trasiga nerver hade fått sig rejäla törnar. Men Erik visste att alla snälla grannar skulle hjälpa dem nu när han är i väg.

– Sover far?

– Jag tror det.

– Vill du att jag väcker er innan jag åker i morgon bitti? undrar Erik. Han får en blick tillbaka från sin mor som om han vore från vettet.

– Väcker oss?! Älskade son, vi följer såklart med dig ner till stationen och vinkar av dig.

– Okej, jag visste inte… Hur gör vi med far? Tar vi med honom?

– Han skulle aldrig förlåta mig om jag lämnade kvar honom här. Såklart att han vill vara med och vinka av dig. Han vet mycket väl vart du ska åka. Även om han inte kan säga någonting så förstår han. Gå nu och sov, så ses vi i morgon bitti, säger Gertrud och klappar honom på kinden.

Erik går och lägger sig men han kan inte sova. Han tänker på allt som kommer att hända honom de närmaste dagarna och månaderna där på Gotland. Han har ju ingen aning och det gör honom spänd och orolig. Hjärtat slår hårt och snabbt.

Jag vet att det bara är utbildning där på Gotland. Träning ifall Sverige skulle bli inblandad i kriget. Men vad händer om vi blir anfallna medan jag är där? Räknas jag som soldat då och måste rycka in i kriget? Hur ska jag bära mig åt? Jag får väl den utbildning jag behöver, får jag hoppas. Jag har aldrig varit borta från mina föräldrar så här länge förut. Ett helt år. Knuttes far säger att det ska gå att skriva brev därifrån. Hoppas han har rätt. Inte så mycket för min skull utan för att kunna lugna mor med ett brev hem någon gång då och då. Bara några rader om att allt går bra och att jag saknar dem. Och går det inte så bra där borta så tänker jag skriva det ändå. Stackars mor, hon ska inte behöva höra mer sorgligheter.

Till slut somnar Erik någon gång efter midnatt. Morgonen därpå vaknar han tidigt av att hans väckarklocka ringer. Det tar några sekunder innan han inser vad det är för dag idag. Det är dagen då han ska lämna sitt hem för ett år framöver. Eller mer, om Sverige hamnar i krig. En smygande ångest gör sig påmind och gör honom genast klarvaken. Ute i köket hör han hur det skramlas med glas och tallrikar. Frukosten är på gång och han går ut i köket. Där sitter redan Hugo på sin vanliga plats vid köksbordet. Erik går fram och lägger sin arm på hans axel.

– God morgon, far.

Hugo ger ifrån sig ett mummel och ser på honom. Det betyder god morgon. Det är ungefär det enda ljud som han kan ge ifrån sig sedan slaganfallet. Han verkar redan ha ätit frukost. Gertrud är tvungen att mata honom med sådant som är relativt lättuggat.

– Erik äter sin frukost men har ingen matlust alls.

En stund senare är de på väg ner till stationen. Erik kör sin far i rullstolen medan Gertrud går bredvid. Klockan är tjugo i sju och de är strax framme vid stationen. Erik ser sig omkring och upplever någonting märkligt. Från varenda gata tycks det komma unga män som går mot stationen. Med sig har de sina föräldrar och syskon. Men det hörs inte ett ljud i Gävle denna morgon. Alla är knäpptysta, för de inser allvaret. Om det vill sig illa och kriget bryter ut i Sverige kan det vara sista gången de ser sina söner i livet denna morgon.

En stund senare avgår två bussar från Gävles centralstation. Det hade varit tufft att ta farväl av Gertrud och Hugo. Hans mor grät ohämmat, precis som de övriga mödrarna på stationen denna morgon. Hugo hade velat ge sin son ett stadigt handslag men musklerna förmådde inte höja armen. Erik förstod och böjde sig ner och fattade hans hand och kramade den hårt och länge. Hugo mumlade högt och han släppte inte blicken från Erik förrän bussen inte längre syntes. Erik hade gjort vad som helst i hela världen för att få höra sin fars stöttande ord i dag men de uteblev och tystnaden gjorde ont. Han hade verkligen behövt några kloka ord på vägen nu och särskilt från sin far.

Stämningen på bussen var tryckt. Här och var kunde han ana snyftningar och när han såg sig omkring kunde han se hur några av grabbarna diskret torkade bort tårar från ögonen. Ingen ville visa sig sårbar såklart, för vem visste vad sårbarhet kunde innebära dit de skulle? Knutte hade satt sig bredvid honom och till och med han var återhållsam med orden denna morgon. Han själv hade lyckats hålla tillbaka tårarna på något sätt innan han klev på bussen. Kanske var det för att inte göra det jobbigare för sin mor, kanske var det för att han ville visa sig som en man och inte längre en grabb. Han vet inte.

En timme senare verkar stämningen ombord på bussen vara något lättare. Diskreta diskussioner hålls med medpassageraren bredvid huruvida de ska slussas vidare när de väl ankommer till Gotland. Det är få av dem som vet någonting om den stora ön och ingen av dem har tidigare varit där. Snart har Erik luskat reda på att merparten av dem verkar få åka vidare upp norra delarna av Gotland, till kustartilleriregementet KA3 i Fårösund. Knutte ser fundersam ut.

– Fårösund? Vad är det för ett fånigt namn på en stad? Och vad betyder artilleri för något? undrar han och ser på Erik. Bussen bromsar in och stannar vid en korsning och enligt skylten utanför är det en dryg mil kvar tills de är i

Uppsala. En lätt stank av avgaser tränger in. Erik suckar tungt.

– Ingen aning. Men hamnen vi kommer till på Gotland heter Visby i alla fall. Så jag antar att vi lär få åka ännu mer buss när vi väl kommer fram till Gotland.

– Hur många mil från Gävle är det till Gotland tror du? undrar Knutte.

– Det verkar vara tjugotre mil till färjeterminalen i Nynäshamn, men sedan vet jag inte hur långt det är fågelvägen till Visby. Det tar flera timmar i alla fall, det är jag säker på, säger Erik och suckar ännu en gång. Bussen accelererar igen och för dem allt längre bort från sina hem.

Kapitel 5

Nynäshamn 21 maj 1940

Det börjar med ett rejält bakslag för alla de spända grabbarna som är på väg från Gävle till Gotland. Det blir ingen påstigning på färjan fredag kväll. När bussen anländer till färjeterminalen får de höra att en mindre reparation av motorn på färjan inte var klar ännu och att samtliga killar på bussen blir tvungna att vänta tills i morgon bitti. Genast börjar ett irriterat mummel höras i bussen. Det spekuleras vilt om de ska behöva övernatta i den trånga bussen eller rentav utomhus efter bästa förmåga. Erik säger inte mycket. Han tittar ut genom bussfönstret. Långt borta till vänster ligger den stora färjan som förhoppningsvis ska ta dem till Gotland i morgon. Rakt fram ser han några större fisketrålare ligga längs en stor brygga. Till höger om bussen finns det gula stationshuset. Han vänder sig om och tittar ut genom bakrutan. Stadens kyrka ser inte ut som de kyrkorna han är van att se. En rödaktig, smal skapelse som står på en platå av berg hundratalet meter ifrån honom och den ser ut att kunna synas på långt håll, vart du än befinner dig i staden. En kvinna med hund går förbi bussen och ser nyfiket på den. Efter att alla grabbar ha fått vänta på bussen vid stationen kommer busschauffören halvspringande tillbaka. Han meddelar att det är det ordnat så att alla kommer att få övernatta en natt på stadens hotell, för att tidigt söndag morgon fortsätta färden mot Gotland. Knutte ser lättad ut över att äntligen få besked om vad de ska ta sig till härnäst. Han slår till Erik på armen i ren iver.

– Fan Erik! Vi ska få bo på hotell! Tänk vad det svenska försvaret kostar på oss, va? Alldeles gratis är också. Vilken lyx, det har jag aldrig gjort förut. Har du?

– Nej, det här blir något nytt, säger han och tar ner sin väska från hyllan ovanför deras huvuden.

– Tänk dig, någon som kommer bädda din säng efter dig och vi kommer få hotellfrukost i morgon bitti. Sådant ingår alltid när man sover på hotell. Och idag är det ju lördag, tänk om de har dans på hotellet ikväll! I så fall måste vi spana in om damerna i stan här är något att ha, eller hur? Tänk om de är finare här än hemma i Gävle? Skulle inte förvåna mig! säger Knutte uppspelt.

– Visst, vi kan gå dit i så fall. Något måste vi ju hitta på som tidsfördriv. Vi kan ju inte sitta på hotellrummet tills det är läggdags. Kom igen, ta din väska nu så vi kan följa efter de andra bort till hotellet, säger Erik på sitt vanliga sävliga sätt.

De tar sina väskor, kliver av bussen och börjar gå bort till hotellet som bara ligger några hundra meter därifrån. Det är sen eftermiddag och luften är varm. Molnen på himlen börjar skingras alltmer och solens strålar tittar fram emellanåt. Medan de går mot hotellet möter de folk som stirrar på dem. Erik tänker att det måste se konstigt ut att se ett stort gäng grabbar med väskor och ryggsäckar gå på långa led. Antagligen förstår de flesta att de så småningom är på väg till Gotland för beredskaps-tjänstgöring.

Rummet de får, delar de med två andra grabbar. Det är trångt och kvavt i rummet och endast två sängar finns där. Erik känner igen dem sedan skoltiden och hälsar med en nick. En vaktmästare knackar på innan Erik har hunnit sätta ner sin väska. Utan att säga något bär han in två madrasser och lägger dem på golvet.

– Täcke och lakan kommer om en stund, säger han stressat och skyndar ut igen och hämtar nya madrasser till rummen bredvid. De förstår att de nya hotellgästerna inte var något som var inbokat och personalen får nu plötsligt fullt att göra. Den ene killen, Sören, föreslår att de singlar slant om vilka som ska få sova i sängarna och vilka som ska få sova på madrasserna. Erik har tur och får den ena sängen, medan Knutte mumlar irriterat efter att fått en av madrasserna att sova på. Efter en lång dags färd på en buss som läckte in avgaser så fort den stod stilla var alla i rum 215 trötta och de beslöt sig för att vila en stund.

Erik slumrar till för ett ögonblick men rycker till när rummets fjärde kille, Allan, snarkar högt. Knutte reser sig upp och verkar ha vilat klart.

– Nä grabbar, klockan är sju. Är det inte dags att byta om snart så vi kan gå ner till danslokalen? säger han och trampar otåligt fram och tillbaka.

– Jag vet inte… Jag känner att jag inte riktigt är på humör för något festande ikväll. Jag och Sören pratade om att spela lite poker med några vi känner, säger Allan och sträcker på sig. Knutte verkar inte bli sur för det, snarare tvärtom och börjar le brett.

– Nämen skyll er själva då! Då blir det desto mindre konkurrens om damerna för oss ikväll då, Erik! säger han och gnuggar sina händer. Erik svarar inte utan bara ler. Han vet att Knutte är både en riktig festprisse och tjejtjusare. Själv funderar han först på att stanna kvar på rummet och bara ta det lugnt ikväll, men vill inte svika sin vän och lovar att följa med ner om en stund. Han lovar att ta max två öl och inte bli kvar längre än till midnatt. Ovissheten om vad som kommer att hända dem under morgondagen och resten av vistelsen på Gotland gör honom illa till mods och en smula osäker. På det lilla skrivbordet i rummet står en radio. Erik går fram och startar den. En reporter talar om att det norska motståndet har det jobbigt och att en kapitulation är nära förestående, trots att både Storbritannien och Frankrike har sänt hjälptrupper. Sören, som hittills varit tystlåten slår sin näve i nattduksbordet.

– Det är ju förjävligt! Vårt fina grannland Norge blir totalt slaktade av de där nazisterna och här sitter vi och inte hjälper dem! Så fort jag har fått någorlunda utbildning på Gotland så ska jag be om att få bli frivillig att åka och strida för Norge, säger han och är alldeles svart i blicken. Riktigt sådana känslor känner inte Erik, trots att han håller med sin rumskamrat i mångt och mycket. Han hatar nazisterna lika mycket som alla andra men skulle inte kunna tänka sig att kriga för ett annat land. Däremot känner han att han gärna hjälper till att försvara sitt land om så behövs. Hellre en död nazist än en död svensk, resonerar han. Radiorösten övergår till väderleksrapporten och Knutte stänger av radion och slår ihop händerna.

– Fy fan Erik, nu har vi väl ändå hört tillräckligt med elände för ikväll? Nu gör vi oss i ordning och går ner och raggar lite brudar! Sista natten i frihet! För fan Erik! Ikväll ska vi ha kul, för vi vet inte när vi kan ha det nästa gång, säger han och går in till den lilla toaletten och bättrar på sin frisyr. Erik nickar åt Knutte och funderar på vad han nyss hade sagt.

Sista natten i frihet... vad hemskt det låter. Som om vi är ivägskickade till fängelse. Fy fan, jag gillar inte det här. Kan jag bara inte få åka hem igen till Gävle. Söka jobb någonstans, jag kan ta vilket jobb som helst. Det är tur att jag har Knutte med mig som livar upp stämningen.

Erik reser sig upp och gör sig i ordning. Men han vet att han kommer vara ett tråkigt sällskap i kväll. Kanske ta en öl eller två och hänga med Knutte. Kanske sitta ner och lyssna på orkestern och bara fördriva tiden. För i morgon fortsätter färden ännu längre bort från friheten. Trehundrasextio dagar i försvarets tjänst och nedräkningen har inte ens börjat.

Kapitel 6

Utö 21 maj

Inte helt oväntat är Karin och Astrid ute i sista minuten. De kom överens om att alla skulle träffas nere vid herr Vilhelmssons båt klockan sex. Två minuter över sex kommer tjejerna springandes längs de röda fiskebodarna och vidare ut på bryggan där de andra väntar. Det är nära att Astrid snubblar med klackarna på bryggan men lyckas hålla sig på benen. Fulla av fnitter gör de sitt yttersta för att skärpa till sig när de kommer fram. Harald Vilhelmsson ser något otålig ut och tittar demonstrativt på sin dyra guldklocka.

– Det var i grevens tid, flickor. Ska vi se till att komma i väg nu då? säger han bistert. Uno muttrar något om att tjejer aldrig kan passa tider. Sune däremot står mest och stirrar. Aldrig tidigare har han sett Karin med vare sig mascara eller läppstift och han kan knappt tro sina ögon. Från att ha varit den där söta tjejen i hans klass ser han nu en vacker ung kvinna framför sig. Hennes mörkbruna hår är utsläppt och lockarna vilar på hennes lätt solbrända axlar. Han märker att även Astrid ser riktigt söt ut med sitt ljusbruna lockiga utsläppta hår, men det är Karin hans ögon fastnar på.

De kliver ombord på Haralds stora motorbåt och sätter sig försiktigt ner. Tjejerna noterar knappt pojkarna som har försökt klätt upp sig så gott de kunnat. Sune bär såklart en fin kostym, skjorta och slips, vilket Karin bara har sett honom bära en gång tidigare och det var vid förra årets skolavslutning. Uno däremot verkar ha tagit något ur sin fars garderob. Kläderna är numret för stora och byxorna är dessutom fläckiga på ett par ställen, men hon vet att Unos föräldrar inte har det lika förspänt som Sunes. Så diskret som möjligt viskar Sune något om Karins bröst och klänning till Uno under färden och Uno nickar häftigt och flinar.

Lätta vattenstänk skvätter upp i Karins ansikte från det annars så spegelblanka vattnet. Kvällen är ljummen och luften klar. De få moln som fanns på himlen i eftermiddags är nu borta. Det pirrar till i hennes mage när båten till slut saktar in framme vid Nynäs gästbrygga. Hela hon är spänd av förväntan. Hon vet inte riktigt för vad, men bara en längtan efter att få uppleva någonting annorlunda och spännande, någonting annat än det trista vardagliga. Pojkarna stiger iland först. Sune sträcker gentlemannamässigt fram sin hand som hjälp till Karin när hon ska ta sig iland. Hon tar ett stadigt tag om hans hand och kliver upp på bryggan och tackar honom. Harald noterar detta och nickar belåtet bak vid ratten. Uno försöker göra likadant och sträcker fram handen till Astrid, men hon nonchalerar honom och tar sig upp till bryggan själv. Han blir genast rödmosig i ansiktet och vet inte riktigt vad han ska ta sig till, men skyndar fram till Sune som står längre in på bryggan. De tackar för skjutsen och gör upp om att träffas på samma ställe kvart över tolv.

– Följ bara vägen här rakt upp och sedan till höger ett par hundra meter så ser ni hotellet. Eller vill ni att jag ska följa med er? frågar Harald.

– Nej tack herr Vilhelmsson, vi ska nog kunna hitta, säger Astrid som tar armkrok med Karin och börjar gå.

– Ha det så trevligt nu då och var rädda om er! Och Sune, glöm inte att säga att du är son till Harald Vilhelmsson till dörrvakten så blir det inga problem för er att bli insläppta! ropar Harald efter dem.

Grabbarna följer efter och går tätt bakom. De är snart framme utanför hotellet. Glad musik hörs inifrån lokalen och utanför står fullt av folk som pratar och röker. Karin känner såklart inte igen någon av dem men tittar diskret men nyfiket på dem. Plötsligt inser hon att hennes kläder är alldeles för omoderna. Men bara halvminuten senare ser hon en annan tjej med exakt likadan klänning som hon själv, och hon slappnar av. Kön minskar snabbt och de är snart framme vid dörrvakten. Hon sneglar bak för att se att Sune inte har gått någonstans, för det är han som kan se till att de kan komma in, trots sin ålder. Sune ser aningen spänd ut men gör allt vad han kan för att verka tuff, märker Karin. Hon drar i hans kavaj.

– Du måste gå före oss, fattar du väl. Annars kommer vi ju inte in, viskar hon.

– Öh, visst! säger han nervöst och ställer sig före Karin och Astrid. Dörrvakten som är storvuxen av sig blänger på Sune när det är deras tur att gå in.

– Ålder? frågar han surt.

– Tillräckligt, säger Sune och försöker vara tuff.

– Ålder frågade jag! snäser vakten igen, men Sune undviker att svara på frågan.

– Sune Vilhelmsson var namnet, jag och mina vänner ska stå med på gästlistan. Min far är Harald Vilhelmsson, svarar han malligt. Han håller kvar blicken på vakten och försöker se morsk ut, men vakten ger honom en ännu surare min tills Sune viker undan blicken och sväljer hårt. Vakten letar sedan i gästlistan.

– Okej, ni kan gå in, säger han och nickar med huvudet åt ingången. Sune och Uno tar raska steg mot dörren och går in. Karin fattar Astrids hand och hakar på. De möts av ett högt sorl av högljudda människor och swing-musik inifrån danslokalen lite längre in. En påtaglig röklukt påminner Karin om fredagskvällarna uppe på värdshuset på Utö. De är äntligen inne.

Kapitel 7

Stadshotellet i Nynäshamn, 21 juni 1940

Sune ser sig nervöst omkring medan Uno följer honom tätt i hälarna. Han vänder sig om mot tjejerna.

– Vi går väl runt och tittar? Vi kanske kan hitta ett ledigt bord till oss? undrar han. Men ingen av tjejerna hör vad han säger. I stället fortsätter de förbi grabbarna och går in i danslokalen. Karin kan inte sluta le. Så här mycket folk på en och samma gång har hon aldrig sett förut. De flesta verkar vara i tjugoårsåldern och en del runt trettio gissar hon. De halvspringer in i danslokalen. Musiken är hög. Framme på scenen står en vacker kvinna och sjunger glatt till orkestern.

– Där borta, Astrid! Ett ledigt bord. Vi skyndar och tar det, säger Karin upphetsat.

– Kolla på honom där borta! utbrister Astrid och pekar på en överförfriskad man som dansar med yviga rörelser precis framför sångerskan. Astrid funderar på om man verkligen får bete sig så mot de som uppträder, men sångerskan verkar ta det med ro. Hon ler och vinkar lätt till mannen. Det dröjer inte många minuter innan en kypare kommer fram och frågar om det får lov att vara någonting att dricka. Tjejerna tittar på varandra. Detta hade de inte räknat med. Till slut svarar Karin kyparen.

– Kan vi få ett varsitt glas vitt vin tack?

– Absolut. Kommer strax tillbaka, säger kyparen och nickar artigt och går i väg.

– Men Karin! Ska vi dricka vin?! Vi är ju bara sexton! Du är tokig, säger Astrid och skiner upp med hela ansiktet.

– Japp, det ska vi. Det är ingen här som vet att vi bara är sexton. Vi blev ju insläppta av vakten, eller hur? När vi ändå är här så är det väl lika bra att passa på att köpa något starkt. Det gör säkert Sune och Uno med. Vart tog de två vägen förresten? undrar Karin och ser sig omkring men kan inte se dem någonstans. Ett par minuter senare kommer kyparen tillbaka med två vinglas. De betalar var för sig tittar på sina glas.

– Skål på dig, min finaste vän! Hoppas vi får en trevlig kväll, säger Karin och höjer sitt glas. De tar en varsin liten klunk och känner efter hur smaken är. Det är starkt och beskt och Karin får lust att göra en grimas, men låter bli. Detta är första gången hon smakar på alkohol. Hon är föga imponerad och tvivlar på om hon kommer att kunna dricka upp hela glaset.

– Herregud, vad duktiga alla är på att dansa! säger Astrid och tittar ut mot dansgolvet.

– Verkligen! Jag tror inte jag vågar testa. Vågar du?

– Nä jag tror inte det. Men vi kan väl sitta här och titta på dem en stund så kanske vi lär oss lite och vågar testa om en stund? svarar Astrid. De smuttar försiktigt på sina vinglas igen och studerar de som är på dansgolvet. En man stannar till vid deras bord och frågar artigt om Karin vill dansa. Med blossande kinder avböjer hon och ler emot honom. Astrid sparkar lätt på hennes ben under bordet.

– Karin, din knasboll! Varför tackade du inte ja? Han var ju skitsnygg ju!

– Jag vet! Men jag vågar inte. Tänk om jag gör bort mig? Vi borde nog ha tränat mer på dansen hemma, säger Karin och tar en klunk vin till. Glaset är nästan halvfullt nu och kanske att hon börjar känner sig lite mer avslappnad. Plötsligt sätter sig två killar jämte dem utan att ens fråga om lov. Men det är bara Sune och Uno. I händerna håller de en varsin öl.

– Hejsan tjejer! Har ni det bra? undrar Sune och ser på Karin.

– Jadå. Det är verkligen full fart här! nästan skriker hon tillbaka för att överrösta musiken. Inte för att hon bryr sig särskilt mycket, men hon känner sig skyldig att ställa samma fråga till grabbarna.

– Har ni också det trevligt?

– Absolut! Vi är inne på vår andra pilsner nu. Jag ser att ni också dricker lite ikväll. Är det gott vin? undrar Sune.

– Jajamän! ljuger Astrid. Sune flinar och fiskar efter något innanför kavajfickan.

– Kolla vad jag har köpt! Får man lov att bjuda på en cigarett? undrar han och håller paketet framför Karin. Genast blir hon allvarlig och stirrar på paketet.

– Du vet ju mycket väl att varken jag eller Astrid röker. Ta en du själv.

– Det har vi redan gjort, säger Uno och ser mallig ut.

– Se dig omkring Karin. Alla röker ju här inne. Men du kanske inte vågar testa? Vi ska inte skvallra till era farsor om ni tar en cigarett, flinar Sune och viftar med paketet ännu närmare ansiktet på Karin. För ett ögonblick tvekar hon men tar till slut en av Sunes cigarett. Uno är snabbt framme med tändsticksasken och tänder en sticka. Karin har sett hur man gör när man tänder en cigarett. Man håller tändstickan i änden och suger in luft genom cigaretten så tänds den. Hon tar bara ett kort bloss men det retar rejält i halsen men hon lyckas låta bli att hosta. Sune tittar ivrigt på och flinar ännu mer. Han ser på Astrid och håller fram paketet till henne med, men hon skakar bara bestämt på huvudet.

– Nej tack, jag avstår!

Karin tar ett bloss till, denna gång lite djupare. Genast snurrar det till i huvudet. För ett ögonblick hörs ljudet omkring henne starkare och hon blir mer fokuserad men samtidigt lite rädd. Snurret försvinner snart men hon känner att hon mår lite konstigt och hon ångrar genast att hon testade cigaretten. Någon minut går och illamåendet förstärks lite. Hon känner att hon behöver frisk luft snarast men vill inte göra bort sig inför grabbarna, så hon föreslår för Astrid att de behöver gå på toaletten i stället.

– Astrid, jag behöver gå på damrummet. Följer du med mig?

– Javisst.

De reser sig och lämnar kvar grabbarna vid bordet och går mot entrén.

– Jag behöver inte gå på toa men jag behöver få luft, huvudet bara snurrar och jag mår lite illa, viskar hon i Astrids öra.

– Nä men usch! Stackare, vi går ut ett slag. Du borde aldrig ha testat den där cigaretten.

– Nä jag vet. Men jag erkänner att jag blev provocerad av grabbarna. Jag ville bara visa dem att jag minsann kan jag med.

Det är trångt på vägen ut men till slut kommer de ut genom ytterdörren. Sval kvällsluft slår emot dem och Karin tar ett par djupa andetag, men hon mår fortfarande lilla. De går i väg några meter och sätter sig på en bänk som står lite avskilt från de andra som står utanför ingången till hotellet.

– Hur går det med dig, gumman? Mår du mycket illa? undrar Astrid och lägger armen om henne.

– Jag tror det börjar lätta lite nu, svarar hon och håller sig för pannan.

– Är det vinet eller cigaretten, tror du?

– Cigaretten. Definitivt. Jag har ju inte druckit så mycket av vinet.

– Du, är det okej om jag går in till damrummet? Jag kommer tillbaka så fort jag kan.

– Javisst! Gå du, jag kan behöva sitta här några minuter till och andas in lite frisk luft. Aldrig mer cigaretter, skrattar hon.

Ojoj, inte trodde väl jag att jag skulle bli så här snurrig av en cigarett. Vad pinsamt! Nu får de allt något att skratta om, Uno och Sune. Men strunt samma, jag bryr mig inte om de töntarna.

Medan Karin sitter och samlar alla intryck hon fått hittills från kvällen, hör hon plötsligt en manlig röst alldeles bredvid henne.

– Ursäkta, mår fröken bra?

Karin tittar hastigt upp och ser en snygg korthårig kille i hennes egen ålder. Han har markerade ögonbryn och mörkbruna ögon som hon får svårt att slita sig från. Rak i ryggen och blicken är skarp. Han ler lätt och ser snäll ut.

– Ursäkta, vad sa ni?

– Jo, jag undrar bara om fröken mår bra. Jag är ute för att ta en nypa frisk luft och råkade se er sitta lutande framåt med handen för pannan. Jag ville bara förvissa mig om att ni mår bra, säger killen med lugn och varm röst.

– Jodå, jag blev bara lite yr där inne av all cigarettrök, svarar Karin. Hon ville inte nämna att hon blev yr för att hon nyss hade testat att röka för första gången. Men på sättet hon formulerade sig så var det ingen lögn, det hon sa.

– Ja jag förstår det. Det är som ett enda stort rökmoln där inne, svarar han och ler. Han släpper inte blicken på Karin. Hon blir generad och vänder till slut bort blicken och rodnar. Grabben räcker fram sin hand.

– Jag heter Erik Wall, förresten.

– Karin. Angenämt, svarar hon och hälsar. Hans hand är stor och varm. Yrseln är nu som bortblåst och hon känner att kvällens svala luft gör sig påmind på hennes bara axlar. Det blir en kort pinsam tystnad tills Erik tar till orda igen.

– Är det okej om jag slår mig ner här på bänken en stund? Eller önskar ni vara ifred? undrar han försynt. Karin skakar snabbt på huvudet.

– Ni får gärna slå er ner och göra mig sällskap, ler hon.

Det är knappt så hon kan tro det är sant, men hon börjar förstå att hon precis håller på att bli uppraggad av den snyggaste killen hon någonsin har sett.

Erik noterar knottrorna på hennes armar. Snabbt tar han av sig sin jacka och lägger den varsamt över hennes axlar.

– Jag såg att ni såg ut att frysa, hoppas den här jackan kan hjälpa något. Den är ganska tunn, men kanske bättre än inget?

– Tack snälla! Vilken gentleman ni är, fnissar Karin.

– Brukar ni gå ofta hit till hotellet? undrar Erik. Karin skakar på huvudet.

– Om jag ska vara ärlig så är detta första gången jag är här.

– Första gången? Hur kommer det sig? undrar Erik förvånat.

– Jag bor inte här i stan. Jag bor på en ö en bit utanför stan som kallas Utö. Jag är här med min bästa vän och två av våra klasskamrater.

– Aha, på det viset. Jag bor inte heller här, jag bor i Gävle och är bara på genomresa. Jag skulle egentligen suttit på gotlandsbåten just nu, men båten fick motorhaveri, så nu är vi femtiotalet grabbar här på hotellet över natten.

– Ska ni till Gotland? Är ni soldat? undrar Karin med allvarlig min men Erik skakar på huvudet.

– Inte än. Men jag ska väl bli antar jag. Jag ska påbörja min beredskapstjänstgöring på Gotland, suckar han. Hans lugna leende försvinner och han får ett uns av vemod i blicken.

– Men oj. Stackare, det låter inte roligt. Ni ser inte ut att se fram emot det direkt. Hur länge blir ni borta?

– Knappt ett år är det väl sagt. Men om kriget kommer till Sverige, ja då vet jag inte hur länge jag blir borta.

– Jag ser att ni inte verkar tycka det ska bli särskilt roligt. Det förstår jag verkligen. Så då innebär det att ni är arton år? Eller kanske äldre?

– Ja det stämmer. Jag är arton, nickar Erik. Och ni? Jag gissar att ni är i samma ålder? Eller är jag för fräck nu? Man ska ju inte fråga om en dams ålder, kanske…

Karin skakar på huvudet och lutar sig fram mot Erik.

– Jag och mina vänner är bara sexton faktiskt. Men min klasskamrat Sunes far känner visst ägaren till hotellet, så han hjälpte oss att komma in, viskar Karin.

– Aha, på så vis. Vad tycker ni om hotellet hittills då? Vad tycker du om musiken?

– Det är så stort här! Jag som kommer från en liten ö har väl aldrig sett så mycket folk på en och samma gång. Och musiken, den är ju fantastisk! Jag har aldrig hört musik på riktigt innan. Bara på radio menar jag.

– Samma här. Skulle jag…

– Karin! ropar någon på håll. Det är Sune. Han har en pilsner i ena handen och en cigarett i den andra. Karin suckar tyst för sig själv.

– Där är du ju! Jag undrade just vart du tog vägen, säger han och stirrar surt på Erik och sedan på Karin igen.

– Stör den här killen dig? I så fall så säg bara till, säger Sune som bröstar upp sig.

– Nej han stör verkligen inte. Vi bara sitter och pratar lite. Det här är Erik, säger hon och nickar. Erik sträcker fram handen för att hälsa men Sune visar inga tecken på att vilja ta i hand.

– Det är bäst att du tar och går in nu så du inte börjar frysa, fnyser Sune.

– Tack men jag tror nog att jag kan avgöra själv när jag vill gå in, snäser hon.

– Nåväl, du gör väl som du vill. Men säg bara till om han besvärar dig på något sätt, säger han och blänger till på Erik och vänder sig sedan om och går tillbaka in till hotellet.

– Hoppsan, han var visst lite sur av sig. Det var väl inte din käresta hoppas jag? undrar Erik med avvaktande blick. Karin skakar bara på huvudet och ler.

– Ni får verkligen ta och ursäkta min klasskamrats beteende. Och nej, det är verkligen inte min käresta. Och det är hans far som har skjutsat hit oss med båten och ordnat så att vi kunde komma in här på dansen ikväll.

– Ja men då är väl det kanske bäst att du håller sams med honom då. Så att du får skjuts hem tillbaka till…?

– Utö, skrattar Karin.

– Utö var det ja… Fryser ni fortfarande?

– Nädå. Tack så mycket för att jag får låna er jacka. Det var snällt av er.

– Äsch, det är väl det minsta jag kan göra. Jag kanske skulle kunna få bjuda er på någonting från baren? En drink kanske?

Karin skakar på huvudet.

– Tack, men det är bra. Jag drack ett halvt glas vin innan, men jag tror inte alkohol är min grej.

Men herregud, vad säger jag? Varför tackade jag nej? Tänk om han inte vill prata något mer med mig nu.

– Fast det är klart, ett glas juice eller sodavatten kan du gärna få bjuda på, säger hon och tindrar med ögonen.

Erik skiner upp.

– Absolut. Kom så går vi in, säger han glatt. Han håller ut armen som gentleman och Karin fattar tag i den och följer honom in. I ögonvrån ser hon Astrid sitta borta vid bordet. Hon misstänker att Astrid måste ha sett henne med en främmande kille när hon kom tillbaka från toalettbesöket och gått därifrån igen för att inte störa. Uno ser hon inte till men Sune sitter bredvid Astrid och hon ser att han följer varenda steg hon tar. Det är inte utan att hon känner sig lite stolt när hon går längs dansgolvet och vidare bort till baren i armkrok med en kille. Erik beställer in två glas juice och de sätter sig sedan och småpratar vid ett litet bord för två. Erik berättar lite om hur han bor och hur hans resa från Gävle till Nynäshamn var, men Karin hör kanske bara hälften av vad han säger. Allt hon kan tänka på är hans vackra bruna ögon som hon fullständigt drunknar i, hans röst som inger lugn och hans pärlvita perfekta tänder. Han frågar henne om hur livet på Utö är och verkar genuint intresserad, vilket förvånar men även fascinerar henne. Hon berättar om sina småbröder och far, om den lilla hamnen och om olika badplatser som finns på ön. Tid och rum verkar stå stilla. Allt omkring henne verkar inte längre finnas till. Det enda hon ser just nu är Erik.

Den glada swingmusiken upphör för ett ögonblick och lugnare toner spelas upp. Runtomkring dem bjuder män upp damer till dans. Några går ut för att ta en nypa luft och några går till baren för att fylla på.

– Får jag lov till en dans? undrar plötsligt Erik. Karin rycker till. Hon blir först osäker, men tänker sedan att denna sorts dans inte borde vara särskilt svår.

– Ja tack, det vore trevligt.

Han sträcker fram sin hand. Karin tar den och han för henne in till mitten av lokalen. Hon känner igen låten som spelas men vet inte vad den heter. Hon älskar den och har länge drömt om att få dansa med en vacker kille till den. Äntligen besannas drömmen och hon känner Eriks hand ta ett varsamt tag om hennes midja. Med små lätta steg följer de musikens takt. Erik ser på henne och ler.

– Inte visste jag att ni kunde dansa så här bra.

– Det är ju killarna som för, vi tjejer bara följer ju med så det måste vara ni som dansar bra, skrattar hon och känner en svag doft av hans parfym. Hon sneglar bort mot bordet där Sune sitter. Han blänger oblygt på dem medan de dansar och han ser riktigt tjurig ut. Astrid däremot skiner som en sol med hela ansiktet när hon ser sin vän dansa tätt intill Erik. Låten tar slut och Erik tackar för dansen. Det börjar bli varmt i lokalen och hans panna är svettig.

– Kom med mig, du måste få träffa min bästa vän Astrid, säger Karin och tar tag i hans hand och drar lätt. Både Sune och Uno sitter vid Astrids bord. Sune ser smått nervös ut när de närmar sig bordet och verkar fundera på om han ska resa sig upp och gå därifrån men väljer att sitta kvar. Han dricker upp det sista ur sin ölflaska och tittar ner i bordet när Karin och Erik kommer fram. Karin skiner som en sol när hon presenterar sin nyfunne vän.

– Hörni, det här är Erik! ler Karin med hela ansiktet. Erik sträcker artigt fram handen och hälsar på Astrid.

– God kväll, Erik heter jag.

– God kväll. Astrid, säger hon och ler försynt. Det bubblar i hela henne och hon kan knappt hålla sig när hon sneglar på Karin. Erik hälsar på Uno och sist på Sune.

– God kväll! Vi sågs ju som hastigast utanför tidigare ikväll, säger Erik och sträcker fram handen mot Sune. Sune tvekar först och fortsätter blänga surt. Till sist sträcker han fram sin hand. Han kramar Eriks hand ganska hårt. Allteftersom tar han i hårdare och till sist så hårt han bara kan för att se om han får någon reaktion. Erik förstår snabbt att Sune antagligen måste vara intresserad av Karin och att de två nu är konkurrenter. Hans hand gör ont och han försöker trycka tillbaka så gott han kan. Utan att någon av dem gör en min står de en lång stund och blänger på varandra.

Okej, det är så han vill ha det! Den lönnfete fjanten är också intresserad Karin. Och han försöker mopsa sig och tror han kan få mig ur balans genom att klämma sönder min hand. Det kan han glömma! Stark verkar han vara i nyporna men det är jag med. Den här jäveln måste sättas på plats.

Karin upptäcker till sin förfäran den lilla diskreta duellen grabbarna emellan och försöker avbryta.

– Erik och jag tänkte precis ta en nypa luft utanför, det är så himla varmt i lokalen. Är det någon som vill med? undrar hon, men Astrid skakar på huvudet. Hon förstår att frågan bara var av ren artighet. Sune ruskar på huvudet.

– Varför ska vi ut och ränna för? Vi sitter bättre här, muttrar han.

– Ja men då så. Då går vi två ut en stund så ses vi senare, kvittrar hon och försvinner bort tillsammans mer Erik. På vägen ut börjar hon fundera på vad som är på väg att hända den här kvällen.

Herregud, här går jag i väg hand i hand med en snygg kille. Han och jag måste ha pratat nästintill oavbrutet med varandra de senaste två timmarna. Vad innebär det här egentligen? Jag är definitivt intresserad, men hur tänker han? Om han inte vore det minsta intresserad så hade väl han gått till sina vänner för länge sedan? Men han verkar ju bry sig om vad jag säger. Han intresserar ju sig för hur mitt liv ser ut hemma på Utö och lyssnar verkligen på vad jag berättar. Är han för bra för att vara sann, eller är han verkligen så här himla genuin som han verkar? Vad kommer hända nu? Kvällen börjar lida mot sitt slut och han åker i väg till Gotland i morgon bitti. Kommer jag någonsin att få se honom igen? Har vi bara någon timme kvar tillsammans?

Karin och Erik kommer ut till kapprummet. Hon ber om sin jacka och tar på sig den. Sedan går de vidare bort till entrén och ut på parkeringen en bit bort. Några grabbar nickar till Erik och Karin förstår att det måste vara några kompisar från bussen. Klockan är elva och det har hunnit kyla på ute nu. Innan Karin hinner reagera slänger Erik av sig sin kavaj och sveper den om henne.

– Tack snälla, men det behöver ni inte.

– Det gör jag mer än gärna. Skulle inte falla mig in att se er frysa. Skulle ni kanske vilja gå en liten sväng? Så kanske vi håller värmen bättre, föreslår Erik. Karin ser på honom med klurig blick.

– På ett villkor!

– Okej? Vad då?

– Att vi slutar säga ni till varandra, säger hon och tittar på Erik.

– Det låter som en bra idé, ler han.

De lämnar hotellet och går sakta ner mot hamnområdet. Tankarna bubblar inom Karin och hon känner en konstig upprymd känsla i magen som hon aldrig känt förut.

– Det var nästan skönt att komma bort från alla ljud där uppe, suckar hon och ler.

– Verkligen. Jag gillar musiken och att prata med mina vänner men man uppskattar verkligen lugnet här nere vid hamnen en sådan här kväll, säger Erik och ser ut över bryggorna.

– Det finns en liten damm lite längre bort som jag tror kallas för Svandammen. Där finns det några bänkar att sitta på, ska vi gå dit? föreslår Karin.

– Absolut!

Deras händer nuddar vid varandra några gånger längs vägen och rätt vad det är så tar Erik tag i hennes lilla hand. Det pirrar till i hela magen på henne och hon kan inte annat än le just nu. De sätter sig vid en gammal träbänk vid dammen precis där en gatlykta lyser upp kvällsmörkret.

– Du får förlåta Sunes beteende. Han kan vara lite tvär ibland, ursäktar sig Karin.

– Ingen fara. Men jag förstår hur han tänker.

– Hur menar du?

– Om jag hade varit honom och sett hur en kille som precis raggat upp stans sötaste flicka så hade jag också blivit sur, ler Erik. Karin vet inte vad hon ska svara och hon blossar upp på kinderna. Det blir tyst för ett ögonblick. Erik funderar på om han kanske var för framfusig nyss.

Den här kvällen blev verkligen inte alls som jag trodde. Jag som bara skulle ta en öl och fördriva tiden tills det var läggdags, så träffar jag den vackraste tjejen jag någonsin sett. Och just i kväll dessutom, hur stor är chansen. Men kvällen är snart över och här sitter vi nu. Vad blir nästa steg? Jag vill ju träffa henne igen, hur ska jag göra nu?

– Karin, får jag fråga en sak?

– Javisst. Vad är det? undrar hon oroligt. Erik ser på henne djupt i ögonen med en allvarlig blick.

– Jag måste erkänna att jag tror bestämt jag har fattat tycke för dig. Visserligen har jag bara känt dig i ett par timmar vilket borde vara alldeles för kort tid för sådana här känslor. Men jag har aldrig sett någon med sådana vackra ögon som dina och allt det du säger går rakt in i hjärtat på mig. Du gör något med mig som jag inte riktigt kan förklara med ord. Så jag tänkte fråga... kan jag få träffa dig igen? undrar han och inväntar spänt Karins svar. Hon nickar med huvudet. Först svagt och sedan mer bestämt.

– Ja Erik. Ja jag vill träffa dig igen. Mer än gärna! Men... När då? Och hur? Du åker ju till Gotland i morgon bitti och jag åker tillbaka till Utö om bara en dryg halvtimme, flämtar hon förtvivlat och tittar på sitt armbandsur.

– Jag vet inte. Jag har ingen aning om hur det kommer att fungera på Gotland eller vad det innebär att göra sin beredskapstjänstgöring, men jag kan försöka skriva till dig om jag får?

– Ja! Det är klart du får! säger hon med ett leende. Plötsligt blir Erik allvarlig i blicken och tittar ner mot bänken.

– Karin, du får inte tro att jag brukar göra så här mot flickor jag träffar.

Hon skakar på huvudet. Den tanken har inte ens slagit henne.

– Det tror jag inte heller, ler hon och flyttar sig lite närmare honom på bänken.

– Fryser du?

– Bara lite, ljuger hon.

– Klockan är snart kvart i tolv. De spelar strax kvällens sista lugna låt. Vill du gå upp och dansa den med mig? undrar han. Men Karin skakar på huvudet.

– Jag har en bättre idé, säger hon och böjer sig sakta fram mot Erik. Hon kan inte tänka klart men hon låter känslorna styra. Gör hon något förbjudet eller opassande nu? Hon vet inte, men hon bryr sig inte. Erik lutar sig mot henne och ger henne en försiktig kyss. Hon besvarar kyssen och tar tag om hans armar. Hon flämtar till och hela kroppen pirrar så hon knappt kan sitta still. Detta var hennes livs första kyss. Så många gånger som hon och Astrid har suttit i hennes rum och fantiserat om hur det skulle vara. Nu vet hon. Äntligen fick hon svaret på hur det kändes att kyssa en kille. De lutar sig tillbaka på bänken och tittar upp mot himlen. Fullmånens sken speglar sig i den spegelblanka lilla dammen. Karin önskar att kvällen aldrig skulle ta slut men hon vet att hon alldeles strax måste åka tillbaka till Utö tillsammans med de andra. De omfamnar varandra och bara njuter av varandras närhet en liten stund till.

På håll hör hon bekanta röster bakom sig. Det är Astrid, Uno och Sune som är på väg mot bryggan där Harald Vilhelmsson strax ska ta dem med tillbaka till Utö. Klockan är några minuter över midnatt och dansen är slut.

– Erik, jag måste följa med de andra hem nu, suckar Karin.

– Jag förstår. Är det okej om jag följer med bort till bryggan och säger adjö? undrar han.

– Det är klart, ler hon och kramar hans händer. De reser sig motvilligt och går bort mot bryggan. Harald är redan på plats. På håll ser Karin hur Astrid oroligt vänder sig om och spanar efter Karin men ser henne inte. Skymd av skuggan från träden mellan dammen och stationshuset skyndar de sig fram mot bryggan.

– Astrid! Här är jag! ropar Karin.

– Men där är du ju! utbrister Astrid när hon äntligen ser sin vän.

– Vi undrade just vart du tog vägen. Jag var rädd att du inte skulle hinna hit i tid.

– Vi…vi har bara gått en liten promenad, svarar Karin. Sune blänger på Karin och Erik om vartannat.

– Hoppa ner i båten nu Karin så inte far behöver vänta! snäser han irriterat.

Harald sitter tålmodigt i båten och ser ungdomarna komma fram till båten. Sune hoppar ner i båten först.

– Vem är det som Karin håller i handen? Är det någon hon känner? undrar Harald förvånat och stirrar upp på dem.

– Äh, det är bara något drägg, muttrar Sune och sätter sig ner. Astrid och Uno kliver ner i båten och sätter sig. Kvar står Karin och tvekar. Hon vet att hon måste gå nu och lämna kvar Erik på bryggan.

– Jag måste tyvärr gå nu, Erik. Men jag behöver få träffa dig igen, det känns som vi har så mycket kvar att säga varandra! Kan du inte skriva till mig?

– Karin, vi har mycket kvar att säga varandra. Jag vet inte hur det kommer bli på Gotland, men jag lovar att om jag får tillfälle så skriver jag till dig.

– Lova att du gör det! Och om du då ger mig din adress så skriver jag tillbaka.

Hon fattar hans händer kramar dem hårt. Hon skulle så gärna vilja ge honom en sista kyss men vågar inte. Alla de andra sitter i båten och tittar på dem.

– Tack så hemskt mycket för ikväll Erik. Den här kvällen kommer jag aldrig att glömma. Ta hand om dig. Jag hoppas i hela mitt hjärta att du inte glömmer bort mig, för jag tänker inte glömma dig, säger Karin med sprucken röst.

– Inte en chans att jag glömmer de där rådjursögonen, ler Erik. Hon tar av sig kavajen hon lånat av honom och sträcker över den. Motvilligt kliver hon ner i båten och sätter sig bredvid Astrid. Harald lossar repet från bryggan och startar motorn. Han lägger i backen och börjar backa. Karin släpper inte blicken från Erik och hon vinkar några gånger och han vinkar tillbaka. Silhuetten av Erik blir allt svagare och till slut ser hon honom inte längre. Men så hör hon hur någon springer ut längs bryggan och närmar sig båten.

– Karin! Vad heter du i efternamn?! ropar han så högt han kan för att överrösta båtmotorn.

– Lewin! Karin Lewin på Utö! ropar hon tillbaka.

– God natt, Karin Lewin på Utö! ropar Erik och vinkar tillbaka. Harald vänder sakta båten och sätter av mot Utö igen.

Kapitel 8

Utö, natten till söndag 22 maj 1940

Det är tyst på båten på färden hem från dansen i Nynäshamn. Karin och Astrid har hur mycket som helst att prata om och Karin är sprickfärdig inombords, men här på båten kan de såklart inte prata om kvällens händelser. Grabbarna säger inte ett knyst. När de efter en stund kommer fram till hamnen på Utö tackar tjejerna artigt Harald så mycket för skjutsen och skyndar i väg hemåt. De tisslar, tasslar och fnissar hela vägen hem. Karin hinner berätta det mest väsentliga längs vägen och de bestämmer att de ska träffas i morgon för att berätta mer om killen hon nyss träffat.

Så tyst hon bara kan låser hon upp dörren och går in i huset. Både småbröderna och Thor sover så klart vid den här tiden och hon kan höra dem andas djupt. Det är nu som först hon känner att hon är hungrig. Hon har inte ätit sedan strax innan hon lämnade Utö tidigare idag. Ur skafferiet tar hon fram en limpa potatisbröd och skär upp två bitar och sätter sig vid köksbordet. Ovanför bordet tickar den gamla väggklockan som var arvegods från mors sida. Den visar 01.30 och hon borde sova för länge sedan. Snabbt äter hon upp brödet och gör sig i ordning och går och lägger sig, men det tar en stund innan hon somnar. Det enda hon kan tänka på är den stilige ynglingen hon nyss hade träffat på hotellet, Erik. Han hade sagt sitt efternamn vid något tillfälle under kvällen men hon kan inte komma ihåg vad det var. Hon är förvånad över sina egna känslor men tydligen räckte det med några få enstaka timmar tillsammans med honom för att inse att hon nu var upp över öronen förälskad.

Det första som Sune märker av när han vaknar är att huvudet dunkar. Han vet inte om de fyra pilsner han drack under gårdagskvällen är mycket eller lite men nog blev han ganska påverkad av det. Så här efteråt konstaterar han att de inte fyllde den funktion han hade hoppats på. Tvärtom, han blev lite lätt illamående runt elvatiden vill han minnas och dessutom gav de honom denna jobbiga huvudvärk. Han som trodde att pilsner skulle göra honom lättsinnad och glad. Det kurrar i magen på honom och han klär på sig och går ner till köket för att äta frukost. Då kommer han på att det är söndag och hushållerskan är ledig idag. Några svärord senare sitter han och äter frukost själv vid det stora köksbordet. Uppifrån hör han att Harald är på sitt kontor som vanligt, trots att det är söndag. Sune tänker tillbaka på gårdagskvällen som inte alls blev som han hade hoppats på. I ett par veckors tid hade han fantiserat om att få vara en riktig gentleman inne på hotellet och bjuda Karin på en drink och sedan hade de suttit och pratat och skrattat åt hans dåliga skämt. Sedan skulle han bjuda upp henne för en dans och han skulle lägga handen runt hennes smala midja. Som han hade längtat att få hålla om henne! Men nu blev det inte så, för någon jäkla bondlurk från Gävle som Karin träffade utanför hotellet som kom och förstörde alltihopa.

Om jag ändå bara inte hade bjudit Karin på den där cigaretten! Då hade hon aldrig känt dig dålig och behövt gå ut och ta en nypa luft. För det var ju där ute jag såg dem tillsammans, jag såg dem allt genom fönstret. Den inställsamme fjanten lånade ut sin kavaj för att hon inte skulle frysa! Vad har han som inte jag har? Ingenting! Hans kläder var ju långt ifrån moderna och dessutom skulle han ju i väg till Gotland på beredskapstjänstgöring. Han blir ju borta i månader, fattar hon inte det? Det är ju ingenting att ha en sån, Karin kommer ju aldrig mer höra av den där jäkeln. Varför ser hon inte i stället vad jag har att erbjuda? Jag klär mig fint, kan föra mig och jag bor flott. Jag skulle kunna köpa henne fina kläder och dyra smycken om vi två var gifta. Jag skulle utan problem kunna säkra Karins framtid, inser hon inte det? Tydligen inte... En riktig jäkla skitkväll blev det igår. Vad fan gör jag nu då? Finns det verkligen ingenting jag kan göra för att få Karin att glömma den där tönten och börja intressera sig för mig i stället? Det måste finnas ett sätt! Men Uno är ju inte den bästa att fråga om råd, han vet ju lika lite om tjejer som jag. Och mor, ja henne kan jag berätta vad som helst för, men det går inte in i hennes huvud. Hur många gånger har jag inte suttit och pratat med henne utan att ens få så mycket som en blick tillbaka? Vet hon ens om att jag är hennes son? Jag undrar vad som är värst - hennes psykos eller alla de tabletter som läkaren trycker i henne... Borde inte far åka in till Nynäshamn och hälsa på henne lite oftare? Det känns som han ibland låtsas om som om hon inte längre finns, trots att de fortfarande är gifta. Skäms han för henne? Och de enda gångerna som far tar hit henne till ön är ju till julhelgerna. Eventuellt. Måste far jobba så mycket? Till och med på söndagarna sitter han där uppe och jobbar. Jag får väl gå upp och fråga om han vill ha lite kaffe med mig…

Sune klär på sig, borstar tänderna och går upp genom den breda svängda trappan upp till övervåningen och knackar på dörren till Haralds kontor.

– Kom in Sune! ropar han. Rösten låter lätt stressad och irriterad som vanligt.

– God morgon, far.

– God morgon! Kom in och slå dig ner så får jag höra, jag är nyfiken på gårdagskvällen, säger Harald utan att lyfta blicken från skrivmaskinen framför honom.

– Nå, låt höra. Vad var det som hände där på hotellet egentligen? Skulle du inte försöka charma Karin, fattade jag det som? Hon kom ju för tusan ner till bryggan hand i hand med en annan grabb?! säger Harald irriterat. Sune vågar inte riktigt möta sin fars blick utan tittar i stället ner i golvet medan han noppar nervöst på nagelbanden.

– Alltså vad fan är det du håller på egentligen? Dig har man fått för sina synder! Att du ska göra mig besviken gång på gång… Hur i helvete ska du kunna ta över firman en vacker dag om du inte ens lyckas få ihop det med Thor Lewins dotter? Hur svårt kan det vara? Så jävla ful kan hon väl ändå inte tycka du är? För jag vet ju att du är väldigt förtjust i jäntan och har alltid varit, inte sant? Då går det ju för satan inte bara att gå omkring och drömma. Man måste ju göra slag i saken! Vad gör du på rasterna på skolan? Du går väl inte omkring och glor bara som ett jävla mähä? Försöker du ens prata med flickan?

– Jo men det är inte så lätt, säger Sune och fortsätter titta ner i golvet.

– Inte så lätt? Tror du jag tycker det är så jävla lätt att driva min fastighetsfirma hela tiden? Ingenting är lätt här i livet, Sune! Men man måste kämpa för det man vill ha. Du måste ju för fan visa att du duger någonting till! Lyssna nu Sune, du är min ende son och blivande arvinge och du ska ju en dag ta över min verksamhet. Men jag tänker fan inte finna mig i att min son blir håg kommen som enstöringen på Utö. Du måste ju skaffa dig ett fruntimmer, du börjar ju komma upp i den åldern nu. För du tycker väl om flickor? Säg för fan inte att du går och sneglar åt pojkar? Du är väl inte tvestjärt, pojk? fräser Harald och spänner ögonen i sin son.

– Nej far, självklart inte.

– Men det var väl ändå en jävla tur! Och är det Lewin-jäntan du trånar efter så är det henne du ska se till att få. Jag håller med dig, hon är lätt att vila ögonen på och de andra jäntorna i din skola är väl inte mycket att hänga i granen, om jag ska vara fullt ärlig. Jag litar nu på att du och Karin blir ett par så småningom. Du förstår, man får aldrig ge sig. Det har jag aldrig gjort i hela mitt liv. Om jag har hittat en fastighet till exempel, som jag funnit intressant så ger jag mig inte förrän jag har köpt den. Oavsett om jag är tvungen att betala överpris för den eller löst det på annat sätt om du förstår vad jag menar, säger

Harald med ett flin. Men Sune är inte riktigt med på vad hans far menar men vågar inte fråga utan bara nickar till svar. Harald fortsätter stolt sin predikan.

Och du ser ju vad min beslutsamhet och öga för affärer har givit mig, säger han och ser sig om och gestikulerar med armarna.

– Har vi inte det flottaste huset på ön?

– Jo det har vi.

– Precis! Det ligger många timmars hårt slit och arbete innan man kan ha råd att köpa ett hus av den här kalibern. Du måste tänka till lite nu Sune! Du måste lägga upp en plan för hur du kan få Karin på fall. Nu är det snart skolavslutning och då är det väl kanske inte det bästa läget att flörta med flickor. Men midsommarafton närmar sig och du vet ju att alla på hela ön brukar samlas vid midsommarstången nere vid ängen som vanligt och då har du ju ett ypperligt tillfälle att charma Karin, eller hur?

– Jo visst. Men den där Erik som hon träffade…muttrar Sune och ser ner i golvet igen.

– Erik? Grabben hon träffade på hotellet? Honom behöver du inte oroa dig för, han lär bli fast på Gotland under det närmaste året. Han är nog snart bortglömd så bekymra dig inte över honom, skrockar Harald, tänder en cigarr och blickar ut genom fönstret snett bakom honom.

– Om ändå din storebror hade levt idag. Den grabben visste hur man fick fruntimmer på fall. En mönsterelev i skolan var han också. Förbannade jävla cancer! Varför kan du inte klara av skolan lika bra som han gjorde? Ni är ju för fan av samma skrot och korn, men ändå så olika. Han var stor, stark och atletisk, medan du Sune... äh jag vet inte. Du fick ju en helt annan kroppsbyggnad och hur det gick till, det vete fan... Men du får helt enkelt gaska upp dig. På samtliga plan om det ska bli någonting av dig. Jag förväntar mig att du går i hans fotspår när det gäller både skola och sätt att vara. Du är alldeles för osäker av dig och det kommer att missgynna dig i framtiden. Hittills så har du varit lite av en... besvikelse är väl kanske att hårt ord, men du förstår säkert vad jag menar, inte sant?

Sedan viftar han med handen åt Sune.

– Seså, ge dig i väg nu. Jag har en del affärer att ta hand om.

Med gråten i halsen går han ut och stänger dörren till sin fars arbetsrum. Han hade blivit pressad av Harald att göra slag i saken med Karin, på ett eller annat vis. Men hur i all världen då? Som om han inte hade tillräckligt med press på sig sedan tidigare. Alltid tjat om att vara bäst på alla prov och aldrig ett endaste positivt ord. Sune kan inte påminna sig en enda gång att Harald har tyckt att han gjort tillräckligt bra ifrån sig, varken på proven eller betygen.

Alltid samma visa, en kort blick på betygen och sedan den sedvanliga fnysningen och meningen: "Tja, du fick åtminstone bra betyg i ordning och uppförande, alltid något." Inte ens maten kan jag äta med gott samvete. Alltid pikar om att jag är för tjock. "Tror du tjejerna gillar killar så lönnfeta som du?" "Rör på dig mer så du får bort den där dubbelhakan, sådan ska man inte ha i din ålder." "Du borde vara mer som din bror var." *Vad fan jag än gör så blir han ju aldrig nöjd. Jag kanske aldrig skulle ha nämnt för far att jag är intresserad av Karin. Vad är det för vits med att leva över huvud taget när allt jag gör bara blir skit? Vågar jag verkligen ta över firman en gång i tiden? Tänk om jag inte har rätt kunskap som krävs och tänk om jag tar fel beslut? Kommer han att skälla på mig då när han är gammal, även om det är jag som bestämmer? Kommer jag någonsin göra något bra i fars ögon? Fan att jag sumpade chansen på hotellet igår. Den där jävla Erik! Hur ska jag nu få honom ur Karins tankar?*

Sune går ner till hallen och tar på sig skorna och går ut. Vädret är mulet men luften är någorlunda varm. Han går bort till sin cykel och cyklar ner till Alleviken och sätter sig på en klipphäll. Där sitter han länge och väl och funderar. På alla problem som ligger framför honom nu och på hur han ska kunna lösa dem. Just nu känner han sig som den ensammaste killen i världen och hur han än vrider och vänder på allt så finner han ingen lösning.

Kapitel 9

Gotlandsbåten, söndag 21 maj 1940

Erik och Knutte står i fören på gotlandsbåten Hansa. De tillsammans med femtiotalet andra unga killar är på väg till Gotland för att lära sig skydda Sverige vid händelse av krig. Det sista de hörde om kriget i Europa var när de satt i sitt hotellrum i Nynäshamn. Oroväckande uppgifter lästes upp i radion om att över fjorton tusen polacker hade dödats av ryska styrkor i koncentrationslägren Kozelsk, Ostasjkov och Starobilsk i Polen och Erik hade för första gången hört ordet massavrättning. Han hade fått rysningar på hela kroppen när han hörde dessa fasansfulla uppgifter och han började få rejäl ångest.

Det blåser hårt men Erik märker knappt de hårda havsvindarna. Han försöker slå ifrån sig de hemskheter som utspelar sig i Europa, men det är svårt. I stället för han tankarna till gårdagskvällen. Han tänker på flickan från Utö, Karin Wall. Inte kunde väl han tro att han skulle träffa en tjej som det klickade så bra med som det gjorde med Karin. Han kan inte bestämma sig för om det var bra eller dåligt att träffa en flicka just nu. Han som precis ska rycka in i sin militärutbildning. Tidpunkten kunde inte bli mer fel! Huruvida han kommer kunna få permission eller inte hade han ingen aning om, men sådan information lär väl de få höra om när de kommer fram, tänker han. För ryktet hemma i Gävle sa att man vid några få tillfällen får permission för att kunna åka hem till sina nära och kära. Nyfiken som Knutte var, hade han frågat ut Erik om allt han kunde komma på att fråga om, redan samma kväll de kom tillbaka på hotellrummet. Han har svårt att släppa att Erik fixade en tjej men inte han själv, men fortsätter nyfiket med frågorna.

– Men var hon verkligen bara sexton? Du driver med mig?

– Nä. Är hon för ung tycker du, med tanke på att jag är två år äldre?

– Nej för fan! Det är lagom. Hur sjutton lyckas hon ta sig in på stadshotellet då? undrar Knutte.

– Hon sa att hennes klasskamrat, du vet den där stöddige killen, hans farsa tydligen kände ägaren av hotellet, säger Erik.

– Åh fan. Han måste ha gott om pengar och stort inflytande om han kan ordna in minderåriga bara så där, halvskriker Knutte i den hårda vinden. Erik rycker på axlarna och ler.

– Antagligen. Men ärligt, vad tyckte du om henne? Visst var hon vacker?

– Ja det var hon. En riktig pärla. Det fullkomligt strålade om henne när hon gick fram genom dansgolvet. Jag tror inte hon fattar själv hur vacker hon är. Men jag fick ju aldrig träffa henne. Jag tyckte det var bäst att jag höll mig på avstånd. Ville inte störa er, liksom.

– Nä det var schysst av dig. Hon var så annorlunda mot tjejerna hemma i Gävle. Inte så där stöddiga som de är där. Det kändes som om vi var på samma nivå.

– Håller med dig, gävlejäntorna är så stroppiga och omogna på något sätt. Du, det var fan vad det blåser här ute! Ska vi gå in? undrar Knutte och gör en bister min. Erik håller ett stadigt tag om räcket längst fram på relingen och ser ut över det stormiga havet.

– Mm. Men jag har en stark känsla av att det här är bara början till allt elände. Tänk om vi ändå hade ett val. Tänk om vi kunde slippa den här militärtjänstgöringen. Jag har ingen som helst lust att träna på att bli soldat, suckar Erik.

– Oroa dig inte! Om ett år är allt det här över. Det går fort, ska du se. Vi lär oss skjuta lite på skjutbanorna, vi får lite skäll av befälen och vi lär oss marschera och så vidare. Och vips så är vi hemma i Gävle igen ett år äldre, skämtar Knutte och klappar Erik på axeln. Erik ser sig om. Det går inte längre att se fastlandet. Den lilla färjan kämpar mot de höga vågorna och den tar dem sakta vidare över till Gotland. En stark känsla av oro kommer över honom.

Ett år senare ja. Trehundrasextiofem dagar. I bästa fall. Vad ska det bli av allt det här? Man kanske inte skulle ha lyssnat på allt skitsnack hemma i Gävle om att göra militärtjänstgöring. Men man blir ju lite orolig. Inte så konstigt kanske. Tur att jag känner några här på båten och tur att Knutte är med mig. Men hur många soldater kan det redan finnas på Gotland och hur många kommer det att tillkomma förutom oss? Jag gillar inte det här alls och jag tror inte att Knutte är så förtjust heller i att åka över till Gotland. Men han ska alltid försöka vara rolig och skoja bort allting. Men jag känner honom bättre än så, mig lurar han inte. Fast det är klart, jag håller väl masken lite jag med. Måtte vi inte bli invaderade nu medan vi är här bara. Om tyskarna tar Gotland så är hela Sverige riktigt illa ute. Ön är ett viktigt strategiskt ställe som betyder mycket, säger de på radion.

Grabbarna går in i värmen igen. Några är sjösjuka och är alldeles vita i ansiktet, men för Erik och Knutte går det bra än så länge. Knutte skämtar om att de måste ha haft sjömän i släkten.

Hansa kämpar vidare framåt på det stormiga havet och det är inte förrän på kvällen de anländer till hamnen i Visby.

Den första timmen iland på Gotland blir som en chock som ingen av grabbarna ombord hade ens kunnat föreställa sig. Halva kajen i Visby är full av soldater och befäl. Det doftar tång och hav. Måsarna skriker högt där uppe i luften ovanför dem. Allting är tydligen väldigt bråttom inom försvaret, får Erik snabbt lära sig. Befäl som skriker konstant på dem och allt de unga grabbarna gör är tydligen inte fort nog. Efter att blivit kommenderade att ställa sig i två led linje på kajen med sin inryckningsorder i handen samt legitimation, blir de sedan uppdelade i olika grupper. Några blir stationerade till krigssjukhuset i Lärbro, några ska till kustartilleriet i Fårösund och andra skulle bli kvar i Visby och signalkompaniet som finns där. Framme vid kön står ett befäl och pekar med ena handen åt grabbarna efter att var och en varit framme vid bordet och blivit avprickade. Erik står bakom Knutte i samma led. Han huttrar lätt i den kyliga kvällsluften. Han vänder sig om och ser sig omkring.

Så det är så här Gotland ser ut... Det är alltså här jag kommer tillbringa ett helt år. Så särskilt vackert var det inte här direkt. Fast vilket hamnområde är väl det? Det är ju inte så roligt hemma i hamnen i Gävle heller. Kanske är finare dit vi kommer, får man väl hoppas. Men det där befälet där borta som sitter ner, vad han pratar konstigt. Kan det vara gotländska som låter så? Jag förstår ju knappt vad han säger, värre än skånska ju.

Det är tyst i leden för ingen vågar yttra sig. Alla är lika spända på att veta vart de ska ta vägen.

– Hoppas vi hamnar på samma ställe, viskar Erik. Han får en diskret nick till svar. Snabbt märker han också att de som bär glasögon hamnar i Lärbrogruppen. Antagligen för att de automatiskt räknas som odugliga för att kunna skjuta, tänker han.

– Knutte, ta av dig glasögonen. Fort som fan, annars minskar chansen att vi hamnar på samma ställe, viskar Erik. Knutte stoppar snabbt ner sina glasögon i jackfickan. Förutom att Knutte bär glasögon är annars de båda grabbarna lika byggda förutom att Knutte är ljushårig. Det är Knuttes tur nu. Han går fram när befälet vinkar fram honom, lämnar fram sina papper och visar sin legitimation, blir synad topp från tå och blir sedan skickad till gruppen som ska till Fårösund. Eriks tur. Det pirrar i hans mage. Chansen är nu 50-50 att han hamnar i

Fårösund tillsammans med sin vän. Befälet har en bister min och ser knappt på honom.

– Namn?

– Erik Wall, svarar han och räcker över både legitimation och inryckningsordern. En snabb granskning uppifrån och ner av befälet och blir sedan kommenderad att ställa sig i gruppen som ska till Fårösund. Han kan för tillfället andas ut.

Kapitel 10

Utö, 10 juni 1940

Det är äntligen dags för skolavslutning. Karin och tre till av de äldsta ungdomarna har gått sina sista dagar i skolan och livet kommer att ändras dramatiskt för var och en av dem. Inget mer av att sitta bakom en skolbänk och lyssna på magister Lennartssons enformiga röst. Än så länge är den närmaste tiden relativt utstakade för dem. Uno ska jobba ombord på sin fars fiskebåt, Sune börjar som springpojke på sin fars firma, Astrid har fått jobb hos sin mor på öns lanthandel och Karin ska hjälpa till med olika sysslor uppe på värdshuset hos sin far. Det är inte direkt vad hon helst av allt önskar men har inget bättre alternativ just nu.

Dagarna mellan hotellkvällen inne i Nynäshamn och fram till denna dag har gått i rasande fart och Karin har inte haft en aning om vad magistern har pratat om på undervisningarna. Det enda hon haft i huvudet är Erik och det är det enda hon pratar om med Astrid. Det tog några dagar innan hon vågade nämna för Thor om killen hon hade träffat. Men till slut en dag när Thor frågade varför hon gick omkring och nynnade och visslade så glatt den senaste tiden, tog hon tillfället i akt och berättade om Erik. Hon hade märkt en strimma av besvikelse i blicken på honom och hon vet att han helst av allt hade önskat att hon och Sune blivit ett par. Naturligtvis fanns det en baktanke med det. Lokalhyran för värdshuset skulle i så fall förmodligen inte chockhöjas och Karins framtid och ekonomi skulle säkras, vilket skulle lugna Thors sinne betydligt. Vad Thor tänkte innerst inne sa han aldrig rakt ut, men hade blivit tyst och avvaktande när Karin berättade om nyheten.

Dagen tycktes bli precis en sådan där perfekt dag som man vill ha på en skolavslutning - varmt väder och klarblå himmel. Småbröderna Olle och Gunnar är uppklädda och vattenkammade och Karin har precis blivit klar med håret. Det är inte ofta som hon ser sin far med slips men idag var en sådan dag.

– Karin gumman, vi har en stund på oss innan vi måste gå bort till kyrkan. Vill du ta en kopp kaffe med mig i köket innan vi går?

– Kaffe? Har vi det hemma menar du? säger hon förvånat.

– Jag tog med lite från jobbet igår. Men jag har bara så det räcker till oss idag och i morgon. Det är hopplöst det här med ransoneringen, suckar han och häller upp vatten och kaffepulver i kokaren.

– Ja tack. Det hinner vi med, svarar Karin och tar fram en varsin kopp och fat och ställer dem på bordet. Ett par syrenkvistar som står i ett glas på bordet har börjat tappa sina blommor och skräpar på den vita duken. Den hade hennes mor broderat strax innan hon gick bort och Karin älskade den.

– Ja det där kriget har ställt till det med mycket, suckar Thor. Vi har knappt några gäster på värdshuset och de få pengarna jag lyckats spara undan är jag tvungen att ta ifrån varje månad för att vi ska ha mat på bordet. För att inte tala om alla ransoneringar.

– Ja kriget är hemskt. Men vi får väl ändå tänka på att det finns de som har det mycket värre. Tänk på alla soldater runtom i Europa som stupar i kriget varje dag, tänk på alla de änkor som…

Karin tystnar och tar sig för munnen. Kriget är jobbigt att prata om för henne. All död får henne att tänka på sin mor som inte längre finns. Och hon tänker på Erik som är där borta på Gotland någonstans och lär sig att bli soldat. Han lär sig hur man tar en annan människas liv. Thor ser att hon blir ledsen och lägger armen om henne.

– Seså, inte vara ledsen nu. Det är ju din skolavslutning idag ju. Apropå soldater, kan du inte berätta lite om den grabben du träffade på dansen? Erik hette han va? undrar Thor som försöker få Karin på gladare tankar. Hon torkar bort en tår och försöker sig på ett litet leende.

– Ja Erik heter han. Jag kommer tyvärr inte ihåg vad han heter i efternamn. Han var jättefin och trevlig! Du skulle gilla honom.

– Mm. Det var ju synd att han skulle in på beredskaps- tjänstgöring, säger Thor utan att riktigt se ut att mena det.

– Jaa. Men han lovade att han skulle skriva till mig. Jag hoppas så att… att vi kan ses någon gång igen, ler Karin som får något drömskt i blicken. Thor tror inte ett ord på det hon säger men nickar bara med huvudet. Han vet exakt vad unga grabbar i den åldern kan lova för att få en kyss eller två. Kaffepannan ljuder och han reser sig och går och hämtar den och fyller upp kopparna med rykande hett kaffe. Han sätter sig sedan med en djup suck.

– Ja du Karin. Tänk att du är så stor att du går ut skolan idag. Det känns som det vore igår som jag och mor din gick med dig till skolan första dagen när du var liten. Jag minns att du var spänd och inte alls så där pratglad som du brukade. Du höll mors hand så den nästan blev blå, har hon berättat.

– Gjorde jag?

– Ja. Men när vi hämtade dig några timmar senare ville du knappt gå därifrån. Du hade haft så roligt. Och nya vänner hade du fått. Jag mötte magister Lennartsson häromdagen nere i speceriaffären.

Karin fryser plötsligt till när hon hör magistern nämnas.

– Jaså, gjorde du?

– Han sa att du hade skött dig exemplariskt under din skolgång. Det gör mig stolt som far att höra sådant, ler Thor.

– Tack! Fast jag visste ju vilka klasskamraterna var sedan tidigare, men jag hade ju aldrig pratat med dem. Skolan var ju roligt ett tag men de sista åren hade jag gärna kunnat slippa. Magistern, han…

Karin avbryter sig. Tar en slurk av kaffet och vrider otåligt på sig.

– Vad är det med magister Lennartsson? Har han inte varit bra mot er? Jag som trodde han var populär, säger Thor. Karin är rädd att om hon berättar sanningen om magistern så skulle hennes far ha ett och annat att säga till honom när de strax skulle ses borta vid kyrkan. Hon ville absolut inte riskera att något sådant utan bestämde sig för att hålla tyst om hans otäcka närmanden.

– Han kan vara lite sträng ibland bara, säger hon och harklar sig lätt.

– Jo men han har ju en hel klass att hålla ordning på, så lite disciplin måste han ju ha på er. Jag måste säga att han verkar vara en reko och bra karl som sköter sitt jobb väl. Men det är klart, du träffar ju honom nästan varje dag så du får väl en annan bild av honom kan jag tänka.

Karin bara nickar lätt till svar. Hon tittar ner i kaffekoppen och känner aromen från ångorna. Hon älskar doften av nykokt kaffe. Det ger henne ett inre lugn och påminner om barndomen här i köket. Hennes mor brukade alltid koka morgonkaffe åt sig och Thor och Karin skulle alltid fram till kokaren och sniffa när den började tjuta från spisen.

– Det är så synd att inte mormor orkar följa med till kyrkan. Jag vet att hon så gärna hade velat det.

– Ja, hennes förkylning har suttit i flera veckor nu. Och benen hennes bär henne knappt längre, det är inte lätt att bli gammal. Men vi ska ju förbi henne efter att vi varit i kyrkan. Då ska vi fika där. Hon vill ju så gärna se dig i din vackra vita klänning.

– Ja jag vet. Hon har pratat om skolavslutningen varenda gång de senaste gångerna jag har hälsat på henne.

– Det blir ju så. Hon har ju inte så mycket annat att se fram emot. Du är ju hennes allt, det vet du ju, säger Thor och lägger handen på hennes.

– Usch, sluta nu. Jag får inte börja gråta nu, säger Karin och vänder bort blicken. Hon sväljer hårt och försöker tänka på annat.

Klockan går och det har blivit dags för dem att cykla bort till kyrkan där skolavslutningen ska hållas. Småbröderna lovar att cykla i lugn takt tillsammans med Thor och Karin så de inte råkar ramla och smutsa ner sina kläder. Längs vägen bort till kyrkan som bara ligger ett par hundra meter bortanför skolan, möter de andra familjer som också ska på skolavslutningen. Karin vinkar glatt till Eva och hennes familj som kommer fram samtidigt till kyrkans parkering. Dagen till ära är portarna utanför utsmyckade med björkris och en bit bort är den svenska flagga hissad. Magister Lennartsson och den gamle prästen, Ewald Johannesson, står utanför och skakar hand med alla som går in i den svala kyrkan. De ser nästan likadana ut, vitt tunt hår och halvmåne, fast Lennartsson bär små runda glasögon och är inte fullt lika rynkig. Prästen ser som alltid allvarlig ut medan magistern ler med hela ansiktet medan han hälsar på de som står före i kön. Han ler så där tillgjort som han bara gör när han pratar med någons förälder, aldrig med eleverna. Karin förstår att hon inte kommer undan. Hon kommer att behöva känna magisterns äckliga hand i sin ännu en gång men hon känner sig trygg med att gå in samtidigt som Thor. Det är knappt så hon vill möta Lennartssons blick när hon hälsar men gör det ändå. Först hälsar han på Thor och sedan är det Karins tur. Lennartssons tillgjorda leende försvinner så fort Thor har gått vidare, till att stirra intensivt på Karin. De tar i hand och motvilligt gör hon en kort nigning. Karin försöker släppa taget så snabbt som det bara går men Lennartsson håller kvar någon extra sekund och ser intensivt henne i ögonen. För ett ögonblick känner hon hans varma tumme smeka över hennes hand och blicken pendlar ett par gånger mellan hennes ögon och bröst. Ingen märker någonting. Allt går över på någon sekund men Karin flämtar till, rycker undan sin hand och går snabbt fram ett par steg och hälsar på prästen och niger. Han har ett fast handslag och han önskar henne välkommen medan ansiktsuttrycket är lika stelt som en statys. Omedvetet torkar hon diskret av sig om handen på sin vita klänning fastän hon inte är smutsig, även fast det känns så.

Ett lätt sorl ekar bland förväntansfulla föräldrar och släktingar i den svala dunkla kyrkan. Bredvid dopfunten står ännu ett par små björkar i hinkar med vatten. Några höga vita ljus är tända lite längre fram och de yngre elevernas bilder på svenska flaggan sitter uppsatt lite här och var. Thor har satt sig på tredje bänken till höger. Småbröderna och Karin sätter sig bredvid. Astrid med familj sitter i bänkraden framför och Thor nickar artigt mot hennes föräldrar. Karin böjer sig fram och viskar till Karin.

– Vad fin du är idag! Vi kanske kan be våra föräldrar ta ett foto på oss här utanför kyrkan efteråt?

– Tack detsamma! Ja, far har med sig kameran. Det vore kul att ta ett foto på oss två tillsammans, viskar Astrid tillbaka. Klockan blir elva och kyrkklockan börjar slå. Snabbt tystnar sorlet. Någon minut senare tystnar det och ljudet ersätts av den stora orgeln uppepå orgelläktaren bakom dem. Toner från psalm 200, "I denna ljuva sommartid" ljuder högt och Karin får rysningar på armarna. Hon älskar den psalmen och det är nu som först det slår henne att skoltiden för hennes del är för alltid över. En lättnadskänsla faller över henne och hon ler inombords. Aldrig mera läxor eller tillsägningar från Magistern. Karin njuter varenda sekund av musiken och hon tvivlar på att någon av de andra eleverna känner likadant. När den tar slut hör hon magisterns steg i altargången bakom henne. Han går högtidligt fram och ställer sig längst framme. Hans tillgjorda flin är bredare än någonsin när han håller sitt sedvanliga skol-avslutningstal.

– Kära församling och kära elever! Vi har samlats här idag för att fira en viktig milstolpe i era liv - skolavslutningen. För vissa av er väntar ett välförtjänt sommarlov med massor av sol och bad och för vissa börjar härmed vuxenlivet. Det är en dag fylld av glädje, stolthet och kanske även en liten dos av vemod hos somliga och jag tänker då främst på våra fyra äldsta elever som går ut skolan idag. Ni står vid tröskeln till en ny fas i era liv och det är en tid för reflektion och förväntan. För er elever har skolan varit en plats för lärande, vänskap och självutveckling. Ni har kämpat, utmanat er själva och vuxit som individer. Ni har också skapat minnen och band som kommer att följa er resten av livet. Jag ber er se tillbaka på alla de stunder som har format er och de människor som har stöttat er på er resa. Lennartsson tar en kort konstpaus och får en allvarligare min innan han fortsätter.

– Föräldrar, ert arbete och engagemang har varit avgörande för elevernas framgång. Ni har inte bara gett dem kunskap, utan också väglett dem på vägen mot att bli ansvarstagande, empatiska och självsäkra individer. Era insatser ska hedras och uppskattas. Kära elever, ni tar nu ett steg vidare mot nya utmaningar. Men kom ihåg att skolan är en grund, en grund på vilken ni kan bygga era drömmar och mål. Fortsätt att vara nyfikna, fortsätt att lära er, och framför allt, fortsätt att tro på er själva. Ni har bevisat att ni kan uppnå fantastiska saker och framtiden är full av möjligheter. Slutligen, kom ihåg att ni inte går ensamma in i framtiden. Ni har varandra, era familjer och era vänner som står vid er sida. Oavsett var livet än leder er är ni en del av ett starkt samhälle som tror på er och stöttar er. Måtte det fruktansvärda kriget som pågår i Europa ta slut snarast så alla vi kan åter slappna av och gå vidare och fortsätta bygga upp vår vackra välfärd i vårt fantastiska land. Så stort grattis till er alla på er skolavslutning! Jag ser med spänning fram emot att se era framtida framgångar och alla de fantastiska saker ni kommer att uppnå. Tack för allt ni har gett mig under er tid här och lycka till på er resa framåt!

Magister Lennartsson ler om möjligt ännu bredare och tar ett par steg tillbaka. Karin tycker stämningen är konstig och tillknäppt och känner att en applåd vore på sin plats. Men ingen säger något och hon kan inte förstå varför man inte skulle kunna få applådera i en kyrka och hon tvivlar starkt på att Gud skulle ha någonting emot det. Prästen höjer armarna i en gest att församlingen ska ställa sig upp.

Nu mår han allt bra magistern, när han får vara i rampljuset inför halva öns invånare. Så fina ord han använder, har han kommit på dem själv? Tänk om han kunde vara lika trevlig under lektionerna som han är nu? Sträng och orättvis. Hånar de svaga och fjäskar för eleverna som har föräldrar med pengar. Fy fan. Hur många har inte fått sig en örfil eller smäll på fingrarna av honom genom åren? Mig har han inte örfilat på säkert tre år. Uno har väl fått ett par örfilar bara under vårterminen för att han inte kunnat läxan. Men sådant känner inte föräldrarna till om honom, de bara hör de vackra orden under sådana här tillfällen. Fast Sune skulle han förstås aldrig våga göra något mot, hans far är ju rik. Jädra hycklare! Tänk om vi elever skulle ställa oss upp här och nu i kyrkan och tala om inför hela församlingen hurdan magistern egentligen är?

Karin kan inte låta bli, utan böjer sig fram och viskar till Astrid.

– Är det inte samma tal han håller varje år? Jag tycker det lät bekant. Astrid nickar instämmande. Hon lutar sig bakåt mot Karin och viskar lågt så ingen hör.

– Jävla magisterjävel. Tänk om alla visste vilken snuskgubbe han egentligen är!

Orgeln börjar spela på nytt och tonerna till "En vänlig grönskas rika dräkt" hörs. Återigen får Karin rysningar. Det är någonting med kyrkorglar som får henne att bli både sentimental och berörd. Hon sneglar ner på sin klänning och skor. Hon känner sig för en gångs skull vacker och önskar att Erik satt med henne i kyrkan. Han skulle säkert ha gett henne en komplimang eller två, det är hon säker på.

Efter psalmen håller prästen ett långt och tråkigt tal som varken Karin eller särskilt inte småbröderna orkar lyssna på. Gunnar och Olle blir otåliga men Thor petar diskret på dem. Ännu en psalm och därefter delar magister Lennartsson ut slutbetygen till de fyra äldsta eleverna och ännu en gång blir Karin tvungen att ta i hand och niga åt magistern. Under handslaget blundar hon och tänker på något annat. Till slut är akten i kyrkan slut. Utanför kyrkan blir det fotografering och glada skratt. Karin sneglar på sina jämnåriga före detta klasskamrater. Vid stackars Uno står bara hans föräldrar och hans lillebror. Hans storebror ligger utstationerad någonstans som soldat och kunde inte komma ifrån. De verkar inte särskilt intresserade av hans skolavslutning och inte heller är de uppklädda. Modern står hela tiden och röker och tittar på klockan som om hon hade en tid att passa. Men Karin är lugn, för hon vet att hon kommer få en present när hon kommer hem men hon tvivlar på att Uno kommer få det. Andra tongångar är det hos Astrid. Flera av hennes släktingar från fastlandet har kommit för att fira och för hennes del väntar stort kalas om en stund. Sune och hans far står och språkar med magister Lennartsson.

Stackars Sune, det är bara hans far som är med och uppvaktar honom. Han saknar nog sin mor. Är hon verkligen så pass dålig att hon inte ens kunde komma hit en sådan här dag? Kunde inte Harald ha åkt in och hämtat henne? Inte för att hon skulle ha någon glädje av detta, men för Sunes skull? Han ser ganska nedslagen ut. Hur mycket hjälper alla pengar som familjen Haraldsson har nu?

Karins farbröder och fastrar som bor på ön är på plats. Det blir kramkalas utanför kyrkan innan de sedan blir fika hemma hos mormor Esther. Thor har hjälpt henne att duka långbord på hennes gräsmatta men alla kakor har hon bakat själv. Om Karin känner henne rätt, sitter hon på sin veranda vänd mot grusvägen som leder söderöver mot kyrkan och så har hon förmodligen suttit en bra stund nu och väntat.

Till slut är alla strax hemma hos mormor Esther. De har alla gått längs grusvägen från kyrkan och mot hennes lilla stuga. Karin går först och resten av släktingarna går strax bakom henne. Mycket riktigt sitter hon i sin favoritstol på verandan. Den gamla tanten skiner upp som en sol när hon ser Karin komma gåendes. Karin kan inte låta bli att springa den sista biten och hon slänger sig om halsen på henne.

– Älskade barnbarn! Grattis på din stora dag! Nu är du ju stora damen, utbrister Esther och får en tår i ögat.

– Äntligen är det över. Jag vet ju att du tyckt det varit jobbigt med skolan den senaste tiden.

– Ja, äntligen kan jag lägga skolan bakom mig. Nu väntar arbete hos far på värdshuset. I alla fall ett tag tills jag kommit på vad jag vill göra med mitt liv.

– Det är en bra början. Och du, den där magistern ska du inte bry dig om, han kommer aldrig störa dig igen.

Karin ser förvånat på Esther.

– Jojo minsann, jag vet allt vad det är för en typ av karl, den där mannen.

– Men mormor, hur vet...?

Trots att Karin under alla år hört att hennes mormor är synsk har hon alltid trott att det bara är skrock och struntprat. Men om hon inte är synsk, hur kan hon då veta att magister Lennartsson har gjort närmanden mot henne? För det är ju bara Astrid som känner till det. Esther lyfter upp sin skrynkliga gamla hand och klappar henne på kinden.

– Såja min kära vän, tänk inte mer på det nu. Nu ska du få hjälpa mig att bära ut kaffet och fikabrödet till borden, jag har varit kaffesugen i flera timmar nu. Om du hjälper mig med det så ska jag hälsa på de andra så länge. Och sedan Karin, när alla har gått hem vill jag höra om pojken du är kär i, ler Esther och blinkar finurligt mot Karin.

Kapitel 11

Det har nu gått exakt trettio dagar sedan Karin träffade Erik på hotellet i Nynäshamn och ännu har hon inte hört något från honom. Han är det första hon tänker på när hon vaknar och den sista hon ser framför sig innan hon somnar om kvällarna. Varje morgon börjar hon dagen med att gå ner till brevlådan för att se om det kommit något brev men varje gång blir hon lika besviken då brevlådan gapar tom. Thor hade lovat henne två veckors sommarlov innan hon behövde börja hos honom uppe på värdshuset. De två veckorna spenderade hon mest tillsammans med Astrid. Vattnet var fortfarande för kallt att bada i, till och med vid hennes och Astrids favoritbadställe ute på Persholmen. Där brukar vattnet alltid vara som varmast att doppa sig i om somrarna men det var för tidigt på säsongen än så länge. Det fanns inte mycket att göra på ön för tonåringar. Mestadels brukade tjejerna gå långa promenader och bara prata om saker och ting. De pratade om framtiden, om killar och om saker som varit. Om drömmar och längtan, om fantasier och tankar. De var eniga om att skolan och pluggandet var ett avslutat kapitel som det var skönt att lägga bakom sig. Det fanns ingenstans på ön de inte redan hade varit på men oftast höll de sig kring Gruvbyn. Om det var fina kvällar kunde de ta cyklarna ner till området kring Alléviken och grilla och titta på solnedgångar. Omslutna i filtar kunde de sitta i timmar och diskutera världens alla problem.

Men idag är det Midsommarafton och som vanligt skulle det bli resning av midsommarstång, dragspelsmusik och sång nere vid ängen bakom Bygatan. Redan vid tvåtiden drar det i gång med resning av stången, lottförsäljning och dans. Det är då som småbarnsföräldrarna brukar komma och allteftersom brukar folk fylla på. Släktingar och vänner från fastlandet brukar strömma till framåt eftermiddagen och Thor brukar få fullt upp att göra på värdshuset. Karin har lovat att jobba fram till klockan åtta på kvällen, efter viss övertalning av Thor. Helst av allt ville hon hänga nere vid midsommarplatsen med alla andra. Men Astrid lovade att komma upp och hälsa på henne och dessutom skulle både Astrids familj och flera andra komma upp och äta på värdshuset.

Redan vid lunchtid börjar gäster som kom med färjan välla in på värdshuset och Thor som är allt i allo börjar bli stressad samtidigt som han vet att dagen kommer att bringa bra med pengar. Karin hjälper till med serveringen. Alla bord är dukade och hon skyndar fram och tillbaka mellan gäster och köket. Det är varmt och svettigt och den där mysiga midsommarkänslan som hon alltid brukar infinna sig känns avlägsen. Till råga på allt ser hon att Sune och hans far är på väg mot värdshuset för att äta lunch såsom så många gånger förr. Hon suckar och inser att hon snart kommer behöva vara artig, niga och ta emot beställning av dem vid bordet. Det enda positiva är att de alltid ger bra med dricks. Hon sneglar bort mot receptionen där Thor står. Hon ser hur han som vanligt klistrar på sitt inställsamma leende så fort han träffar Harald Vilhelmsson, men hon förstår varför. Om det inte vore för honom så hade Thor förmodligen behövt fortsätta försörja dem som fiskare såsom han gjorde när Karin var liten. Thor har berättat för henne att livet som fiskare var slitsamt och drömmen om att få öppna något eget blev verklighet när han fick chansen att hyra en av Haralds fastigheter. Thor och Karins mor Maj renoverade den stora byggnaden och inredde det så blev ett värdshus med servering av mat och övernattningsmöjligheter. De levde drömmen i några få år tills Maj fick cancer och gick bort. Sedan dess har Thor försökt kämpa vidare med att driva stället, men utan Majs hjälp var han tvungen att hyra in extra personal och nästan allt av den lilla vinst som blev över gick till utbetalning av löner. Men med rädsla för att behöva stänga ner värdshuset och gå tillbaka till det enda han kan, fisket, kämpar han vidare och tar hjälp av Karin så mycket han kan. Harald Vilhelmsson känner mycket väl till situationen och njuter av att ha Thor lindad runt sitt lillfinger.

Harald stiger in genom ytterdörren tätt följd av Sune. Båda är som vanligt mer än väl uppklädda.

– Herr Vilhelmsson! Sune! Välkomna och Glad Midsommar på er.

– Tack detsamma käre Thor. Har ni ett bord ledigt för ett par hungriga lunchgäster? frågar Harald och fimpar cigarren i askkoppen som står i lobbyn.

– Självklart har vi det. Det är fullt av gäster idag men jag har reserverat ert favoritbord borta vid fönstret, ler Thor och sträcker på sig. Sune som står snett bakom sin far sneglar in i matsalen och spanar efter Karin. Han upptäcker henne när hon just kommer ut genom köksdörren och han ler förnöjt. Hon jobbar idag precis som han hoppats på. De går och sätter sig och Karin går dit, önskar dem välkomna och väntar tålmodigt med ett leende på att ta emot deras beställning.

– Karin! Så du jobbar här på självaste Midsommarafton?

– Ja jag har ju börjat här nu, ler hon artigt. Sune stirrar på henne utan att säga något.

– På det viset. Men inte jobbar Karin hela kvällen? Finns det ingen tid för lite midsommarfirande? undrar Harald.

– Jodå, herr Vilhelmsson. Jag jobbar fram till åtta ikväll och efter det så går jag nog ner till dansen tänkte jag.

– Jamen jag tänkte väl det. Det går ju inte att arbeta hela dagen. Sune, ska inte du också ner till dansen lite senare? undrar Harald och petar på honom.

– Öh, jo jag och Uno ska väl ner dit tänkte vi, svarar Sune och blir rödmosig i ansiktet. Thor kommer fram till deras bord.

– Hittar ni någonting på menyn som kan passa? undrar han artigt. Harald skruvar på sin mustasch medan han funderar.

– Vi tar väl och börjar med en silltallrik, inte sant Sune?

– Ja det blir bra, svarar han försynt och ser ner i bordet.

– Då ordnar jag det. Önskas kanske något vin till?

– Ja varför inte? Ta in en flaska av husets vita. Och ta in ett glas till grabben också är du snäll? Det är fan på tiden att han får lära sig att smaka lite på livets goda dryck, hehe!

– Självklart ordnar vi det, säger Thor och bugar lätt.

Karin niger och går in i köket och förbereder två silltallrikar. Där står Thor och tvättar av sina händer.

– Jag vet vad du tänker, Karin. Han är bara sexton, men om herr Vilhelmsson säger att han ska få ett glas vin så är det så bara. Du måste tänka på att det är tack vare honom vi kan ha kvar värdshuset, viskar han.

– Visst, jag bryr mig inte, säger hon kort och går ut med tallrikarna. Strax därpå kommer Thor ut med en vinflaska och två glas. Harald ser på maten och slår ihop händerna.

– Ahh, det där ser ju riktigt trevligt ut! Säg Karin, jag vet inte om det bara är Sune men han påstår att det inte finns så mycket att göra här på Utö. Är det er uppfattning med?

– Ja det är det väl.

– Det förstår jag mycket väl. Det är väl kanske inte så roligt att gå här på ön om dagarna och dra benen efter sig. Annat är det väl förstås inne i Nynäshamn kan jag tänka. Där finns ju både biograf och restauranger. Inte för att det är något fel på att äta här på värdshuset men det är ju Karin så van vid.

– Ja... säger hon utan att riktigt veta vart Harald vill komma. Thor kommer fram till bordet och häller upp vin i glasen.

– Thor min vän! Karin säger just att det är långtråkigt här ute på ön.

– Öh, jaha? svarar han och ser på Karin. Hon blir stel i hela kroppen och vet inte vad hon ska svara.

– Min son känner likadant, här finns ju inte mycket att göra, så jag har ett förslag. Vad sägs om att ni två ungdomar tar färjan in till stan och går på biograf och äter en god middag tillsammans nästa helg? Ja jag bjuder självfallet på kalaset.

– Nja, jag vet inte det, svarar Karin och ser ner i golvet. Sune är ännu mer rödmosig i ansiktet och säger ingenting han heller. Harald vänder sig till Thor.

– Nå Thor? Tycker du inte att ungdomarna är värda lite skoj i dessa tråkiga tider? Ett biobesök och en bit mat kan ju säkert pigga upp? Eller vad tror ni? undrar Harald och ser frågande på Thor.

– Tja, det kanske kunde vara trevligt för er. Men inte behöver ni betala, herr Vilhelmsson. Eller vad säger du Karin? frågar han och ger henne en lätt knuff i ryggen som ingen ser. Karin biter ihop hårt och harklar sig.

– Ja tack, det vore trevligt.

– Ja men då så. Då är det avgjort. Nästa helg åker ni in till stan och har det skoj. Det är ni väl värda ungdomar, skrattar Harald och smakar på vinet. Han höjer ögonbrynet för att visa sitt godkännande av vinet och nickar lätt. Karin och Thor går i väg och tar hand om andra gäster medan Harald tar en tugga på maten. Han blänger surt på Sune.

– Det är ju själva fan att man ska behöva ordna allting åt dig! Ska jag behöva följa med er och hålla i gaffeln åt dig med? Nu har jag ordnat denna träff med Karin. Men se nu för fan till att inte sabba den som du gör med allting annat! Ta vara på tillfället och fånga in henne nu! snäser Harald.

– Ja, jag ska försöka. Men det är inte alltid så lätt.

– Inte så lätt?! Det är ju det enda du säger så fort det är något, "inte så lätt."

– Ett bättre tillfälle än så här lär du aldrig få med Karin, det fattar du väl?

– Jo jag fattar det. Jag ska göra vad jag kan, jag lovar.

– Ja det får du fan ta och lova. Visa nu att det är nån stake i dig så jag slipper skämmas! snäser Harald.

Ute i köket är Karin arg.

– Hur kunde du lova ut mig på en träff med Sune? Jag vill inte gå på någon vare sig bio eller middag med honom! snäser Karin åt Thor.

– Jag vet! Jag fattar väl att det inte är det du vill. Men vad fan vill du att jag ska göra då? Jag måste ju stå och buga och bocka som en jävla fjant så länge vi hyr av honom! Vi är beroende av honom och vi måste hålla oss på god fot med honom annars kan vi säga adjöss till det här stället. Snälla Karin, bara gör mig den här tjänsten och gå på en träff med Sune. Både för min skull och får vår familjs skull, ber Thor med vädjande röst. Karin suckar tungt och nickar. Hennes far hade svurit åt henne, det hade han aldrig gjort förut vad hon kunde minnas. Men hon inser hur allvarlig den ekonomiska situationen är och hon hör desperationen i hans röst.

– Visst. Jag förstår att jag antagligen måste. Men bara så du vet, ingenting kommer att hända mellan mig och Sune. Jag har inga som helst känslor för honom och jag kommer aldrig att få det heller. En bio och middag, men inget mer! Far kan inte tvinga mig till något mer, snyftar hon.

– Visst, en middag. Så kanske Harald håller sig lugn ett tag till. Vi har inte råd med fler hyreshöjningar nu när värdshuset går så dåligt. Tack Karin, tack för att du ställer upp på mig, säger Thor med lättad röst.

En vecka senare sitter Sune och Karin på färjan in till Nynäshamn. Hon är inte på humör och hon är tacksam över att det dånar så mycket på färjan att hon slipper försöka hålla någon konversation med Sune. Harald har beställt bord åt dem inne på restaurang Ankaret i hörnet av Fredsgatan och Centralgatan klockan sju och två timmar senare börjar biofilmen de ska se på. När färjan ankommer till hamnen gör Sune ett tafatt försök att hjälpa Karin iland genom att räcka ut sin hand. Motvilligt tar hon tag i hans hand och stiger iland och tänker att hon får försöka bita ihop några timmar till för familjens skull. Sune känner press på sig att försöka säga något trevligt men vet inte riktigt vad. Detta är första gången han är på dejt med någon över huvud taget och han är nervös. Medan de går upp mot centrum kan inte Sune låta bli att tänka på hur det kändes när Karin tog tag i hans hand. Så liten, varm och mjuk. Vad han kan komma på har det aldrig hänt tidigare. Möjligtvis någon gång när de var småbarn, men troligtvis inte. Han tänker att om han bara sköter sina kort under kvällen så finns möjligheten att få hålla hennes hand igen. Och kanske någonting mer än så. De passerar den gula järnvägsstationen och går vidare den branta vägen upp mot centrum.

– Jaha, då har vi väl gått halvvägs då. Har du varit på Ankaret förut? frågar Sune och sneglar på Karin medan de går. Han skulle så gärna vilja hålla hennes hand men inser att det inte är rätt tillfälle. Han får en syn framför sig att de är på väg ner till hamnen igen. De hade suttit och småpratat under bion och hon hade skrattat åt hans dåliga skämt. De håller varandra i handen och skrattar längs gångstråket. Men än så länge är detta bara i Sunes fantasi.

– Nej. Jag har knappt varit i Nynäshamn över huvud taget, svarar Karin kort.

– Jag är här titt som tätt. Min mor du vet, hon bor ju här på sjukhuset ute på Trehörningen. Hon mår ju inte riktigt bra som du kanske vet.

– Jo jag har hört det. Hur är det med henne?

Karin känner sig tvungen att fråga trots att hon vet att hans mor Gudrun är psykiskt sjuk sedan många år tillbaka.

– Äh, det är väl inget vidare. Hon blev ju dålig när brorsan dog i cancer när jag var liten. Fick ett nervöst sammanbrott. Farsan fick åka in med henne till sjukan

107

och hon blev kvar där. Konstigt nog blir hon aldrig bättre, trots alla mediciner hon får, säger Sune sammanbitet. Karin kan inte låta bli att tycka synd om honom, för hon vet själv hur det känns att inte leva med sin mor.

– Jag beklagar verkligen att din mor är sjuk. Men… vi får väl försöka att tänka på annat ikväll, försöker hon trösta.

– Ja det har du rätt i. Far och jag åt på Ankaret i våras. De har fint käk där. Hoppas du också kommer att tycka det, ler Sune försynt.

– Ja det får vi hoppas.

Stackaren, han har nog inte haft det så lätt alla gånger. Har jag kanske varit för hård mot honom? Jag som alltid har snäst av honom eller varit kort mot honom i skolan. Kanske borde jag varit lite snällare? Fast han har ju faktiskt varit väldigt jobbig mot både mig och Astrid. Och dessutom har han varit taskig mot de yngre grabbarna i skolan. Kanske den här kvällen inte kommer bli så hemsk trots allt?

Det tar inte många minuter att gå den lilla biten upp till restaurang Ankaret. Så vuxet han bara kan, talar han om för kyparen att han har bokat bord i namnet Vilhelmsson. De blir placerade vid ett litet bord och hänger av sig jackorna. Karin ser sig omkring. Krogen är fin. Riktigt fin och hon är glad att slippa behöva betala notan. Hon blir osäker på hur det går till att beställa mat men precis då kommer kyparen in med menyn. Sune tar vant emot menyn och försöker se vuxen ut men Karin genomskådar honom.

– Vad önskas att dricka? undrar kyparen torrt.

– Vi tar två glas rött, säger Sune snabbt utan att fråga Karin.

– Ursäkta men har ni legitimation?

Sune blänger surt på kyparen för ett par sekunder och tar sedan fram en sedel ur byxfickan och ger den diskret till honom.

– Nej men den här kanske duger? Harald Vilhelmsson hälsar, säger Sune belåtet.

– Tack så mycket, det duger för mig. Önskar ni fundera en stund vad ni vill äta eller har ni bestämt er?

– Ja jag vet vad jag vill ha. Karin, vad säger du? Nu beställer du precis vad du vill från menyn. Jag bjuder ikväll. Själv tror jag nog att jag tar en oxfilé, ler han på ett övertrevligt trevligt sätt.

– Ja men då gör jag det med. Jag är så trött på fisk. Oxfilé har jag aldrig ätit förut, är det gott? undrar hon försynt.

– Jättegott, jag lovar.

Kyparen går i väg och kommer strax tillbaka med vinet. Karin är skeptisk till vinet och något irriterad över att Sune beställde vin åt henne med utan att ens ha blivit tillfrågad, men fogar sig. Sune höjer sitt glas för en skål.

– Ja men skål då och tack för att du tackade ja till den här middagen. Hoppas att maten ska smaka och att sedan filmen är bra.

– Skål, säger Karin och tar en liten klunk. Vinet är äckligt men hon försöker att dölja vad hon känner så gott hon kan. Sune ser något nervös ut och tar ett par stora klunkar. Innan maten kommer hinner det bli en lång och pinsam tystnad och Sune ser om möjligt ännu mer nervös ut nu. Han känner sig manad att säga någonting. Vad som helst. Först får han totalt hjärnsläpp men kommer till slut på något man bör säga till en dam när man är på dejt.

– Vad gott du luktar idag! ler han.

– Jaså. Det kan inte komma från mig i alla fall, för jag har ingen parfym på mig idag. Och dessutom heter det doftar – inte luktar, säger Karin kort. Sune känner sig dum och ser sig om efter maten men ser ingen kypare.

Maten kommer in och han ber om ett nytt glas vin. Så småningom lättar stämningen något men Karin har knappt druckit något mer av vinet. Sune berättar om några fastigheter i stan som hans far äger. Karin nickar artigt och döljer en gäspning. Hon bryr sig inte ett dugg om vilka hus som Vilhelmssons äger och börjar längta till filmen. Sune blir alltmer avslappnad och självsäker när vinet börjar verka.

– Du vet, om några år tar jag över firman av farsan. Det sägs att fastighetsbranschen är lukrativ och det stämmer nog. Jag vet att farsan är lite intresserad av att köpa den här restaurangen, den är ju ganska trevlig. Fast han tänker nog renovera den lite, den börjar ju bli lite sliten. Du vet, man vill ju sätta sin egen prägel på det, säger Sune och ser sig omkring och ser mallig ut. Karin suckar inombords och tycker att Sune beter sig som en riktig stropp.

Maten smakar fantastiskt. Köttet är mört och fint och de kraftiga smakerna i såsen är helt nya för Karin. Aldrig tidigare har hon ätit så god mat och hon börjar inse hur knapert de egentligen har det i hennes hushåll. Hon sneglar på klockan och ser att det är inte så långt kvar tills bion börjar. Biofilmer är något hon bara har hört talas om men aldrig varit med om på riktigt. Hon minns att hon brukade tjata på sina föräldrar som liten om att få gå på biograf, men det var alltid samma visa varje gång, "Vi har inte råd."

– Vad var det för film vi skulle se? undrar hon nyfiket. Sune skiner upp något och berättar stolt om filmen.

– Den heter "Rebecca" och är regisserad av självaste Alfred Hitchcock. Den ska vara riktigt bra har jag hört, svarar Sune. I själva verket vet han ingenting om filmen men det var den enda som gick på biografen den här veckan.

– Okej. Det får vi väl hoppas på då, svarar Karin kort. Egentligen är hon utom sig av nyfikenhet av att få se hur en riktig biograf ser ut. Hon ser framför sig den stora filmduken, röda sköna stolar och en stor bägare med popcorn. Sune sneglar på klockan. Han inser att tiden han har på sig att försöka få Karin på fall börjar ebba ut och han förstår att han måste göra något och det är nu. Han fattar mod till sig och tar några djupa andetag.

– Karin?

– Ja?

– Du vet ju att… att jag alltid har haft ett gott öga till dig? stammar han och börjar svettas i pannan. Han ler lite nervöst. Karin ser på honom frågande men svarar inte utan fortsätter bara titta på honom. Just då kommer kyparen in och frågar om de önskar dessert. Sune kommer fullständigt av sig.

111

– Sune, jag tror inte vi hinner någon efterrätt om vi ska hinna med bion, säger Karin och tittar på klockan.

Herregud vad pinsamt! Vilken himla tur att kyparen kom och avbröt honom. Vad tänkte han säga egentligen? Tänkte han fria eller? Han tror väl inte att jag hade tackat ja? Eller ville han bara säga att han tycker om mig? Jag vill väl inte höra hans fåniga kärleksförklaring! Är han så korkad att han inte märker att jag inte är det minsta intresserad av honom? Var det detta som den här dejten gick ut på, att han ska försöka bli tillsammans med mig? Det kan han ju glömma! Jag har ju bara ögon för Erik och det borde han ju begripa. Jag måste försöka avsluta den här middagen så snart som möjligt så vi kan gå upp till bion. När vi väl är där behöver jag inte prata med honom och efteråt så är det bara att försöka komma ner till båten så fort som möjligt så jag kan komma hem. Något mer än middag och bio har jag inte lovat far.

– Öhh, ja du har nog rätt. Vi hinner nog tyvärr inte med någon efterrätt. Vi får nog tacka för oss. Ni kan sätta upp notan på herr Harald Vilhelmsson, säger Sune surt och börjar resa på sig. Han skyndar snabbt över till andra sidan bordet för att dra ut Karins stol på gentlemannavis men hon drar ut stolen själv i ren jäkelskap. Sune ser ännu en gång bortgjord ut. De går den korta biten bort till biografen under tystnad. Sune betalar biljetterna och köper dem en varsin strut med popcorn. Det lilla uns av stämning som Sune kände under middagen kom av sig och resten av kvällen blir obekväm. Ljudet inne på biografen är högt och det är svårt att säga någonting till Karin utan att störa de andra. På vägen hem på färjan tänker Karin på den stora biografen och på filmen. Aldrig kunde hon ha trott att en biofilm kunde vara så intensiv och spännande! Hon tänker att detta var någonting hon skulle ge vad som helst för att göra om. Fast med Erik. Färjan anländer sent på kvällen och hela ön ligger i dunkel. Det är få ombord så här dags men Karin känner igen några av dem. På bryggan ser hon ett efterlängtat ansikte. Där står Thor och väntar på henne. Hon har stor lust att bara springa fram och krama om honom och bara strunta i Sune för resten av kvällen. Men i stället vänder hon sig pliktskyldigt till honom när de klivit i land och tackar för middagen och bion. Demonstrativt sträcker hon fram handen så han inte skulle få för sig att försöka krama henne. Snopet sträcker han fram sin hand och tackar detsamma. Hon vänder sig sedan snabbt om och tar sin far under armen och går hemåt. Thor hade tusen frågor han ville ställa till henne medan han väntade på bryggan, men hans dotters beteende på bryggan nyss besvarade dem nästan alla.

Kapitel 12

Utö, fredag 28 juni

Ute på sin balkong på Villa Solhöjden står Harald och ser när färjan lägger till nere vid hamnen med sin kikare. I munnen har han en cigarr som han puffar på emellanåt. Det är sent och det är mörkt ute men ett par lampor lyser svagt upp hamnen. Han följer med spänning när hans son och Karin Lewin kliver av färjan. En bit bort på bryggan ser han Karins far Thor står och vänta på dem. Han förväntar sig att få se en kram och hoppas på en kyss, men till sin stora besvikelse ser han hur Karin sträcker ut sin hand för att tacka för kvällen och därefter skyndsamt gå bort till sin far. Harald svär högt för sig själv och släcker snabbt cigarren och går in igen.

Fem minuter senare rasslar det i låset på ytterdörren och Sune kliver in i huset. Det är mörkt i huset sånär som på en fönsterlampa som lyser svagt inne i köket märker han. Det är en dämpad Sune som sparkar av sig skorna, hänger av sig jackan på tamburmajoren och går med tunga steg bort mot köket. Till sin förvåning ser han sin far sitta på sin vanliga plats i köket. Han rycker till i tron om att Harald låg och sov.

– Far? Är du vaken? Jag trodde du sov, säger Sune. Harald svarar inte utan snoppar av änden på en cigarr och tänder den. Han puffar på den några gånger tills han ser att den har fått fyr ordentligt. Tung cigarrdoft sprider sig sakta i köket. Haralds tystnad börjar göra Sune osäker och han börjar pilla nervöst på nagelbanden. Till slut bryter Harald tystnaden.

– Hade ni trevligt ikväll? säger han med sin vanliga dova respektingivande basröst.

– Jodå, det hade vi, svarar Sune och försöker dölja sin nervositet.

– Okej. Var maten god då?

– Ja den var god.

– Tyckte Karin också om maten?

– Ja. Det tror jag i alla fall. Hon sa att hon tyckte om den, svarar Sune som fortfarande står på behörigt avstånd borta vid köksdörren. Harald tar ytterligare ett par puffar på cigarren. Glöden syns tydligt i det svaga ljuset.

– Och hur var bion då? Gillade hon filmen? frågar han med en fortsatt lugn och dämpad röst.

– Ja det gjorde hon. Och jag med. Den var bra…
Hans nagelband har börjat blöda lätt men han märker inte det. Harald sitter tyst en lång stund innan han börjar tala igen.

– Okej. Har jag uppfattat det rätt nu om jag säger att Karin tyckte att maten var god, bion var bra och att ni allmänt hade det trevligt? undrar Harald och lägger ifrån sig cigarren på askfatet. Sune känner nu att han blöder på nagelbandet men fortsätter nervöst att pilla med pekfingret. Han känner att han börjar darra med underläppen men tar ett djupt andetag.

– J...Ja?

Harald reser sakta på sig och går långsamt fram till sin son. Sunes underläpp börjar skaka på nytt. Han sträcker på sig för att försöka se morsk ut men misslyckas. Han känner Haralds rökiga andedräkt mot sitt ansikte.

– Kan du i så fall förklara för mig... hur i helvete kommer det då sig att hon bara sträcker fram sin hand för att tacka för kvällen?! skriker Harald så det ekar i köket. Sune vet inte vad han ska svara. Underläppen darrar nu ännu mer och ögonen är blanka. Han gör allt han kan för att inte börjar gråta.

Sune hinner aldrig reagera. Örfilen kommer snabbt och hårt. Sedan kommer tårarna. De går inte att hejda dem längre, men han står kvar på samma ställe. Han vågar inget annat. Harald går tillbaka till köksbordet och tar sin cigarr. Han sätter sig på sin stol igen och pekar på köksstolen på andra sidan bordet.

– Kom och sätt dig, säger han. Rösten är åter lugn och mörk. Sune torkar snabbt bort tårarna från sin kind och går och sätter sig mittemot Harald. Harald stirrar länge och väl på Sune innan han börjar tala igen.

– Nu ska du lyssna på mig Sune och du ska lyssna jävligt noga på vad jag har att säga. Jag tänker bara säga detta en gång, förstår du? säger Harald och spänner ögonen i Sune. Sune nickar häftigt med huvudet till svar. Hans käkmuskler är spända och han behöver egentligen gå på toaletten.

– Du har från och med nu ett viktigt val att göra här i livet och vilket av alternativen du väljer avgör bara du. Antingen så går du den enkla vägen. Med den enkla vägen menar jag vägen där du är medgörlig, låter andra bestämma över dig, bara följer med strömmen. Du tar något enkelt arbete inne i stan med dåligt betalt där du får någon chef som bestämmer över dig. Kanske får du tag på någon medioker flicka från de fattigare kvarteren som mest liknar skräp. Eller så väljer du den svårare vägen. Den svårare vägen innebär att du själv bestämmer ditt öde, oavsett konsekvenser. Du sätter dig själv först och på så vis låter ingen jävel köra med dig. Du ser helt enkelt till att få det du vill ha - oavsett konsekvenser! Den svårare vägen innebär att du börjar jobba för mig, och du jobbar hårt och metodiskt och lämnar känslorna kvar på nattduksbordet när du vaknar på morgonen. Du slåss för det du vill ha och låter ingenting komma i vägen. I min bransch är det ful- och rackarspel som gäller, annars blir du överkörd av andra som vill uppnå välstånd och rikedom mer än dig! Du måste vilja detta mer än alla andra om du väljer den svårare vägen, förstår du?

Sune nickar sakta.

– Den enkla vägen är lätt att ta men kanske inte så rolig. Den svåra vägen är många gånger besvärlig och jobbig, men när du kommit en bit på vägen och ser tillbaka på vad du åstadkommit och faktiskt ser att du fått precis som du velat, så kommer du upptäcka att du har det bra jävla mycket bättre än om du tog den enkla vägen. Såsom enkla, simpla människor gör menar jag. Medgörliga

117

stackars jävlar som är som nickedockor som låter folk köra med dig. Se bara på familjen Carlsson, de nere vid Käringnäset, du vet. De är jättetrevliga, jag säger ingenting annat, men de har ju inte kommit nånvart i livet. Han är i sextioårsåldern och har varit fiskare sedan tonåren och han bor kvar i samma slitna gamla hus precis som när han var liten. Och han lär fiska tills den dag han dör, för han lär aldrig ha råd att pensionera sig. Se bara hur han blir hunsad av sin fru, han låter henne bestämma allting där hemma! Jag lovar att han aldrig har vågat tycka till om någonting i det hushållet. Jag minns att han sa till mig en gång för många år sedan att han önskade att han hade en bättre båt och fiskeutrustning så han kunde sälja mer fisk och på så vis få in mer pengar. Men han var för feg för att låna lite pengar och köpa en ny båt. Han sa att hans hustru aldrig skulle gå med på det. Hörde du det, han lät sin fru köra med honom! Och se på honom nu, fortfarande lika fattig som nu som då. Hade han vågat satsa på en ny båt hade han säkert kunnat pensionera sig inom rimlig ålder! Han hade säkert kunnat unna sig själv och sin familj lite godare mat och nyare kläder. Kanske en extra julklapp till ungarna. Vet du Sune, jag till och med erbjöd mig att låna ut en slant till honom - utan ränta, men han tackade nej till det för han var för feg. Man måste våga saker här i livet, våga satsa. Friskt vågat hälften vunnet som ordspråket säger, fortsätter Harald. Han böjer sig fram på köksbordet och synar Sune.

– Sitter du och lipar, pojk? Torka bort de där tårarna och bete dig som en karl för fan när jag tilltalar dig!

Sune harklar sig och torkar snabbt bort några tårar från kinderna. Med irriterad min fortsätter Harald sin predikan.

– Min far, din farfar alltså, frågade mig samma sak som jag har frågat dig nu. Vilken väg tror du jag valde när jag var i din ålder? Se dig omkring. Vi bor flott, vi har råd med en hushållerska som hjälper oss med både mat och städning. Tror du man kan bo så här flott som vi gör här om man låter andra styra över en eller ge upp så fort livet börjar bli lite jobbigt?

– Nä, det tror jag inte, svarar Sune lågmält. Harald skakar långsamt på huvudet och fortsätter.

– Jag vet inte vad du och Karin talade om på er träff men vad det än var så måste du ha sagt och gjort fel saker, för hon gick ju för fan direkt hem tillsammans med sin far utan att hon knappt sa hejdå! Ingen kram, ingen kyss och inga skratt. Försökte du ens koppla på charmen när ni var på middagen? undrar Harald med fortsatt samma irriterade ton. Sune ser ner i bordet utan att svara.

– Fan, här bjuder man er ungdomar på både middag och bio i tron om att du och Karin ska bli ett par…

– Är hon inte din stora förälskelse, eller har jag fattat fel? Harald skakar på huvudet och ser bort mot fönstret. Sune svarar inte.

– Jag kanske borde se om de inte tar emot 16-åringar på beredskapstjänstgöringen så de kan göra karl av dig nån jävla gång. Jag tror du behöver det. Tuffa till dig lite, Sune. Förstår du inte att det här är pinsamt för mig?! Här bjuder man på mat och bio och så ledde det inte till någonting. Inte någonting alls! Fiasko! Du hade ju för fan öppet mål, men du missade likt förbannat! Bortkastade pengar. Jag är besviken på dig, suckar Harald och skakar på huvudet.

– Förlåt, jag kan betala tillbaka, försöker Sune men Harald bara fnyser.

– Betala tillbaka?! Med vaddå? Ska du tömma spargrisen då eller?

– J..ja?

– Skärp dig nu för i helvete. Nå? Du har fortfarande inte svarat på vilken väg du tänker gå. Ska du gå den enkla eller svåra vägen?

– Jag tänker ta… den svåra vägen? säger Sune osäkert och ser på sin far.

– Ja men det var väl ändå en jävla tur det. Mina förväntningar är höga på dig, Sune. Skäm för fan inte ut mig en gång till. Jag vet fäder som gjort sina söner arvlösa för mindre, det ska du ha klart för dig. Seså, gå och lägg dig nu, muttrar Harald och reser sakta på sig.

Med tunga steg går Sune upp för trappan upp till sitt rum. Kinden är varm och pulserar efter Haralds slag. Kvällen som skulle bli en trevlig kväll med chans för lite romantik men sin barndomskärlek, blev en katastrof och därtill en utskällning utan dess like. Hans självkänsla var nu om möjligt ännu sämre och han har ingen aning om hur han ska lyckas gå vidare efter det här. Han hade nyss sagt till sin far att han skulle ta den svåra vägen. Men var det verkligen den vägen han ville ta, eller sa han det mest för sin fars skull? Vad hade hänt om han sagt att han ville ta den enkla vägen? Hade Harald accepterat det eller hade han bara ryckt på axlarna och sagt "jaha"? Knappast. Han hade känt sig tvingad att välja den svåra vägen. Något annat alternativ fanns det inte om man var son till Harald Vilhelmsson.

Kapitel 13

Fårösund, 23 augusti 1940

Den heta sommaren börjar lida mot sitt slut. Det som skulle kunna ha varit en alldeles underbar, avkopplande sommar med sol och bad och varma sommarkvällar hemma i Gävle, blev i stället till rena rama helvetet för Erik. Inte i sin vildaste fantasi kunde han ana hur det skulle kännas att utbilda sig till soldat inom den svenska armén. Han känner sig vilsen och mer desperat för varje dag som går. Hur mycket han än försöker, kan han inte koncentrera sig på det som hans befäl försöker lära honom och de andra grabbarna. Allt han vill är att försöka få lite tid över att skriva ner några rader och skicka till den flicka han träffade innan han lämnade Nynäshamn, Karin, vars efternamn han absolut inte kan komma ihåg. Nu är det sen eftermiddag och han sitter i en lång, stor träbarack där rum efter rum är packade med smala, enkla sängar och där ordet rum är ersatt med logement på soldatspråk. Han har blivit tilldelad underslafen i ett logement tillsammans med sju andra grabbar. Knutte finns i en barack lite längre bort på den stora ängen strax utanför Fårösund. Det händer att de ser varandra några gånger i veckan men de har sällan tid att prata med varandra. Det som en gång var en vacker äng med växande grödor har fått ge plats åt enkelt byggda baracker. Simpla byggnader och materialförråd som var snabbt uppförda och hade inte kriget härjat i Europa hade aldrig dessa byggnader uppförts.

Erik börjar vänja sig nu. Skriken. Alltid dessa höga skrik och svordomar. Befälen låter alltid arga. Vad man än gör så går det för långsamt eller så gör man fel och får göra om. Denna nya vardag är långt ifrån vad Erik var van vid hemma i Gävle. I hans familj höjer man inte rösten i onödan, det hade aldrig behövts. Hans far Hugo kunde vara bestämd. Men alltid rättvis och aldrig någonsin högljudd. Det hade alltid räckt med blicken för att Erik skulle förstå när det var allvar och när det inte tal om att käfta emot. När ögonen blev smala och rynkan mellan ögonbrynen blev synlig, då var det bäst att göra som han blev tillsagd. Erik visste att det var långt ifrån alla familjer som var i samma harmoni som hans. Många av hans klasskamrater var uppfostrade med örfilar och skällsord men inte i Eriks familj och han var tacksam över att ha så fina föräldrar.

Den första månaden var kaos. Snart visste ingen vilken veckodag det var och sömnen var minimal. Sakta men säkert bröts de ner och tuffingarna som käftade emot i början sattes snabbt på plats av befälen. Erik försökte hålla låg profil för att inte hamna i trubbel med vare sig befäl eller kamrater och detta hade han lyckats med. Det gick rykte om att man skulle få en helgs permission senare under hösten men ingen visste säkert. Något som hette fältpost började det pratas om. Soldaterna skulle få möjlighet att både skicka och ta emot post från nära och kära.

Någon sa att det var söndag och att resten av kvällen förväntas bli lugn. Vilan var extremt välbehövlig och stämningen i barackerna var lugn och sansad. Några har redan somnat medan andra spelar poker och röker. Erik ligger i sin säng och ser på sina sargade händer. De är såriga och smutsiga, även fast han nyss har tvättat dem. Johansson i sängen mittemot snarkar lätt. Han har somnat med skorna och jackan på.

Hur länge kan jag ha varit här nu? Tre veckor? Fem veckor? Tappade ju räkningen för länge sedan och ingen jag frågar vet heller. Men med tanke på att löven börjar gulna så är det väl i början på hösten antar jag. Trehundrasextio dagar på det här stället. Kanske har jag gjort en tiondel. Det här var tuffare än jag trodde. Alla är så förbannat allvarliga. Att vi inryckta är spända och återhållsamma kan jag förstå, men varför måste befälen skrika på oss? Vi gör ju vad vi kan. Om jag ändå kunde få skriva ett brev hem till mor. Känner jag henne rätt så har hon svårt att sova för att hon oroar sig för mig. Far är lugnare men tänker på mig såklart han med. Men han litar på mig, han litar på att jag fixar det här utan större problem. Han har gjort samma resa en gång i tiden. Men kanske var det annorlunda på hans tid, jag vet inte. Det hade räckt med ett kort brev till dem där hemma, bara så de får höra att jag lever. Och ett brev till Karin. Eller gör jag bort mig då? Hon kanske har gått vidare för länge sedan. Med hennes utseende lär hon inte få svårt att hitta killar. Men om jag inte skriver så kommer jag ju aldrig få veta om jag finns kvar i hennes tankar eller ej. Fan, jag måste få tag på ett papper och en penna!

Erik reser sig hastigt från sängen och sätter på sig sina kängor och lämnar baracken. Ute på gården är det tomt på folk och det är mörkt. Om dagarna är det vanligtvis fullt av soldater som antingen har vapenvård, över på att marschera eller tränar närstrid här. Första veckan han var här fick han och många andra hjälpas åt att gräva rännor där avloppsrör skulle anläggas. Ett riktigt slitgöra som gav honom vattenblåsor i händerna.

En dörr till en barack lite längre bort öppnas och Erik ser att det är sergeant Aspgren. Det är det enda befälet som det går att prata med på ett vanligt medmänskligt vis. Erik gissar på att Aspgren är max fem år äldre än honom själv. Instinktivt småspringer han fram till befälet.

– Sergeant! ropar Erik när han är bara några meter bakom.

– Menige Wall?

– Anhåller om att få fråga en sak, säger Erik som hinner bli lätt andfådd.

– Javisst. Vad är det?

– Sergeant, det ryktas om att man ska få kunna skicka brev hem till nära och kära. Om något som kallas fältpost, stämmer det?

– Ja det stämmer. Men det har vi inte här ännu. Men vi kommer att få om ett par, tre veckor har jag hört, svarar Aspgren. Erik ser besviken ut.

– Önskar menige Wall skriva hem, kanske?

– Ja. Bland annat, svarar han och ser försynt ut.

– Aha. Jag fattar. Menige Wall är inte den ende som har en käresta där hemma.

Erik nickar och ser besviken ut.

– Så om två, tre veckor har vi möjlighet att posta ett brev då?

– Det stämmer. Jag måste vidare nu, var det något mer?

– Nej sergeant. Tack då och god kväll, säger Erik och börjar gå tillbaka över gårdsplanen. Plötsligt hör han sergeanten ropa på honom.

– Menige Wall!

– Ja sergeant? svarar han och tänker genast att han gjort något fel. Fick han kanske inte tilltala ett befäl såsom han nyss gjort? Har han inte knäppt sin uniform ordentligt eller skulle han kanske ha gjort honnör innan han tilltalade honom? Det isar till i hela kroppen när han vänder sig om mot sergeanten.

– Jag ska åka i väg ett ärende om en stund. Köpa cigg och hämta lite sjukvårdsmaterial. Om du vill så kan jag posta ett brev åt dig, säger Aspgren med låg röst och blinkar åt honom med ett leende. Erik får stora ögon.

– Det vore ju toppen! Men jag har varken papper eller penna.

– Men jag har. Vänta här så kilar jag och hämtar det åt dig, säger Aspgren och går in till sin barack. Han kommer tillbaka bara minuten senare och räcker diskret över en penna, några papper och ett par kuvert.

– Det här stannar mellan oss, annars får jag leka brevbärare åt alla här inne, säger han och ler. Erik vet inte riktigt vad han ska säga. Han är utom sig av tacksamhet.

– Sergeant! Jag säger inte ett ord, det har du mitt ord på. Hur lång tid har jag på mig att skriva?

– Jag åker om en timme. Möt mig här ute då så postar jag dina brev. Jag ska själv posta ett brev till min fru tänkte jag. Vi gifte oss bara någon månad innan jag kom hit, så jag vet själv hur det är att ha någon där hemma att längta till, men att få i väg ett brev då och då gör mycket för sinnet. Och att få tillbaka ett brev gör ännu mer.

– Tack så mycket, jag ska skynda mig. Men var blir jag skyldig sergeant?

– Äh ingenting. En pilsner kanske om vi får tillfälle någon gång, ler han och går vidare.

Tänk om alla befäl vore som honom. Då hade livet varit betydligt lättare här. Han känns mer som oss andra. De andra befälen skulle man aldrig kunna prata med så här som Aspgren och jag gjorde nyss. Nä, det är alltid bara "ja kapten, nej löjtnant" och stå i givakt som en jäkla tennsoldat. Dessutom så skällde aldrig sergeant Aspgren på oss när vi gjorde fel i början, han sa alltid med låg normal ton hur vi skulle göra och vad vi gjorde för fel. Och den där kapten Gröhnstedt, ser jag den jäveln i det civila så nitar jag honom när ingen ser. Den jäveln är ju elak rakt igenom. Han njuter ju av att skrika på oss så vi blir skraja och nervösa. Dessutom njuter han extra mycket av att skrika på de som redan är lite svagsinta här bland oss grabbar. Jag har nog aldrig träffat på en sadist förut men han är en sådan person, det är jag helt säker på. Men Aspgren, honom ska

127

jag minsann bjuda på både en och två öl någon gång. Att han
låter mig skriva brev och dessutom posta dem åt mig, ingenting
i hela världen betyder mer för mig just nu.

Nu får Erik bråttom. Han behöver skriva ihop två brev på en timme, ett till sina föräldrar och ett till Karin. Brevet till sina föräldrar behöver inte vara särskilt långt, bara några rader om att han är okej och hur dagarna flyter på. Några frågor om hur det är med dem samt en svarsadress hit till Gotland. Brevet till Karin behöver vara mer genomtänkt och längre. Men han har redan klart för sig vad han ska skriva. Kväll efter kväll har han legat och funderat på vad han skulle kunna skriva till henne om han fick tillfälle. Och nu är tillfället äntligen här, men ett problem återstår och det är var han ska kunna skriva brevet någonstans. För han kan inte gå in till de andra på logementet för då undrar de såklart hur han fick tag på penna och papper och hur han ska kunna posta brevet. Men det var ju hans och sergeantens hemlighet, så han behöver kunna skriva brevet enskilt någonstans vilket är svårt med tanke på att hela området är fullt av soldater.

Efter en kort betänketid kommer han på att det enda vettiga stället är på utedasset. Där finns både belysning och enskildhet. Med snabba kliv skyndar han i väg till ett av dassen som finns på området. Hastigt skriver han några rader till sina föräldrar och stoppar i det i kuvertet. Sedan börjar han skriva brevet som ska till Karin. Genast börjar hans puls att stiga. Han står helt stilla i några sekunder för att samla sig och börjar sedan skriva sitt brev.

Kära Karin!

Jag skriver några rader till Dig och hoppas av hela mitt hjärta att brevet hittar ända ut till ön där Du bor. Jag har funderat kväll efter kväll men jag kan inte komma ihåg vad ni heter i efternamn. Men jag gissar att det inte finns så många på Utö med Ditt namn. Brevet kanske kommer fram om jag bara skriver "Till den vackraste flickan på Utö?" Du anar inte hur mycket det betydde för mig att få träffa en sådan vacker och trevlig flicka som Dig den där kvällen i Nynäshamn för några veckor sedan. Det kanske inte märktes, men jag mådde dåligt den kvällen vi träffades. Hela min själ var försjunken i dunkel och förtvivlan, då vi grabbar var på väg in på okänd mark. Det är oroliga tider i Sverige nu och ingen vet vad som kommer att hända, eller om jag ens någonsin kommer att få återvända till min hemstad igen.

Här på Gotland är allt väldigt förvirrande, både för mig och mina kamrater. Det har gått några veckor nu men värst var det i början. Jag visste ingenting om hur man ska bete sig som soldat eller hur man skulle använda skjutvapen, men det blir bättre och bättre. Livet här är tufft. Jag ska väl erkänna att mina tankar har gått till Dig dag som natt. Kanske är jag väl larvig, men det är tankarna på Dig som får mig att orka med dagarna här. Det var länge sedan vi träffades för första gången nu och kanske finns jag inte kvar i Dina tankar längre? Det är det jag oroar mig mest över. Är det ömsesidigt det jag känner? Jag slår vad om att grabbarna flockas runt en sådan vacker tjej som Dig och kanske jag är borta ur Dina tankar för länge sedan?

Om Du vill skriva till mig, vilket jag hoppas, är adressen "Menige Erik Wall, Kustartilleriregementet KA3, Fårösund, Gotland." Den adressen borde fungera hoppas jag. Karin, jag drömmer om Dig både dag som natt. Kanske är jag enfaldig, kanske är det bara jag som önskar träffas igen? Du är den som får mig att stå ut med dessa dumheter här på Gotland och ett brev tillbaka skulle få mig att stå ut lite till.

Med kära hälsningar,
Erik Wall

Erik läser igenom brevet noga, ändrar ett par stavfel och stoppar sedan ner det i det ena kuvertet. Innan han klistrar igen det sluter han ögonen och funderar över om han gör rätt som skickar i väg ett brev till en flicka som han bara har träffat i några få timmar.

Ja, jag gör det. Jag skickar i väg brevet så får vi se vad som händer. Jag skulle aldrig förlåta mig själv om jag inte försökte få kontakt med henne. Jag måste tro på att hon känner likadant som jag. Vad är det värsta som kan hända? Att hon får ett brev och undrar vilken av alla killar som uppvaktat henne som hette "Erik?" Att hon sedan bara rycker på axlarna, slänger brevet i papperskorgen och lever vidare som om ingenting har hänt? Då får det väl bli så då, men jag måste ändå försöka. Fan vad det luktar skit här inne! Av förklarliga skäl med tanke på att jag befinner mig på ett utedass. Hoppas inte lukten sätter sig i brevpappret nu bara...

En stund senare möter han upp sergeant Aspgren utanför baracken igen. Befälet står där ute, precis som han lovat. Diskret överlämnar Erik två brev och går tillbaka in till sitt logement igen. Han vet inte hur ofta gotlandsbåten går mellan ön och fastlandet, men inom några dagar borde brevet nå Utö, tänker han. Efter det tar det säkert några dagar innan Karin, förhoppningsvis, har skrivit ihop ett brev som hon sedan skickar tillbaka.

Erik får svårt att somna den kvällen. En efter en börjar de andra killarna snarka där inne på logementet men Erik är klarvaken. Sängen är hård och obekväm han längtar hem till sina föräldrar. Ingen annan i logementet har sagt något om hemlängtan, men han *kan* inte vara den ende som känner så! Samtliga grabbar går in i sina roller och tycks spela dem väl, även han själv. Än så länge känner han inte de andra i logementet särskilt väl och väljer att hålla låg profil, även om han och Larsson verkar vara på samma nivå. Erik misstänker att Knutte däremot säkert har fått några nära vänner redan, då han är betydligt mer öppen och pratsam än honom själv. Även om de två inte ses varje dag så är det ändå skönt att veta att ens bäste vän är i närheten.

Två veckor. Om allt går som det ska så borde jag ha ett brev från Karin inom två veckor. Längre än så borde det inte ta. Om jag bara får ett brev tillbaka från Karin så skulle allt här på Gotland kännas fan så mycket lättare. Då vet jag ju att hon fortfarande har kvar känslor för mig och vi kan börja brevväxla med varandra medan jag befinner mig här på ön. Då har jag ju någonting att se fram emot och längta till.

Den vita väggklockan ovanför logementdörren visar 00.32. Han måste försöka sova nu för att orka med morgondagens strapatser. Prickskytte stod på schemat vilket han ändå ansåg som relativt lugnt. Dagen skulle bestå av några få kilometers marsch bort till skyttevallen, öva på skytte och sedan marsch hem och därefter vapenvård. Har de tur sedan så har de kvällen fri efter det.

Kapitel 14

Utö, 2 september 1940

Karin torkar av de sista smulorna från bord fem, rätar på ryggen och ser ut genom fönstret. Ännu en arbetsdag på värdshuset börjar lida mot sitt slut. Det är soligt ute men kalla höstvindar och gulnande löv skvallrar om att hösten är i annalkande. Öns sommargäster har åkt hem för länge sedan och det är knappt några gäster på värdshuset längre. Det är nästan så att Thor skulle kunna driva stället helt själv, men Karin jobbar halvtid där. Dels för att tjäna lite pengar, dels för att Thor inte ska behöva göra allting själv.

Tidigare under dagen hade Harald Vilhelmsson varit där och ätit lunch, vilket han brukade göra de dagar han hade tid. Annars åt han lunchen hemma som hans hushållerska lagar. Denna gång var det ett helt annat tonläge från Harald än gången innan Sunes och Karins dejt. Det märktes tydligt på honom att han var missnöjd med utgången av dejten men sa det inte rakt ut. Däremot var han mycket tydlig med att "under de rådande omständigheterna i Sverige så var han förmodligen tvungen att justera hyran inom snar framtid för att inte gå

133

back." Detta var såklart ett svar på den misslyckade dejten. Dessutom var det rent skitsnack då Harald var god för säkert ett par miljoner kronor och skulle likaväl kunna låta Thor hyra värdshuset gratis utan att det skulle påverka hans ekonomi det minsta. Som om inte Thors ekonomi redan var ansträngd skulle en ytterligare hyreshöjning vara spiken i kistan för honom och värdshuset.

Radion inne på kontoret bakom receptionen är ständigt på och när det är dags för nyheter brukar Thor alltid stanna upp med sina sysslor och höja volymen. Tyskarna har erövrat land för land i Europa och Storbritannien väntas bli nästa stora mål. Hitler räknar med att britterna ska kapitulera men de vägrar än så länge. Winston Churchills karismatiska stämma ekar ut i radion runtom i världen. Han säger att de minsann tänker strida på stränderna, på flygfälten, på åkrar, gator och i bergen och de tänker aldrig ge sig. De tyska bombningarna i Storbritannien hade inletts för ett par veckor sedan. Hårda luftstrider hade resulterat i att över ett tusen sexhundra tyska stridsflygplan skjutits ner medan britternas förluster var knappt hälften.

Thor lyssnar intensivt på nyhetsuppläsaren och svär högt när Karin kommer in i rummet.

– Det är ju själva fan! Ryssarna har tagit Finland och nazisterna har tagit hela Frankrike och nu även Norge och Danmark. Sverige är lamslaget och allt är i stiltje. Är det vi som står på tur nu? Tro fan att ingen vill komma ut hit till vår ö när hela landet håller andan! Karin gumman, jag vet inte hur länge jag orkar hålla på med det här. Jag får helt enkelt inte stället till att gå runt. Det räcker inte med att några enstaka öbor kommer och äter hos oss. Vi behöver fler övernattande gäster annars blir jag tvungen att stänga värdshuset snart, suckar han och fimpar sin cigarett i askkoppen. Han sneglar på Karin och sedan ner på sin cigarett igen.

– Kanske vi borde pröva lyckan någon annanstans. Kanske vi borde flytta härifrån…

Kommentaren från Thor kom oväntat och plötsligt. Men Karin som har drömt om att få lämna ön och bo någon annanstans blir plötsligt tveksam. Var hon verkligen beredd att lämna allt här, den trygga plats hon vuxit upp på? Här på ön hittade hon ju överallt och kände alla som bodde här. Och hur skulle det bli med mormor Esther? Om hon kände Esther rätt så skulle hon aldrig lämna ön frivilligt. Dessutom var hon nog för gammal för att orka med en flytt. Och skulle det verkligen finnas jobb att få tag på bara för att man flyttar? Karin får en klump i magen. Hon lämnar kontorsrummet och går ut och sätter sig ute på trappan på framsidan. Hon tar en djup suck och ser ut över skärgården. Långt där borta över fastlandet tornar mörka moln upp. Lönnträden nere i slänten hade börjat tappa sina löv och det märktes redan hur det blev mörkt snabbare om kvällarna.

Det var så mycket som ändrats i hennes liv på bara några månader. I våras visste hon vad hon skulle göra varje dag. Det var skolan, hem och laga mat, träffa kompisar och sedan började det om. Det var lugnt och tryggt och det fanns få bekymmer i hennes liv. Men nu har så mycket hänt. Skolan är över och hon har ett arbete. Visserligen hos sin far, men ändå. Det var krig i Europa och det var det enda som folk talade om. Dessutom var hon gammal nog att förstå att familjens ekonomi var i botten. Det var sådana saker som hon varken kände till eller bekymrade sig om tidigare. Utöver allt detta hade hon fått känslor för en kille. Känslor hon aldrig förut hade känt för någon. Det var både härligt och jobbigt på samma gång. Det pirrade i magen när hon tänkte på Erik och hon blev ledsen om kvällarna när hon låg och saknade honom. Killen hon var förälskad i var den sötaste och finaste person hon någonsin hade träffat, men just nu var han bortom räckhåll och huruvida hon skulle få träffa honom igen eller ej, visste hon inte. Karin visste ingenting om hur det gick till på en beredskapstjänstgöring men hon tänker att någon gång borde det väl finnas tid för att skriva ett brev? Eller var hon redan bortglömd? Fanns det för mycket annat att tänka på där på Gotland? Eller fanns det kanske till och med någon annan flicka i Eriks tankar? Hon brukade rysa vid bara tanken.

Varje eftermiddag efter jobbet brukar hon gå direkt ner till lanthandeln där de fick hämta sin post och varje dag blev hon besviken när det inte var någon post till henne från Erik. Men än tänker hon inte ge upp hoppet om att få ett brev från honom. Hon reser sig upp från den stora stentrappan och går och hämtar sina ytterkläder.

– Jag cyklar hem nu. Vi ses hemma! ropar hon in till Thor som sitter kvar inne på kontoret. Han sitter försjunken i djupa tankar och hör inte Karin. Nyheterna är slut och musik spelas i stället. Hon förstår att han tänker på ekonomin och hon tycker inte om att se honom så här ledsen. Karin önskar att hon kunde hjälpa honom på något sätt men vet inte hur. Hon går ut genom bakdörren och tar sin cykel. Hon tänker cykla den sedvanliga vägen förbi lanthandeln och höra efter om hon har fått post. Dessutom behöver hon köpa ett kilo mjöl till att baka bröd till helgen. Antagligen jobbar Astrid där idag. Hennes föräldrar äger lanthandeln och både Karin och Astrid har sprungit i affären sedan barnsben. När de var mindre brukade alltid Astrids far bjuda dem på en bröstkaramell och om han var på bra humör kunde han även ge dem ett par brända mandlar.

Karin hinner inte ens parkera cykeln utanför lanthandeln förrän Astrid kommer springande mot henne med handen i luften. I handen håller hon ett brev och Karin får rysningar.

– Karin! Du har fått brev och det är stämplat från Gotland! Det måste vara från honom, säger hon upphetsat. Karin struntar i att fälla ner stödet och slänger cykeln på backen.

– Du menar inte att… du driver väl inte med mig nu, Astrid? säger hon argt. Astrid skakar ivrigt på huvudet och räcker fram brevet. Hon verkar vara lika nyfiken som Karin. Hon tar brevet och studerar det noga. Hon konstaterar att Astrid hade rätt, det var stämplat på Gotland. De sätter sig på bänken utanför lanthandeln och med darrande händer öppnar hon brevet och läser hela brevet högt för Astrid.

"...Kanske är jag enfaldig, kanske är det bara jag som önskar träffas igen? Du är den som får mig att stå ut med dessa dumheter här på Gotland och ett brev tillbaka skulle få mig att stå ut lite till.

Med kära hälsningar,
Erik Wall"

Karin och Astrid skriker högt och hoppar runt som om de vore tokiga och det tar flera minuter innan de kommer till sans igen.

– Han skrev till mig till slut! Han gjorde det, jag kan knappt tro att det är sant! utbrister Karin och sätter sig ner igen på bänken. Hon gråter av glädje och hon bryr sig inte om att tårarna rinna ner för kinderna. En äldre dam som har ärende in till lanthandeln stirrar på dem oförstående och skakar på huvudet och går sedan vidare in i affären.

– Jag visste väl att han skulle skriva till dig, säger Astrid och kramar om Karin hårt. Den uns av avundsjuka hon känner tränger hon snabbt undan och kramar sin bästa vän ännu en gång.

– Astrid, han hade inte glömt bort mig. Det måste ju betyda att... att han tänker lika mycket på mig som jag tänker på honom. Då hade jag rätt, jag kände ju att vi hade samma kemi den där kvällen på hotellet. Det må hända att han är den förste och ende killen jag träffat, men… alltså det var någonting magiskt när vi såg på varandra. Jag kan inte förklara det på annat sätt, säger Karin och ser drömsk ut i blicken.

– Åh, jag är så glad för din skull! Men du måste skriva någonting tillbaka.

– Det är klart att jag ska. Jag ska börja skriva ett brev till honom direkt när jag kommer hem och i morgon innan jobbet så lämnar jag in det här i affären.

Karin gör en bekymrad min och rynkar på ögonbrynen.

– Stackaren, han verkar inte ha det så lätt där på Gotland. Fy attan, det måste vara tufft för honom och de andra. Det är svårt att föreställa sig vad de måste gå igenom, suckar Karin.

– Verkligen. Men tänk om det blir krig i Sverige, då blir det ju allvar på riktigt. Tänk om han då skickas i väg någonstans och blir skjuten? säger Astrid oroligt.

– Nä men fy så du säger! Sluta säg så där! Det vore ju fruktansvärt! Man har ju hört på radion om alla judar som den där Hitler har haft ihjäl. Det är ju ofattbart för mig att det sker på riktigt.

De båda tjejerna sitter tysta en stund. Karin tänker på hur bra hon egentligen har det. Hon har mat att äta, även om hon oftast måste laga den själv och det ofta är samma gamla tråkiga mat. Hon har också någonstans att sova även om det kan vara kallt i deras lilla hus om vintrarna och spisen måste vara i gång i princip all vaken tid de tillbringar inomhus. Hon har till och med ett jobb att gå till, även om det bara är halvtid och dåligt betalt. Och än så länge så är det relativt tryggt i Sverige.

– Nä Astrid, jag måste gå hem nu. Olle och Gunnar undrar nog var jag är. Jag måste laga mat och städa lite. De där små rackarungarna är makalösa på att stöka till det när ingen är hemma hos dem. Men vi ses säkert i morgon. Jag får berätta vad jag skrev i brevet, säger hon och reser sig.

– Ja, lova att du gör det. Men tänk att han verkligen skrev till dig! Nu har du inte bara en brevvän, du har ju nu en käresta, säger Astrid och ler. Karin lyser upp som en sol.

– Ja, jag har nog det. Jag har en käresta. Vi ses i morgon!

Hon lyfter upp den slängda cykeln från marken, borstar av styret från smuts och börjar cykla hemåt. Brevet från Erik ligger försiktigt hopvikt i hennes byxficka och hon känner flera gånger på det under färden hem så att det inte har fallit ur.

När hon kommer hem och öppnar ytterdörren möts hon av vit, tjock rök och hon backar reflexmässigt bakåt. Förskräckt ropar hon på sina småbröder.

– Olle! Gunnar! Vad gör ni? Är ni oskadda?! Brinner det? Herregud, vad är det som händer?

Förskräckt försöker hon vifta undan röken med armarna och hon tvingar sig in i huset och genom röken. En snabb titt på kaminen och hon ser att undre luckan står öppen och mer vit rök bolmar ut därifrån. Snabbt stänger hon till luckan och slänger ett öga på spjället. Det är stängt. Hon öppnar spjället och rusar fram till köksfönstret och öppnar det på vid gavel. En snabb översyn av huset och hon konstaterar att det inte brinner någonstans, men hon ser inte sina bröder. Hon hostar och försöker ropa på dem igen men den kraftiga röken gör att hon inte kan sluta hosta. Röken skingras något lite längre in i köket. Hon tittar in i sitt rum och ser de båda pojkarna sitta skärrade på sängen med uppdragna knän. De ser livrädda ut och ser på henne med gråtmilda ögon.

– Vad i hela friden gör ni?! skriker hon och springer fram till dem.

– Förlåt. Men vi var hungriga och tänkte bara förbereda spisen åt dig tills du kom hem, säger Gunnar och ser skamsen ut.

– Åh, men älsklingar! Man måste öppna spjället först, annars kommer inte röken ut. Jag trodde först att huset brann och så blev jag oroliga att det hade hänt er något, säger Karin och sätter sig på golvet och drar en suck av lättnad.

– Förlåt Karin. Det var inte meningen, säger Olle.

– Det gör ingenting. Det är jag som ska säga förlåt. Jag stannade och pratade med Astrid efter jobbet. Men det är alldeles för rökigt för att vistas här inne. Klä på er era jackor och gå ut på gården en stund tills röken har vädrat ut så börjar jag med maten så snart jag hinner, okej?

– Okej, säger de båda och lommar ut på gården. Karin hostar medan hon öppnar ännu ett fönster så det blir korsdrag. Hon skyndar sig sedan att stoppa in ett tidningspapper och lite mindre vedpinnar i kaminen och tänder sedan. Elden tar sig snabbt och sakta men säkert blir luften bättre. Med rödsprängda ögon fyller hon upp en kastrull med vatten och ställer på spisen och börjar sedan skala potatis. Det svider i ögonen och irriterar i halsen, men ändå kan hon inte låta bli att le åt händelsen. Ingen större skada var ju skedd. Bara lite rök som snart skulle vara utvädrad. Thor skulle säkert känna röklukten lite senare när han kommer hem men han skulle säkert bara flina åt händelsen, misstänker hon. Karin hade haft tur som hade Thor som far. En snällare far fanns inte på hela Utö. Aldrig att han hade höjt sin hand för att aga henne när hon var mindre, såsom många andra föräldrar hade gjort mot sina barn när de inte lydde. Redan i tidig ålder behandlade han henne som en vuxen. Det gillade hon. Samtidigt fick hon kliva in och ta rollen som mor åt sina småbröder när Maj gick bort. Något annat alternativ fanns ju inte. Det var ett stort lass för Karin att dra, men hon hade mäktat med den stora uppgiften med bravur och hon växte hela tiden med uppgiften ju mer Thor berömde henne.

Det blir kväll och Thor kommer hem från jobbet. Gunnar och Olle har lagt sig. Allt är diskat och undanplockat. Mer ved är intagen och i den gamla gjutjärnskaminen glöder det fortfarande. Karin sitter i köket. I köksfönstret lyser fotogenlampan med ett svagt gult ljus över ett brevpapper på köksbordet. Hon är snart klar med sitt brev till Erik när Thor ställer sig tvärt innanför ytterdörren och vädrar.

– Vad har hänt här? undrar han och ser sig omkring och sedan på Karin. Hon ler tröttsamt mot honom.

– Vi hade en liten olycka här innan ikväll bara, men det är ingen fara. Pojkarna fick för sig att de skulle tända i spisen tills jag kom hem. Men det gick inte så bra, ler hon.

– Jaså på det viset. Huvudsaken att det inte började brinna och att ni är oskadda. Men jag får väl ta på mig detta. Jag har inte lärt dem hur man tänder i spisen. Om jag inte kommer hem allt för sent i morgon så ska jag visa dem hur det går till. Det kan vara bra för dem att veta och de är ju gamla nog nu, säger han och slår sig ner vid köksbordet. Han drar en djup suck och för händerna över ansiktet. Karin reser sig och går bort till diskbänken.

– Jag har sparat lite mat åt dig, säger hon och ställer kastrullen över spisen och stoppar in en smal träbit i luckan undertill.

– Tack, vad snällt.

– Har det gått bra idag? undrar hon försiktigt.

– Ja det har det väl. Ett äldre par från Stockholm checkade in efter att du åkt hem. De ville stanna två nätter sa de. De var visst släkt med Klassons sa de, säger Thor trött.

– Ja men det var väl bra?

– Mm. De såg ut att ha det gott ställt. Hoppas de ger bra med dricks, svarar han och slår på radion. Karin tittar bort och gör en missbelåten min. Sedan kriget startade gillar hon egentligen inte att ha radion i gång. Så länge hon kan minnas har hon inte hört en enda positiv nyhet. Nyhetsuppläsaren talar om begrepp som hon har fått lära sig den sista tiden. "Axelmakter, Röda Armén, Gestapo, Jozef Stalin, koncentrationsläger" är ord som alla i klassen fick lära sig bara ett par veckor innan de slutade skolan.

– Sitter du och skriver brev? undrar Thor medan han äter. Karin skiner upp.

143

– Ja! Jag fick ett brev från Erik idag och jag tänker att jag måste skriva tillbaka.

– Jaså, det var inte dåligt. Du måste ha gjort ett gott intryck på honom eftersom han skriver till dig. Hur har han det på Gotland då? undrar Thor.

– Han verkar ha det tufft. Han trivs inte men han säger att han tänker mycket på mig och på den kvällen när vi träffades på hotellet, ler hon. Thor blir nyfiken.

– Hur är han den där Erik? Du får berätta om honom. Var han från Gävle sa du?

– Ja. Han är världens finaste kille. Så himla snäll och omtänksam, romantisk och trevlig. Och så är han jättesöt med! Det tycker Astrid också, säger hon och får något drömskt i blicken.

– Det var inte dåligt att hinna med och upptäcka alla de där sidorna hos en kille på bara ett par timmar, säger Thor och flinar lätt.

– Jag vet. Men allt kändes så himla bra med honom redan från första blicken. Magiskt på något sätt, jag kan inte förklara det på annat sätt.

– Vad jobbar hans föräldrar med då?

– Jag vet inte. Det var ingenting vi talade om. Men jag kan fråga honom nästa gång vi ses.

– Nästa gång? frågar Thor snopet.

– Ja? Vi tänker såklart ses igen. Men när vet jag inte, svarar Karin och ser ner i köksbordet.

– När han får permission och ska hem till Gävle så stannar han väl till i Nynäshamn?

– Permission? undrar Karin nyfiket.

144

– Ja, alltså det betyder att man kan få ledigt från tjänstgöringen ibland. Men i dessa tider så vet jag inte om man får det, säger han med en djup suck och tar en tugga till. Karin får en idé. Hon tänker skriva några rader till i brevet och fråga om han vill ses om han får permission någon gång. Thor äter klart och tackar för maten. Han är trött men behöver gå ut och hugga lite mer ved. De har elektricitet indraget till huset men använder det så sparsamt som möjligt. Han ligger efter med kommande vinterns vedförråd och det gör honom en aning stressad. De flesta av vedklabbarna är sura och skulle behöva torka några månader till och han är sur på sig själv för att inte ha tagit tag i detta tidigare. Karin ser hur Thor går med trötta steg bort mot vedförrådet. Huvudet hänger ner och det ser ut som han bär hela världen på sina axlar. Hon har försökt hjälpa honom att hugga ved men det har inte fungerat, hon har helt enkelt inte styrka nog.

Det börjar bli sent och hon borde gå och lägga sig men hon vill skriva klart brevet ikväll så hon kan posta det i morgon. Hon tar fram Eriks brev och ser på det. Hans handstil är vacker och stavningen är perfekt såvitt hon kan se. Han har skrivit brevet med en svart bläckpenna. Vid ett ställe har han strukit över ett ord, men utöver det är brevet väldigt vackert i sin helhet. Hon håller upp det framför näsan och doftar på det, men det doftar inte som hon kom ihåg Erik, till hennes besvikelse. Det luktar ingenting särskilt. Hon lägger hans brev på bordet och fortsätter sedan med sitt eget brev tills hon är helt nöjd.

Käre Erik!

Om Du visste vad glad jag blev för ditt brev! Ända sedan den dag Du for har jag gått till brevlådan och hoppats på att finna ett brev från Dig. Jag var så rädd att jag bara var en flicka i mängden för Dig och att du glömt bort mig för länge sedan. Men idag fick jag Ditt brev och jag blev så otroligt glad. Det måste ju ändå betyda att den lilla stund vi fick tillsammans den där kvällen betyder något för Dig med? När jag läser hur Du har det där borta så förfäras jag över Din och Dina kamraters situation. Det är så svårt för mig att föreställa sig hur det kan vara. Jag tänker nästan jämt på Dig och Dina vackra ögon men blir samtidigt orolig. Kommer jag någonsin att få träffa Dig igen? Far nämnde att ni kanske får permission? Jag förstår självklart att Du vill åka hem till Dina föräldrar om så skulle ske, men om Du ger mig datum och klockslag så kan jag möta upp Dig i hamnen i Nynäshamn innan Du far vidare till Gävle? Om det så bara är för ett kort ögonblick vi hinner träffas så skulle det vara värt allt för mig att få träffa Dig igen. Skulle Du vilja det?

Här på Utö har allt sin gilla gång. Jag har börjat arbeta hos far på värdshuset här på ön. Det är så skönt att äntligen ha slutat skolan och få börja arbeta. Det är dåligt betalt men jag ska inte klaga i dessa tider. Vem vet, en vacker dag får jag kanske ett välbetalt jobb någon annanstans?

Far är nyfiken på Dig och undrar vad Dina föräldrar jobbar med. Han undrar såklart vem det är som gör att jag är så mycket gladare om dagarna. Jag skickar i väg detta brev idag och jag tänker räkna varje dag och hoppas på att få ett brev tillbaka från Dig. Lova att vara rädd om Dig!

Du är det sista jag tänker på innan jag somnar och första jag tänker på när jag vaknar.

Med varma hälsningar,
Karin Lewin

Hon håller upp brevet i ljuset från lampan och läser igenom det en gång till. Sedan stoppar hon försiktigt ner det i kuvertet och klistrar igen det. Hon skriver hans adress på baksidan och ställer det sedan lutad mot vasen som står mitt på köksbordet. I morgon tänker hon stanna till i lanthandeln och gå in och posta det. Sedan tänker hon tålmodigt vänta tills den dag hon får ett nytt brev från Erik.

Kapitel 15

Fårösund, 14 september 1940

Det är tidig morgon på Eriks logement på KA3 i Fårösund. Grabbarna har precis borstat tänderna, städat logementet och klätt på sig. De står uppställda utanför baracken och väntar på att få gå och äta frukost, precis som de övriga drygt två hundra grabbarna på regementet. Gotlands kyliga höstvindar sveper in över ön och det är bara några få plusgrader i luften. Men det är någonting som inte stämmer i Eriks logementsgrupp. Killen som ska lämna av gruppen till sergeanten fattas. Erik lutar sig diskret fram till Bylund som står framför honom.

– Var är Palmström någonstans? Han ska ju för fan lämna av till sergeanten nu!

– Vet inte. Men han lär få fan för detta när sergeanten kommer strax, viskar Bylund. Grupp efter grupp gör sina avlämningar till dess befäl och turen har nu kommit till Eriks grupp. Det är sergeanten som har hjälpt Erik att posta brevet till Karin som idag har hand om gruppen.

– Lystring! Som ni säkert har märkt så saknas det en soldat i gruppen. Efter överläggning med major Granlöf är det beslutat att soldat Palmström lämnar vårt kompani. I detta nu sitter han i en bil på väg ner till Visby för att sedan ta färjan över till fastlandet igen. Han kommer inte tillbaka något mer. Avlämning hädanefter sker av dig, Lönander. Uppfattat?

– Ja sergeant! ropar Lönander och ser något besvärad ut. Lite senare sitter grabbarna i mässen och äter en snabb frukost för att sedan åka i terrängfordon över till nordöstra sidan av Gotland för att träna på att sätta upp minering av vägar. Bylund ser orolig ut medan han snabbt tuggar i sig sin smörgås. Hans blick växlar snabbt mellan sina kamrater.

– Hur fan kommer det sig att Palmström har fått lämna? Någon som vet? Man borde väl inte bara kunna få lämna så där?

– Han har fått lämna för att han inte pallade trycket här helt enkelt. Ett befäl kom på honom för ett par dagar sedan när han försökte sno en bil. Ni vet, när vi fick stå och vänta så där länge på att få åka hem från övningen vi var på? Det var för att de hade fullt sjå att hejda Palmström från att sticka, säger Lönander. Erik ser förvånat på honom.

– Skojar du?

– Nej för fan, jag lovar. Han hade ju betett sig konstigt i flera dagar och till slut så brast det för honom. han försökte sno en av våra bilar. Efter ett långt snack med psykologen och major Granlöf togs beslutet om att Palmström var en fara kompaniet och skickade hem honom omedelbart med en frisedel.

– Tänkte han sno en av våra bilar? Skulle han rymma från kompaniet alltså? undrar Erik.

– Precis. Jag har ju sett att han har varit väldigt nervös av sig och rycker till för minsta lilla.

– Soldatlivet är väl inte för alla, säger Erik med låg röst.

– Jag önskar jag också fick frisedel, suckar Björk.

De skyndar sig att äta upp frukosten. Därefter springer de in till logementet och tar på sig sina ytterkläder och vapen och ställer upp utanför. Det har börjat regna ute och Erik suckar tungt. Han inser att det är lika bra att inse att dagen kommer att bli väldig jobbig på alla sätt och vis. De kommer först behöva sitta och skumpa på flaket på ett fordon, sedan stå ute och frysa i regnet medan de övar på att sätta upp minor för att sedan komma hem dyngsur och kall. Han längtade redan tillbaka till logementets säng, trots att den var hård och obekväm.

Tre veckor har gått nu. Borde hon inte ha hunnit skriva ett brev tillbaka till mig på tre veckor? Tänk om inte mitt brev har kommit fram till henne på Utö? Eller kanske att hon tyckte mitt brev var fånigt och valde att inte vilja svara? Fan också, jag skrev nog ett för fånigt brev! Har jag gjort bort mig nu? Hur ska jag kunna stå ut med den här skiten om jag inte vet att jag har Karin som håller av mig? Jag måste helt enkelt få något positivt att tänka på, annars lär jag sluta som Palmström snart. Att hålla på med krig är sannerligen ingenting för mig. Det kan andra som tycker det är kul få hålla på med. Det verkar ju som att det finns några här av oss som tycker det är kul att ligga och skjuta på en skjutbana. Jag har till och med hört några som på allvar funderar på att söka jobb som befäl när tjänstgöringen är över. Det är väl tur att man är olika…

En stund senare åker sex terrängfordon den halvtimmeslånga färden ner till kalkbrottet vid Bungenäs. Regnet tilltar alltmer. Erik som är en av få i gruppen som har körkort och kör ett av fordonen. Sikten är dålig trots att vindrutetorkarna går på för fullt och han får lov att koncentrera sig för att hålla bilen kvar på den smala grusvägen. När de kommer fram kommenderar sergeanterna att de ska sätta på sig regnkläderna innan de fortsätter dagens övningar. Stämningen är låg och de flesta av dem muttrar att de hatar Gotland och de hatar dess höstväder. Någon fantiserar högt om palmer och varma stränder.

Erik försöker att inte gnälla högt men när han blundar ser han framför sig hur han och Knutte ligger på Bönavikens badplats hemma i Gävle som de gjort så många gånger förr. Det är soligt och varmt och de har bara badbyxor på sig. Det är nästan vindstilla och några jämnåriga tjejer går förbi och vinkar glatt åt dem. De vinkar tillbaka och ser hur tjejerna lämnar sina handdukar på strandkanten och vadar ut till flotten. Grabbarna reser sig upp och springer efter ut i vattnet. Vattnet är alldeles ljummet.

– Menige Wall! Ta med dig två frivilliga och anmäl dig till sergeant Holm. Ni lastar av truppminorna från fordonet där borta! ropar Aspgren. Erik rycker till efter att bryskt ha väckts ur sin härliga dagdröm. Han är åter tillbaka till verkligheten. Den iskalla höstvinden piskar honom i ansiktet och påminner honom på ett bryskt sätt var han befinner sig. Han har börjat frysa nu. Timme ut och timme in övar de sedan på olika moment. Under lunchen får de beskedet att de ska ha kvällstjänst här på Bungenäs och beräknas inte komma tillbaka till logementet förrän tidigast klockan nio. Under tiden de äter får de höra av en av sergeanterna att Italiens Benito Mussolini har invaderat Egypten. Knutte som har satt sig bredvid Erik tror knappt sina öron.

– Hur i helvete ska detta sluta? Hela världen är ju snart i krig! Japan invaderar både Kina och Filippinerna, Sovjet invaderar Polen, nazisterna Storbritannien och nu ska den där jäkla fascisten Mussolini invadera Egypten! Vad ska han där och göra? Riva ner pyramiderna eller? fortsätter han upprört. Erik svarar inte men han känner Knutte väl. När Knutte börjar bli högljudd är han oftast rädd och antagligen så även nu. Med all anledning. Erik vet att Knutte hatar soldatlivet lika mycket som honom själv och de båda är rädda för vad som kan hända Sverige om det vill sig illa.

– Vi kan inte göra annat än att ta en dag i taget och göra så gott vi kan. Nu är vi fast här på Gotland och vi vet inget annat än att vi ska bli hemförlovade nästa sommar, säger Erik med dov röst. Knutte rycker till och blänger på sin vän.

– En dag i taget?! Sedan när blev du så jäkla klok då? utbrister Knutte. Erik flinar och klappar honom hårt på axeln.

– En dag Knutte. En dag, då är allt det här bara en enda lång mardröm som vi har bakom oss. En dag så har du och jag ett varsitt bra jobb med bra betalt. Kriget är över sedan länge och vi är gifta med en varsin vacker tjej och har kanske även ett par ungar. En dag så kommer vi sitta och skåla med en iskall pilsner i handen och skratta och tänka tillbaka på allt detta, tror du inte det?

Knutte grymtar högt medan han gnider sina frusna händer.

– Det får nog gå bra många år innan jag tänker tillbaka på den här tiden och skrattar, säger Knutte och knäpper den översta knappen i regnrocken.

Eftermiddagen och kvällen blir en enda lång och kall pina. När det börjar skymma kommer den efterlängtade ordern om att packa ihop och sätta sig i bilarna för att ta sig tillbaka till logementen igen. Helst av allt skulle Erik bara vilja sitta bak på flaket och sova på hemfärden, men eftersom han är en av de få med körkort blir han tvungen att köra bilen hem.

Det har regnat konstant hela dagen och bitvis riktigt kraftigt. På vissa ställen har regnet bildat stora fåror i grusvägen och Erik får parera för flera av dem för att inte det ska guppa för mycket på flaket där bak. Han kör den sista bilen och när han tittar i backspegeln ser han bara mörker. Bredvid honom i passagerarsätet sitter Bylund och bak på flaket sitter Knutte och fem till. Grusvägen blir allt sämre och Erik blir tvungen att sakta ner farten men vill samtidigt inte hamna för långt efter de andra då han är osäker på vägen hem. Det skakar ordentligt i bilen av alla hål i vägen och utan förvarning går en av strålkastarna sönder. Sikten blir genast ännu sämre än

153

vad det redan är. Han svär högt och tänker att denna dag är helt klart topp tre av de värsta dagarna hittills på Gotland. Stressad av att behöva sakta ner ännu mer för att hålla sig på vägen muttrar han och koncentrerar sig ännu mer, samtidigt som trötheten börjar tillta.

Han får syn på en stor vattenfylld grop alldeles för sent och kör rakt ner i den med höger framhjul. Hela bilen kränger kraftigt och när Erik försöker återfå kontrollen av fordonet kränger det ner i diket med bakänden. Därefter går händelseförloppet fort. På bara ett par sekunder har bilen voltat och står upp och ner i ett stort vattenfyllt dike. Kraschen blir hård och grabbarna som satt på flaket far runt och hamnar huller om buller på varandra. Höga skrik och gap hörs. Revben bryts och handleder stukas. Knutte slår i ryggen hårt när han landar upp och ner. De enda två som har bälte på sig är Erik och Bylund, men Erik slår i huvudet hårt i sidorutan och förlorar medvetandet. Det tar några sekunder för Bylund innan han kommer till sans och förstår vad som har hänt. Fastspänd som han är trycks all tyngd neråt och han har svårt att knäppa av sig säkerhetsbältet men lyckas till slut. Med en duns faller han ner på bilens tak. Det knakar till i nacken men märker snabbt att han fortfarande kan röra på huvudet. Det har gått hål på motorns kylare och det ryker vit rök från den. Till Bylunds fasa ser han hur kupén snabbt fylls med iskallt vatten från diket. Han ruskar kraftigt på Erik men ingenting händer. Vattnet fortsätter stiga och når nästan pannan på den avsvimmade Erik nu. Bylund sparkar så hårt han kan på sidorutan och till sist brister den. Han kränger sig ut genom rutan och kravlar sig upp på benen. Han skär sig på både händer och mage när han tar sig ut men märker ingenting. De andra grabbarna har precis tagit sig ut från flaket och står skärrade på grusvägen. Några huttrar och några jämrar sig efter skadorna de ådragit sig.

– Erik! Jag får inte loss Wall! skriker Bylund till de andra.

– Vaddå inte får loss?! Är han kvar i bilen? frågar Knutte förskräckt. Bylund nickar kraftigt med huvudet. Han har svårt att få fram ord och pekar ivrigt mot förarplatsen.

– Vatten! Hela jävla kupén är fylld med vatten och Wall sitter fast i bilbältet! Jag fick inte loss honom! skriker han och är nära bristningsgränsen. Knutte knuffar undan ett par grabbar som står framför honom och vräker sig fram till kupén och tittar in. Där ser han hur Erik sitter med hela sin överkropp dränkt i vatten och han rör sig inte. Knutte hasar sig över till andra sidan och kryper in i sidofönstret som Bylund nyss sparkat ut. Han tar ett djupt andetag och drar i Eriks jacka för att komma närmare. Frenetiskt försöker han få upp säkerhetsbältet men det sitter fast. Luften i hans lungor börjar ta slut och han börjar få panik. På klumpigt vis vänder han sig om i det lilla utrymmet i kupén och tar sig ut och upp till ytan igen. Han flåsar kraftigt när han hämtar andan. Han ser hur de andra försöker sparka in sidorutan på Eriks sida, men lyckas inte.

– Jag får inte loss bältet! skriker han i panik samtidigt som han fortsätter hämta andan. Tre av grabbarna som är minst skadade försöker knuffa bilen på sidan men det går inte. Knutte kommer på att han har en kniv i sitt skärp. Genast tar han två djupa andetag och dyker in i kupén igen. Han tar fram kniven och börjar skära av bältet. Men det sitter hårt tryckt mot Eriks kropp och han är rädd att han ska skära i Eriks bröst av misstag. En snabb titt mot Eriks ansikte och han ser att läpparna är blå. Snabbt tar han där ett beslut om att han inte har något annat val än att försöka skära sönder bältet ändå, oavsett om han råkar skära i Erik eller inte. Sekunderna det tar innan bältet är av känns som evigheter. När det till slut är av drar han i Eriks armar så hårt han kan. Ännu en gång börjar luften ta slut och paniken är nära. Det bränner i lungorna och han är desperat i behov av syre. Trots att han drar så mycket han orkar, händer det inget. Erik sitter fortfarande fast. Det är någonting som håller honom kvar. Det börjar värka i bröstet och han behöver få luft omedelbart. Det börjar svartna för ögonen och han börjar sakta tappa medvetandet.

Plötsligt får han en flyktig bild framför sig. Han ser Eriks glada ansikte. Han ler och säger någonting till honom men han kan inte uppfatta vad. Blicken klarnar återigen och han ser nu att Eriks ena arm har fastnat i det avskurna bältet. Knutte kämpar emot för att inte dra in ett andetag med iskallt vatten i sina lungor. Snabbt drar han bort bältet från armen och drar allt vad han kan i sin kamrat. Erik är till slut lösgjord och hans livlösa kropp dras ut av Knutte med hans absolut sista krafter. De andra kamraterna drar snabbt upp både Erik och Knutte och lägger dem på grusvägen. Någon försöker blåsa luft i

Eriks mun men ingenting händer. De andra skriker förfärat runtomkring dem. Ännu en gång försöker man blåsa in luft i Eriks lungor och Knutte ser med fasa på hur hans bäste väns liv antagligen är bortom all räddning. Men någonting händer i Knutte. Blixtsnabbt ställer han sig upp, knuffar bort killen som nyss gjorde mun mot mun och slår till Erik stenhårt i ansiktet flera gånger med handflatan. De andra kan inte annat än att förfärat titta på. Han slår både tre och fyra gånger. Han skriker så han går upp i falsett och slår ytterligare några gånger.

– Erik för i helvete! Du måste vakna! Du får fan inte lämna mig i sticket nu, jag behöver dig! Du måste vakna, för min skull. Och för Karins! För fan Erik, tänk på Karin! skriker han och tar tag i Eriks regnrock och skakar om honom så huvudet far upp och ner. Han tar tag med fingrarna om näsan på Erik och försöker blåsa ner luft i hans lungor och gör sedan hjärtmassage men ingenting händer. Han känner hur Lönander lägger sin hand på sin axel.

– Det är kört, Håkansson. Han är borta. Vi kan inte göra något mer, säger Lönander lugnt. Ett illskrik hörs från Knutte, som slår Erik hårt i bröstet.

– Faaan! skriker han så högt han kan. Han tar ett djupt andetag till och försöker blåsa ner luft i Eriks lungor ytterligare en gång och gör sedan hjärtmassage igen, denna gång ännu hårdare. Det börjar plötsligt höras ett gurglande läte från Erik och vatten sipprar ut från munnen.

– Erik! skriker Knutte och rullar sin vän på sidan. Mer vatten rinner ut från munnen på honom och han börjar hosta intensivt. Hejarop hörs från alla i gruppen och de hoppar upp och ner. Alla utom Knutte. Han sitter på knä och ser på Erik medan tårarna rinner ner för hans kinder. Han hyperventilerar och har svårt att röra sig. Så många känslor som kommer på en gång. Den oerhörda rädsla och ångest han nyss kände börjar långsamt försvinna och en varm skön känsla sköljer igenom honom. Sakta böjer han sig över Erik och kramar honom hårt. Men Erik är knappt vid medvetande ännu och hostar fortfarande och verkar helt frånvarande. Knutte inser snabbt att faran ännu inte är över. Samtidigt ser han en bil komma emot dem och han kisar med ögonen. Det är en av bilarna som var med på övningen. En löjtnant springer fram och frågar vad som har hänt och om någon är skadad. Soldat Björk som är den som är minst skadad drar snabbt läget inför befälet.

Inom trettio minuter är Erik på väg in till sjukhuset i Lärbro i ambulans och bredvid sig i bilen sitter en allvarlig Knut "Knutte" Håkansson och håller honom hårt i handen.

Kapitel 16

Lärbro sjukhus, 20 september 1940

Det är en nervös Knutte som går fram till sköterskan som står i korridoren och studerar en journal. Han har fått en halv dags permission av major Granlöf för att besöka sin vän Erik som ligger inlagd på Lärbro krigssjukhus. Sjukhuset ser nytt och modernt ut. Det luktar rent och fräscht till skillnad mot dofterna uppe bland logementen i Fårösund och Knutte känner sig som en skitig lodis.

– Ursäkta fröken, jag söker Erik Wall.

– Erik Wall... Ja just det ja, det är ju han med skallskadan. Han ligger där borta i rum tre, säger hon och pekar mot en dörr lite längre bort i korridoren. Knutte tackar och går i väg. Försiktigt knackar han på men får inget svar. Han bestämmer sig för att gå in ändå. I det stora rummet finns plats för fyra patienter men det är bara en person som finns där. Rummet är släckt och gardinerna igendragna men nog ser han ändå att det är hans vän som ligger längst in till höger. Huvudet är inlindat i vita lindor och Erik tycks sova. Hans högra arm ligger på magen och den är fixerad med en mitella. Försiktigt tar han några steg fram till sängen och böjer sig fram.

159

– Erik? Är du vaken? undrar han med låg röst. Långsamt öppnas ögonen men blicken verkar sakna fokus.

– Hejsan kompis, det är jag, Knutte.

– Ja? svarar Erik tyst. Knutte får en smärre chock. Han trodde att han skulle få ett glatt bemötande och ett stadigt handslag när de möttes, men i stället ser han en svag Erik som knappt verkar veta vart han befinner sig. Det har ju ändå gått några dagar sedan olyckan med bilen. Inte heller trodde han att Erik hade skadat huvudet i krocken. Så vitt han kommer ihåg så såg han inget blod från Eriks huvud direkt efter olyckan. Sjuksystern som Knutte träffade nyss kommer in i rummet.

– Han verkar frånvarande? säger Knutte till henne.

– Ja det kan man lugnt säga. Han har ådragit sig stora skador och han behöver lång rehabilitering för att bli återställd.

– Vad har han fått för skador? undrar Knutte oroligt.

– Han har enligt uppgifter legat med huvudet under vatten i flera minuter vilket har orsakat syrebrist i hjärnan. Dessutom slog han i sitt huvud på något sätt när bilen voltade. Högra nyckelbenet av samt ett par revben. De gick troligtvis av när ni gjorde hjärtmassagen, svarar sjuksköterskan allvarligt.

– Men oj! Syrebrist? Vad innebär det? Kommer han att bli bra igen? Kommer han bli… som vanligt?

– Det vet vi inte. Det är för tidigt att säga ännu. Såret i huvudet är inte så farligt som det ser ut och nyckelbenet kommer att läka ihop fint, även revbenen. Men det är syrebristen i hans hjärna som vi är lite bekymrade över.

Han sover mycket, vilket är bra. Men hans minne är det sämre med. Det är inte alls säkert att han kommer ihåg er just nu, tyvärr. Men det kan snabbt förbättras om vi har lite tur. Men han behöver vila ordentligt. Talet är än så länge sluddrigt men det räknar doktorn med ska bli bättre för varje dag som går. Jag förstår om det här beskedet kommer som en chock för er, men jag skulle råda er till att återkomma om några dagar. Då är säkert unge herr Wall betydligt lättare att få kontakt med, säger sjuksköterskan och ser uppriktigt ledsen ut.

– Så det var jag som knäckte hans revben?

– Ja troligtvis. Men var inte ledsen för det. Det är tack vare dig som herr Wall lever! Revben läker ihop men det gör inte ett dött hjärta, säger hon och lägger handen på Knuttes axel.

Knutte ser på Erik där han ligger i sin säng. Ögonen är återigen slutna och han andas långsamt. Knutte tackar sköterskan och går snopet därifrån igen.

När han kommer tillbaka till regementet berättar han för sina kamrater om läget med Erik. Följande dag blir samtliga grabbar som åkte i den olycksdrabbade bilen inkallade på förhör hos självaste regementschefen, överste Öhberg och flera andra höga befäl på KA3. Det är ett gäng nervösa grabbar som blir utfrågade, men när Knutte till slut har svarat sanningsenligt på alla frågor är han lättad och till och med lite stolt. När det hade framkommit att han *"med stor fara för sitt eget liv och med stor bravur agerat på synnerligen våghalsigt och modigt sätt, räddat livet på en stridskamrat"* kunde han med lätta steg återvända till sitt logement. Som grädde på moset hade han belönats med fem hundra kronor för sin tappra insats. Senare på kvällen kommer sergeant Aspgren in på logementet där Knutte befinner sig.

– Soldat Håkansson?

– Ja sergeant?

– Jag har förstått att du och soldat Wall är nära vänner?

– Ja det stämmer, sergeant. Vi har känt varandra sedan vi gick i blöja.

– Det har inkommit ett brev till soldat Wall, men tydligen är han i för dåligt skick för att läsa det själv. Därför tänkte jag att Håkansson kunde åka ner på söndag och kanske läsa upp brevet för honom personligen? undrar Aspgren.

– Ja det kan jag absolut göra, svarar Knutte och tar emot brevet. Han ser direkt på handstilen på kuvertet att det måste vara från Karin.

– Bra. Jag tror det är viktigt att Wall får all uppmuntran han kan få nu, säger sergeanten och vänder sig om för att gå. Men han tvekar, stannar till och vänder sig om mot Knutte.

– Om det är så att Wall önskar skicka ett brev tillbaka så be honom ta kontakt med adjutanten som finns på sjukhuset, eller ta med det till mig så löser jag det åt honom.

– Absolut, sergeant. Jag ska framföra detta.

Det blir söndag och Knutte, som tog körkort samtidigt som Erik, är på väg från Fårösund till Lärbro i ett av försvarets fordon. Ända sedan han sist var och hälsade på Erik har han varit bekymrad över hans hälsa och han var nu spänd på om Erik hade förbättrats. Det är samma sköterska på avdelningen som möter honom som sist han var här. Knutte nickar och får ett leende tillbaka.

– God dag. Jag är här för att träffa Erik Wall igen.

– Varsågod och stig in. Han är vaken nu, säger hon och ler.

Knuttes hjärta klappar hårt när han går in i rummet. Erik sitter upp i sängen och möter sin vän med ett leende.

– Knutte!

– Hej Erik.

– Äntligen ett bekant ansikte, säger han och sträcker sakta ut sin hand för att hälsa.

– Puh! Jag var rädd att du inte skulle känna igen mig, säger Knutte med en lättad suck.

– Jodå, nog känner jag igen dig. Men du är lite suddig, fast jag hörseln är det inget fel på. Jag tyckte att jag kände igen din röst här utanför, säger Erik och ler svagt. Bandaget runt huvudet är borttaget och utbytt mot ett stort plåster strax ovanför ena tinningen. Ett par tydliga rispor syns på ena kinden och på händerna, men det är inga plåster på dem längre. Knutte tar stolen som står vid sängen bredvid och ställer den vid Erik.

– Hur går det med dig? Har du ont?

– Jag skulle ljuga om jag sa att jag inte hade det. Jag har svårt att röra mig på grund av nyckelbenet och revbenen. Men det värsta är att jag känner mig så svag. Jag sover mycket om dagarna och det säger doktorn är bra för återhämtningen. Och det skrämmer mig att jag har svårt att minnas vissa saker. I morse kunde jag omöjligt komma ihåg vad mina föräldrar heter men när läkaren berättade det så kände jag igen namnen. Och jag var inte helt säker var jag kommer ifrån, men när de nämnde Gävle så tyckte jag det lät bekant. Men det börjar bli bättre och bättre för varje timme tycker jag.

– Fy fan… Du sluddrar lite också märker jag.

– Jo jag vet. Och glömmer bort vissa ord ibland.

– Men vet du hur olyckan gick till? frågar Knutte.

– Nä. Jag vet bara att vi var på väg hem efter en riktig jäkla skitdag på Bungenäs, men efter det har jag ingen aning, allt är svart. Jag har frågat sjukhuspersonalen, men de verkar inte vilja säga så mycket utan hänvisar till regementet. Vet du?

– Ja det vet jag. På ett ungefär. Jag satt ju bak på flaket i bilen som du körde tillsammans med de andra så jag vet inte varför du hamnade i diket. Men vägen var ju full av gropar och det var väldigt regnigt och slirigt så jag antar att du helt enkelt gled ner i diket på grund av dålig sikt eller om du väjde för en grop. Helt plötsligt for vi upp i taket och landade på varandra huller om buller, där bak på flaket. Det var ett jävla liv, folk skrek och svor. Några slog sig riktigt ordentligt. När vi kom någorlunda till sans och hade kravlat oss ut ur flaket så hörde vi hur Bylund vrålar åt oss att det forsade in vatten in i kupén. Då som först slog det mig att det ju var du som körde, så jag sprang fram och såg dig sitta orörlig i förarsätet. Jag fick panik och dök in efter dig. Men… men jag fick inte loss dig! Du satt fast i bältet, hur mycket jag än drog och slet i dig! berättar Knutte och andas häftigt. Erik ser hur hans vän lever sig in i den tragiska händelsen och han ser att han inte mår bra just nu.

– Men hur kom jag loss då?

– Jag fick fullständig panik när jag märkte att inget hände när jag drog i det där jävla säkerhetsbältet. Knappen som ska lossa det satt fast. Gick inte att rubba! Både ditt och mitt huvud var under vatten men jag var tvungen att backa tillbaka upp till ytan för att få luft. Jag kom då på att jag såklart borde skära loss bältet, så jag dök ner en gång till och får till slut loss dig. Både jag och Björk gör konstgjord andning på dig och till slut vaknade du till liv. Din jävel, fy fan vad rädd jag var, utbrister Knutte som kämpar för att hålla tårarna borta. Erik ler och sträcker fram sin hand.

– Du räddade mitt liv, Knutte. Jag vet inte hur, men på något vis ska jag försöka återgälda dig så gott jag kan. Du ska veta att när som helst - oavsett vilken tid eller plats i livet så vet du att du ALLTID kan komma till mig om det skulle knipa. Jag finns då där för dig och ska göra mitt yttersta för att hjälpa dig, säger Erik allvarligt. De båda grabbarnas underläppar börjar darra medan de ser på varandra. Knutte börjar till slut känna att situationen är smått genant - två grabbar som sitter och håller hand och lipar. Han harklar sig och sträcker på sig.

– Men på tal om att minnas, du kommer väl ihåg vem Karin är va? säger Knutte halvt på skämt och halvt på allvar. Erik skiner upp.

– Jadå, henne minns jag.

– Det var en jävla tur det för jag har nämligen ett brev till dig från henne! säger Knutte och sträcker fram Karins brev. Erik blir plötsligt allvarlig igen. Han sätter sig upp ur sängen och sträcker sig efter brevet.

– Det säger du nu som först! Vilken dag är det idag, Knutte?

– Öh, den tjugosjätte tror jag. Hur så?

– Jag bara undrade. Kan du hjälpa mig att öppna kuvertet tror du? Jag ser inte riktigt och mina händer vill inte lyda mig. Finmotoriken funkar inte riktigt som den ska…

– Självklart, säger Knutte och sprättar upp det och tar ut brevet. Erik tar emot det och håller det framför sig ett ögonblick men lägger sedan ifrån sig det på sin mage.

– Fan, jag ser inte vad det står. Skulle du… kunna läsa upp det för mig? frågar Erik generat.

– Öh, javisst kan jag det. Eller så kan du ju vänta ett par dagar så kanske synen blir bättre? Det känns för privat för att jag ska läsa det, säger Knutte. Erik skakar på huvudet.

– Vi har varit polare sedan barnsben och jag har inget att dölja för dig. Jag vill helst att du läser upp det nu, om du inte har något emot det?

– Inga problem, klart att jag gör.

Knutte läser upp brevet från Karin och Erik lyssnar noga. Stundtals ler han när han hör vad hon skriver till honom. När Knutte har läst klart ser Erik lättad och glad ut.

– Fan, hon svarade mig! Det trodde jag aldrig.

– Det är klart hon gjorde. Jag sa ju att det var en toppentjej du har träffat. Det märkte jag på en gång när jag träffade henne på dansen! säger Knutte ivrigt.

– Skulle det vara okej om du tog med dig ett brev tillbaka som du kan skicka till henne?

– Visst. Självklart.

Knutte går ut till sjuksköterskorna utanför och får tag på ett brevpapper och kuvert. En halvtimme senare har han med Knuttes hjälp skrivit ihop några få rader tillbaka till Karin. Erik är nära att somna flera gånger medan han skriver och Knutte kan inte annat än att oroligt se på. Knutte behöver åka tillbaka till regementet och de tar farväl av varandra. Erik ser hur dörren stängs bakom sin vän. Han funderar på om han borde berättat om det där konstiga ljuset han såg i samband med olyckan, men bestämmer sig för att hålla det för sig själv ett tag till.

Kapitel 17

Den iskalla vinden piskar Karin i ansiktet. Tårarna på hennes kinder rullar sakta ner och blandar sig med vattnet. I handen håller hon brevet från Erik. Hon sitter längst ut på bryggan nere vid gästhamnen. Ingen annan än hon ute och hon borde snart gå hem, men hon vill inte att småbröderna ska se henne ledsen. Den lycka hon nyss hade känt när hon äntligen fick ett nytt brev från den kille hon var förälskad i, byttes drastiskt till förtvivlan. Erik skriver i sitt brev att han har råkat ut för en allvarlig olycka och ligger inlagd på sjukhus. Han berättar att han var medvetslös med huvudet under vattenytan och att hans kamrater var tvungna att göra flera återupplivningsförsök på honom. Brevet är betydligt kortare än hans förra brev. Handstilen är darrig och vissa meningar något osammanhängande. Men han avslutar åtminstone brevet med att han tänkte på henne ofta och att han saknade henne, vilket värmde hennes hjärta.

Herregud, vad håller de på med där ute på Gotland? Hur i all världen kunde en sådan hemsk olycka ske? Hans kamrater fick göra konstgjord andning, det gör man väl bara om… om hjärtat har slutat slå? Snälle gode Gud, låt det inte hända Erik något! Jag som äntligen börjat se en ljusning i min tråkiga vardag, ta honom inte ifrån mig nu. Det får bara inte hända honom någonting. Måtte han bli frisk snart, annars… annars vet jag inte vad jag ska ta mig till!

Karin reser sig sakta upp och börjar gå längs de långa bryggorna. Ängsligt går hon fram och tillbaka. Hon går och grubblar likt en sörjande änka som saknar sin förlorade man. Hon fryser så hon skakar och till slut väljer hon att gå hem till värmen igen.

När hon kommer hem möter en orolig far henne i dörren. Hon berättar om innehållet i brevet och under tiden dricker de en kopp varmt te. Thor tröstar henne så gott han kan, men denna kväll hjälper inga ord mot oron.

Det går några dagar. Det är relativt lugnt på värdshuset och hon hinner sitta ner och fundera många gånger på hur hon ska göra härnäst. Astrid är ofta och hälsar på henne och de dricker kaffe i den allt för tomma restaurangen. Hon tycker att Karin ska skriva ett långt och tröstande brev tillbaka, men Karin tvekar.

– Skulle han ens orka läsa ett brev i det skick han är i nu tror du? frågar hon. Astrid lägger i en extra sockerbit i kaffet och rör varv på varv medan hon funderar.

– Ja, det tror jag verkligen. Han behöver säkert all uppmuntran han kan få, svarar hon.

– Men jag vill ju inte vara för framfusig. Han får ju inte tycka att jag skickar för många brev. Han kanske tröttnar på mig då och ber mig sluta skriva. Det får ju bara inte hända, jag vill ju inte släppa honom! snyftar Karin. Astrid lägger sina händer på Karins.

– Snälla gumman, du ÄR inte för framfusig. Om jag hade legat på sjukhus så hade jag säkert haft det jättetråkigt och om man hade fått ett brev då så hade det säkert varit väldigt uppmuntrande. Tror du inte det?

– Jo… du har nog rätt. Men jag vill ju bara att det ska bli rätt! Jag skickar ett kort brev, så att han vet att jag bryr mig och fortfarande tänker på honom.

Redan samma kväll har Karin skrivit ett nytt brev som hon tänker posta dagen därpå. I brevet la hon även ner ett litet fotografi på henne som Thor tog på skolavslutningen, för hon inte ville riskera att Erik skulle glömma bort hur hon såg ut. Bilden var tagen på alla de fyra som gick ut skolan men hon klippte bort Sune och Uno och hon skrev i brevet att tjejen bredvid henne var hennes bästa vän Astrid.

Hela oktober och november brevväxlar Karin och Erik med varandra. Trots att de bara träffat varandra några timmar för månader sedan har de nu lärt känna varandra på ett bra sätt. Erik skriver om sina framsteg men att det fortfarande är en bit kvar tills han blir fullt återställd. Karin skriver långa brev om hur det har varit att växa upp i en fattig familj på en ö i skärgården och hon skriver om sin älskade gamla mormor som hon håller av så mycket.

Men så en dag i början av december får Karin ett brev som gör henne riktigt nervös. Som så många gånger förr sitter hon hemma hos Astrid på hennes rum och läser brevet.

"Kära Karin, jag vill börja med att tacka Dig för ditt stora tålamod Du har med mig. Tänk att Du fortfarande vill skriva till en kille som Du bara har träffat ett kort ögonblick, det är jag så tacksam för. Det känns som jag börjar lära känna Dig riktigt väl vid det här laget och jag uppskattar verkligen alla Dina detaljerade beskrivningar av Din härliga familj, Din mormor och ön Du bor på. Men framför allt uppskattar jag hur Du så öppenhjärtigt skriver om Dina personliga tankar och känslor. Din omtanke för mig och mitt mående gör mig alldeles omtumlad och knäsvag.

Jag befinner mig fortfarande kvar på sjukhuset då doktorn anser mig inte ännu fullt stridsduglig då jag inte får belasta nyckelbenet så mycket. Inte heller är min balans helt återställd, men även den är betydligt bättre nu än för en månad sedan. Det börjar gå mot jul och min doktor säger att jag får åka hem över jul och nyår för att sedan komma tillbaka till sjukhuset i början av januari. Vad som händer sedan får vi ta ställning då, säger han.

Så jag tänkte fråga Dig Karin, skulle Du vilja träffa mig i slutet av december? Min tanke är att besöka mina föräldrar några dagar innan julafton och stanna där under någon vecka, men efter det kanske jag kunde få komma och hälsa på Dig? Om detta går bra kunde jag övernatta några dagar på Din fars värdshus, om plats finns. Jag känner att bara brevväxla med Dig inte är nog och om jag tolkar Dina brev korrekt är denna känsla ömsesidig? Om kvällarna drömmer jag om att få krama

Dig och jag vill bara drunkna i Dina vackra ögon och känna på Ditt lockiga hår igen.

Med varma hälsningar, Din Erik Wall"

Karins ögon är uppspärrade och vet knappt vad hon ska ta sig till.

– Erik får lämna Gotland och åka hem! Åh, som jag har väntat, Astrid! Han vill hälsa på mig här på ön dessutom! Lyckoruset bubblar inom henne och känslorna svallar över. Hon brister ut i lyckotårar och hon kramar om Astrid okontrollerat och på tok för hårt. Tusen frågor snurrar runt i huvudet och hon blir nervös.

– Astrid, han vill komma hit. Men… hur ska jag göra, hur ska jag bete mig? Vad ska jag säga när han kommer? frågar hon oroligt och börjar omedvetet bita på sin läpp som hon alltid gör när hon blir nervös.

– Lugn nu! Jag förstår att du blir nervös, men planera inte redan nu vad du ska säga och göra. Låt det bara komma som det kommer när du träffar honom så ska du se att det löser sig. Om du börjar planera vad du ska säga och göra så tror jag bara att det blir fel. Krystat på något sätt, liksom. Men jag vet ju inte. Jag har ju aldrig haft någon kille, säger Astrid och ser aningen nedstämd ut men skärper till sig och håller masken inför Karin.

– Ja du har nog rätt. Som vanligt, men jag blir bara så nervös för att något inte ska bli bra när han kommer hit. Jag vill ju att allt ska bli perfekt!

– Jag fattar det. Men livet är sällan perfekt. Vi kan bara göra så gott vi kan utav de förutsättningar vi har. Resten är väl upp till Gud, antar jag…

– Ja, jag antar det. Du är så himla klok, Astrid. Jag är så tacksam för att jag har dig som vän, jag vet inte vad jag vore utan dig! säger Karin och kramar om sin vän.

– Jag måste skriva tillbaka till Erik att han hemskt gärna är välkommen hit och att han får sova på värdshuset. Jag skriver även vilka tider som båten går från Nynäs och hit, så får han hitta någon lämplig tid. Eller tror du han förväntar sig att få bo hemma hos mig?

– Nej det tror jag inte. Om ni skulle bo i samma hus i flera dagar så kan det säkert kännas obekvämt, tror du inte?

– Jo, säkert. Det är kanske bäst att han bor på värdshuset där han kan rå sig själv. Dessutom tror jag inte att far skulle tillåta att en främmande kille skulle bo hemma hos oss. Dessutom är vi redan trångbodda som vi är. Men jag måste skriva att han naturligtvis får bo gratis. För jag kan inte tänka mig att far tänker kräva några pengar av honom. För det är ju inte vilken gäst som helst…

– Nä jag tror inte heller att Thor tänker kräva något betalt. Fast om Erik är en rättskaffens kille så bör han vilja betala för sig. Det ska bli intressant om han tänker insistera på att betala, säger Astrid och ser klurig ut.

– Usch, nu blir jag ännu mer nervös, för jag håller med dig. En rättskaffens och väluppfostrad kille ska ju göra rätt för sig. Nåja, det löser sig väl hoppas jag. Men du måste hjälpa mig att komma på saker som vi kan göra här. Det finns ju inte så jättemycket att visa, suckar Karin.

– I och för sig inte. Men ni får väl gå upp till gruvorna och titta lite, han är säkert intresserad av sådant. Och till de olika badplatserna som vi brukar vara vid om somrarna. Och ni kan gå till östra sidan och ni kan sätta er nere vid bryggorna om kvällarna om vädret är okej, föreslår Astrid.

När Karin går hem till sitt hus igen snurrar tankarna för fullt. Det bubblar inom henne och hon behöver snabbt skicka ett brev tillbaka till Erik och hälsa att han är välkommen. Hon berättar om nyheten för Thor och han tar det hela med ro, samtidigt som han blir alltmer nyfiken på grabben som fortsätter visa intresse för hans dotter. Dock har han inte släppt tanken än om att Karin ska fatta tycke för Sune. För han vet att det hade gynnat familjen bäst och säkrat Karins framtid.

I sitt rum sitter Karin i sängen med uppdragna ben. Det är sent och hennes småbröder har somnat. På nattduks-bordet står en stor kopp med varmt te och i knät har hon ett brevpapper och en penna. Nästan yr av iver försöker hon skriva ihop några rader till den kille som upptagit nästan all hennes vakna tid och uppmärksamhet de senaste månaderna.

Käre Erik!

Vad glad jag blir att Du vill hälsa på mig! Du får mer än gärna besöka mig här på ön. Jag lovar se till att Du får det bästa rummet som far har på värdshuset och han har sagt att Du är välkommen att stanna hur länge Du vill. I brevet finner Du avgångar för färjan i december och januari, jag hoppas att Du finner datum och tid som passar.

Tänk att vi äntligen ska ses på riktigt! Inte kunde väl jag i min vildaste fantasi tro att det vi kände för varandra den där kvällen skulle leda till att Du en dag ville åka ända ut till Utö för att träffa mig igen! Jag hoppas Du inte blir besviken på vår ö, för det finns inte så mycket att göra här, men om Du stannar hos mig över Nyår så vill jag hemskt gärna visa upp Dig på nyårsfesten som far alltid arrangerar på värdshuset. Det brukar vara en av årets höjdpunkter och de flesta familjer på ön brukar samlas här, en riktig familjefest där alla är välkomna!

Med varma hälsningar,
Karin

Aldrig hade väl Karin kunna tro att en kille kunde locka fram så många olika slags känslor. De senaste månaderna hade verkligen varit både höga berg och djupa dalar. Hon känner ett uns av dåligt samvete för att hon själv har en käresta men inte hennes bästa vän. Men hon försöker tänka att allting har sin tid och att Astrids tid med killar lär komma, förr eller senare.

Den här kvällen somnar hon med ett leende på läpparna. Helt plötsligt har livet ännu en gång vänt och hon ser nu ljust på framtiden.

Kapitel 18

Utö, 13 december 1940

Den första snön kom redan veckan innan lucia. Några kalla nätter med neråt tio minusgrader gjorde att innersta viken nere vid hamnen frös. Hela ön täcktes av ett tunt lager av snö som gjorde hela den annars så mörka och dystra ön betydligt ljusare. Det märktes på öborna. De blev gladare och var ute längre om eftermiddagarna. Barnen som annars gick in när eftermiddagsljuset byttes mot dovt mörker, kom ut igen och lekte i snön ända tills föräldrarna kallade in dem. Gunnar och Olle gjorde snöänglar på hela tomten och lekte snöbollskrig med sina kamrater.

Det var dags att fira lucia och i år var det annorlunda för Karins del. I år skulle hon sitta i kyrkbänken och se på luciatåget i stället för att vara med i det, såsom hon gjort ända sedan hon var liten. Det kändes märkligt att inte vara med och förbereda sig för sångerna den här gången. Lucia inföll på en lördag denna gång och som vanligt hölls firandet i öns kyrka klockan sju på morgonen och efteråt bjöds det som vanligt på pepparkakor och glögg i församlingshemmet för de som ville. Thor var tvungen att ta hand om värdshuset, men Karin såg till att Gunnar och Olle kom i tid till kyrkan. Att gå upp extra tidigt en lördag och gå till kyrkan bekom henne inte den här gången. Att få tänka bort kriget med alla dess tråkigheter och få komma bort en stund från vardagens alla sysslor var bara skönt.

När bröderna kommer gåendes längs altargången prydligt utklädda till stjärngossar känner hon sig nästan som en stolt mor. Bänkraderna är i det närmaste fulla denna kyliga decembermorgon. Årets lucia är Astrids kusin, Ann-Katrin. Inte bara bär hon luciakronan med elegans där hon står i sitt vackra blonda hår, hon avslutar hela ceremonin med att sjunga O helga natt på ett fantastiskt sätt och ger Karin gåshud. Under hela akten står prästen, Ewald Johannesson längst fram till höger i kyrkan. Karin kan inte låta bli att se på honom emellanåt och varje gång hon tittar åt hans håll så märker hon att han stirrar på henne med ett konstigt leende. Hon fylls av en obehaglig känsla som förstör en del av den annars så stämningsfulla julkänslan.

När ceremonin är slut går de flesta upp till församlings-gården för att få värmande glögg, pepparkakor och kaffe. Karin sätter sig bredvid Astrid och hennes familj. Lite längre bort står Uno och hans föräldrar. Även Sune och Harald är på plats. Det råder ingen tvekan om vem på ön som är mest förmögen. Harald är som vanligt elegant klädd och bär en rock av päls. Han beblandar sig inte med vilka som helst av församlingen och står för tillfället och pratar med Ewald Johannesson. Astrid och Karin går fram till kaffebordet för att ta en pepparkaka och glögg. Plötsligt känner Karin en varm andedräkt i nacken och hon vänder sig om. Ewald Johannesson möter hennes blick med en stram blick och hon ryser till.

– God morgon flickor, säger han utan att verka mena det.

– God morgon herr Johannesson, säger båda flickorna och niger djupt. Karin är inte säker på om han vill något eller bara hälsa så hon står kvar ett par sekunder vänd mot honom, men han säger inget. Just när hon vänder sig om och ska ta ett par pepparkakor, hör hon honom igen.

– I år var inte Astrid eller Karin med i vårt vackra luciatåg.

– Nä, vi går ju inte i skolan längre.

– Nej, ni är ju vuxna nu och får sitta på bänkarna och se på i stället. Vuxna damer som ska klara sig på egna ben hädanefter. Det är en stor och otäck värld där ute, det ska ni veta, säger han och ser arg ut i blicken.

– Ja... hur menar herr Johannesson? undrar Karin försynt.

– Jag menar att bara för att ni anses som vuxna nu så vill jag inte att ni glömmer bort Jesus. Jag hoppas att ni fortsätter besöka kyrkan regelbundet. Det är så lätt att lockas med i alla de faror som lurar i samhället och då kan man lätt hamna i fel sällskap, om man säger så. Kanske man börjar träffa pojkar och i er ålder är hormonerna som högst och då tänker man inte alltid på konsekvenser, om ni förstår vad jag menar, fortsätter Ewald och blänger på tjejerna om vartannat.

– Inte riktigt? säger Astrid. Prästen böjer sig fram och ser på dem med en skarp och otäck blick.

– Jag säger att ni inte ska falla för frestelsen där ute i världen, för då hamnar ni i helvetet!

De som står närmast bak i kön reagerar på vad den gamle prästen säger. De tystnar och ser på honom med förskräckta blickar. Karin och Astrid vet inte vad de ska svara. De blir rädda och går snabbt i väg och sätter sig vid sitt bord.

– Den där prästen är ju inte riktigt klok! viskar Astrid.

– Nä! Varför ska han börja predika för oss och försöka skrämma oss när vi är här och firar lucia och ska ha det mysigt? Han är en riktigt otäck gammal gubbe. Han var lika otäck mot oss när vi konfirmerades för ett par år sedan, kommer du ihåg det? undrar Karin.

– Jaa! Han skulle hela tiden vara nära oss och han hotade med helvetet och pratade om synd hela tiden. Ska inte en präst vara snäll mot folk, trodde jag? Jesus hit och Jesus dit, är det verkligen det enda han har i huvudet?

– Jag undrar vem som är mest nära att falla för frestelsen.

– Förmodligen han själv - en gammal ensam gubbstrutt som aldrig har varit i närheten av en kvinna. Han och magister Lennartsson är lika sliskiga. Jag får alltid rysningar i hela kroppen när jag möter de där två. En sak ska jag säga dig Karin, om jag någon gång gifter mig i livet så ska jag INTE ha Ewald Johannesson som präst, den saker är säker.

– Jag håller med dig. Men han är så skröplig nu att han nog inte lever den dagen det är dags för dig och mig att gifta oss. Den lilla julkänsla jag kände nyss i kyrkan har försvunnit nu. Jäkla gubbe som kommer här och skräms! snäser Karin.

Karin och hennes bröder är på väg hem från luciafirandet. Det börjar ljusna ute. Snön knastrar högt under skorna och hon fryser om kinderna och hon tänker att det bara är fjorton dagar kvar nu. Hon slänger ett öga åt vänster och skymtar hamnen en bit bort. Om fjorton dagar och nio timmar kommer hon att stå där nere vid bryggan och möta upp killen hon är upp över öronen förälskad i.

Kapitel 19

Gävle 22 december 1940

Erik sitter på bussen på väg hem till Gävle. De flesta av hans nyfunna kamrater från regementet är med på bussen och så även Knutte. Det är bara Knutte han har träffat några gånger den senaste tiden, de andra har han inte sett sedan olyckan. Det blir många frågor om olyckan från logementskamraterna. Även om han har haft gott om tid att fundera över det som hände, bubblar nya funderingar upp i huvudet. Han har svårt att ta in att det förmodligen bara handlade om sekunder ifrån att han hade dött där på den leriga grusvägen. Men han hade fått förklarat för sig att det var tack vare Knuttes rädsla och kämpavilja som gjorde att han till slut började andas igen. Knutte hade vägrat låta sin väns liv gå förlorat den där olycks-drabbade kvällen.

De är snart framme i Gävle och det pirrar till i magen på Erik. Han har inte sett sina föräldrar på ett halvår. Han saknar sin mors varma röst mer än han hade kunnat ana, särskilt i början när han kom till Gotland. Kanske var han inte så vuxen som han först hade trott? Men när han summerar hela gotlandsvistelsen hittills så känner han att han har vuxit som person av alla saker han varit med om. Härdats på något sätt. Det är nu som först han vet vad det innebär att frysa och det är nu som först han vet vad det innebär att vara riktigt jäkla hungrig. Det är också nu som först han vet att man klarar av så mycket mer än vad man tror och detta har gjort honom starkare och kanske lite visare och mer ödmjuk till livet. Dessutom har han varit med om en märklig upplevelse i samband med olyckan som han inte riktigt kan förklara, vilket han ligger och funderar på i timtals om nätterna.

De hårda sätena i bussen gör sig påminda hela tiden och hur han än vrider sig i sätet så ömmar det i baken. Erik ser ut genom fönstret och ler. Han börjar känna igen sig nu. Snart är han hemma i Gävle och på något sätt känns det som om att hela äventyret på Gotland bara var en enda lång mardröm. Men han vet att han måste tillbaka dit men han försöker låta bli att tänka på det nu.

– Undra om vi har någon gran inne i år. Far har ju ingen möjlighet att bära in den, säger han till Knutte och får en bekymmersrynka i pannan.

– Det är klart att ni har. Om jag känner din mor rätt så har hon gått över till min far och frågat om hjälp med den biten.

– Mm. Det känns som jag vill ge dem en julklapp i år men jag har ju inga pengar. Jag anar ju att de har köpt något till mig och jag skulle så gärna vilja återgälda det. Dessutom skulle jag så gärna vilja ha med mig någonting till Karin när jag kommer dit i mellandagarna. Det skulle ju kännas konstigt att komma dit tomhänt. Så gör man ju inte, liksom.

– Fast Erik, det gör ingenting om du inte skulle ge varken en julklapp till dina föräldrar eller komma tomhänt till Karin. Se bara på världen nu, allt är ju upp och ner och kaos. Krig och elände. Dessutom kommer du ju direkt från beredskapstjänstgöringen, hur ska du kunna ha hunnit med att spara ihop tillräckligt med pengar till presenter? Inte heller har det funnits någon tid för det heller, säger Knutte som alltid ser saker och ting positivt och på ett förståndigt sätt.

– Jag tycker bara att mina föräldrar har ställt upp på mig så mycket under åren och jag vill gärna ge dem åtminstone en julklapp. Det är sådant jag legat mycket och funderat på under tiden på sjukhuset. Jag vet ju att de har det knapert där hemma nu när far inte kan arbeta längre på grund av slaganfallet. Man undrar ju hur det ska gå med allt…

Det blir tyst en stund. Bussen stannar till i Tierp och lämnar av några grabbar och fortsätter sedan den sista biten mot Gävle.

– Erik, jag har funderat lite. Vi gör så här nu. Du vet ju att min far jobbar som kamrer, och oss emellan så tjänar han ju ganska hyfsat. Det är ju ingenting att sticka under stol med, eller hur?

Erik nickar och ser undrande på Knutte och undrar vart han vill komma med det.

– När jag kommer hem så tänker jag be far om ett litet lån. Inte mycket, men tillräckligt så att du har råd att köpa en julklapp till dina föräldrar samt en present till Karin när du kommer dit, fortsätter Knutte. Erik skakar på huvudet.

– Nä Knutte, jag kan jag inte…

– Tyst nu! Avbryt mig inte. När jag säger till far att det är du som behöver låna så vet jag att det inte kommer bli några problem, han känner ju dig. Sedan betalar du tillbaka när du får möjlighet och du ska inte känna någon stress över det. Jag vet att du vill göra rätt för dig och jag är inte orolig för att du inte tänker betala tillbaka. Nu gör vi så! säger Knutte bestämt. Erik är mållös. Han vet att Knutte menar vad han säger och det är inte lönt att tjafsa emot heller. En tung sten faller från hans hjärta. Nu kommer han få möjlighet att kunna köpa sina föräldrar en liten julklapp trots allt. Han har ingen aning om vad ännu, men han är säker på att han kommer hitta något fint på stan i morgon. Dessutom ska han försöka hitta en present till Karin med. För att visa att han menar allvar, han vill visa att hans känslor för henne inte är någonting ytligt och tillfälligt.

"Äktheten i en sann vän visas i nöden." Det har jag hört far säga några gånger när jag var liten, men jag har inte riktigt förstått vad han menat. Nu vet jag. Att jag ens är med på den här bussen till Gävle är helt och hållet Knuttes förtjänst. Att han dessutom är villig att hjälpa mig med lite pengar så jag slipper ha dåligt samvete till jul, det är ovärderligt. Att ha en vän som Knutte det är få förunnat. Det blir nog en god jul för mig trots allt.

Kapitel 20

Karin står innanför ytterdörren fullt påklädd. Hon håller i dörrhandtaget och blundar. Tänker igenom så att allting är förberett innan Erik kommer. Hon kan inte komma på att hon har missat något. Thor sitter vid köksbordet och bolmar på sin pipa och läser en tidning. Småbröderna leker på sitt rum och Esther snarkar lätt på bäddsoffan. Allt är städat och undanplockat och det sprakar i vedspisen. Pulsen dunkar i tinningarna av nervositet och hon försöker ta djupa lugna andetag för att bli lugn, men det går inte. Hon sneglar på klockan som hänger ovanför köksfönstret. Den visar kvart i sex och hon behöver gå. Thor tittar upp från sin tidning.

– Stå inte bara där och stampa, gå i väg nu och möt upp honom! Det är väl ingenting att vara nervös för. Vad är du rädd för? Att han ska bita dig? säger han och flinar.

– Men jag vill ju bara att allt ska bli rätt! Och lova nu att inte skämma ut mig. Säg inga pinsamma saker! Du får inte fråga ut honom direkt när han kommer, så han känner att han är på ett husförhör.

185

– Jag ska inte, jag lovar. Seså, gå i väg nu. Jag har middagen klar tills ni kommer tillbaka, han är säkert hungrig.

Karin går ut genom dörren och pulsar i snön via baksidan av tomten och bort till vägen. Framsidan är skottad och fin och hon tänker gå den vägen på tillbakavägen.

Julaftonen hade varit fin och stämningsfull. De hade tillbringat den som vanligt hemma hos sig tillsammans med mormor Esther. På förmiddagen hade de som vanligt åkt bort till kyrkogården och tänt ett ljus för Maj, farfar och farmor vid deras gravar. När det var tillbaka drack de kaffe och åt av Esthers lussekatter. Men de smakade inte riktigt som de brukade göra och Karin misstänkte att Esther kanske hade misstagit sig lite när hon läste receptet, men hon sa såklart ingenting. Efter julmiddagen hade det knackat på dörren. Astrids far hade klätt ut sig till tomte och han hade delat ut en varsin julklapp till dem. Gunnar förstod direkt vem det var som var utklädd, men Olle anade ingenting. Karin hade fått ett par stickade raggsockor av Esther. För tredje året i rad.

Karin är framme vid hamnen och långt där borta anar hon färjan. Det pirrar till i henne men får plötsligt en klump i halsen.

Tänk om han inte är med på färjan? Tänk om han ångrat sig och inte vill träffa mig? Men om han ÄR med, hur hälsar jag på honom? Ska vi kramas eller rentav kyssas? Eller säger han rentav bara "god kväll?"

Karin mår dåligt av all oro och minuterna fram tills färjan lägger intill är en enda lång pina.

Förväntansfullt ser hon hur person för person stiger iland. Det är mörkt och det är svårt att se så mycket men några av dem känner hon igen och hon nickar artigt på de som passerar henne. Men var är Erik? Hon sväljer hårt och biter omedvetet på sin läpp. De flesta har gått av och hon börjar känna hur en förtvivlad känsla växer inom henne. En äldre man i rullstol är sist att lämna båten. Han får hjälp av någon bakom honom som skjuter på den. Varsamt hjälper han mannen över båtrampen och över till kajen. Mannen i rullstolen vänder sig om och tackar den till synes okände mannen för hjälpen och fortsätter vidare på egen hand. Hon känner inte igen den gamle mannen men när hon tittar på personen bakom rullstolen så tycker hon sig se ett välbekant ansikte och han vinkar glatt åt henne.

– Karin!

Hon flämtar till när hon ser att det är Erik som har hjälpt den gamle mannen att skjuta på rullstolen över till bryggan. Med ens är det som en sten faller från hennes bröst och hon är nära att ta till tårar men lyckas hålla tillbaka dem. Hon tar några trevande steg emot honom. Han räcker fram sina händer mot henne och hon tar tag i dem och kramar dem hårt. De ser på varandra djupt i ögonen och varken hon eller Erik kan sluta le. Hans hår är något kortare än sist och kanske att han ser lite tröttare ut men ögonen är fortfarande lika vackra som hon kommer ihåg dem. Länge står de bara och ser på varandra utan att säga något. Hela hennes ansikte spricker sedan upp till ett enda stort leende.

187

– Du kom! utbrister hon till slut.

– Ja det gjorde jag. Så klart! Äntligen får jag träffa dig igen. Jag har längtat efter dig så otroligt mycket, säger han på sitt lugna sätt. Sedan böjer han sig framåt sakta och kysser henne på munnen på ett försiktigt och gentlemannamässigt sätt som gör henne alldeles knäsvag. Det blir återigen en kort tystnad men det blir inte pinsamt. I stället känner hon sig fnittrig och hon känner ingen som helst pinsamhet.

– Har resan gått bra? undrar hon.

– Ja det har den. Men det var drygt sista timmen hit.

– Det förstår jag verkligen. Att du offrar så många timmar bara för att komma hit, säger hon och skakar sakta på huvudet och ler.

– Jag hade kunnat resa det dubbla om jag bara visste att det var dig jag skulle få träffa, säger han och klämmer henne lite extra i händerna som han fortfarande håller i.

– Kom! Här i mörkret kan vi inte stå och frysa. Du ska få träffa min familj, säger hon och drar lätt i hans arm. De går och småpratar hela den korta vägen upp till huset om hur deras respektive julaftnar har varit.

När de kommer in i huset har Esther vaknat. Hon sitter upp ler med sin vanliga vänliga min och Thor sitter fortfarande vid köksbordet. De hänger av sig kläderna i hallen. Erik ser på dem båda men går raskt fram till Esther och bockar djupt.

– God kväll. Erik heter jag.

– God kväll, unge man. Esther heter jag. Jag är Karins mormor.

– Trevligt att råkas, säger han och vänder sig sedan till Thor och sträcker fram sin hand.

– God kväll herr Lewin. Erik heter jag, säger han och bugar återigen djupt.

– God kväll. Thor. Det var på tiden att äntligen få ett ansikte på killen som Karin har talat så mycket om. Har resan gått bra?

– Jadå, tack.

– Maten är precis klar. Varsågoda och sitt. Det blir inget märkvärdigt. Hoppas du tycker om isterband?

– En av mina favoriträtter, säger Erik och ler. Olle och Gunnar kommer in till köket och de hälsar. Middagen blir en aning stel men går ändå över förväntan. Efter maten visar Karin runt i det lilla huset och hon känner sig generad över hur litet och enkelt hon bor.

– Klockan är snart halv åtta och du måste vara jättetrött. Vad sägs om jag följer med dig bort till värdshuset och visar dig vart du sa bo? Det är inte så långt att gå, säger Karin och tindrar med ögonen.

– Absolut, det kan vi göra.

Erik tackar ännu en gång för maten och tar i hand på både Thor och Esther. När han tar i Esthers hand, håller hon kvar den och drar honom till sig och viskar något i hans öra.

- Du har sett ljuset, trots din ringa ålder. Men du återvände. Berätta för mig om det någon gång. Jag vet att det snart är dags för mig också att möta det där ljuset i tunneln, men inte riktig ännu. Men säg inget till Karin, hon blir bara ledsen då.

Han svarar inte men ser förvånat på henne. De klär på sig och ger sig ut i mörkret igen. När de stängt dörren ser Thor på Esther.

– Jaha, vad säger du om honom?

– En fin pojk. Sannerligen en fin pojk, det må jag säga, säger hon belåtet och ler.

– Ja, uppföra sig kunde han i alla fall och han ser ju trevlig ut, pojken. Men så mycket mer vet vi inte om honom än. Sune hade varit ett säkrare kort. Med honom i släkten hade hon inte behövt oroa sig mycket för framtiden, säger Thor och ser ut genom fönstret. Esther grymtar irriterat.

– Bah! Sune... må hända han är född med silversked i munnen, men så mycket till karl är han då rakt inte! Jag förstår hur du tänker, käre Thor. Men det kommer att lösa sig för både dig och Karin ändå, lita på mig. Och du ser väl att jäntan är upp över öronen förälskad? Det fullständigt strålar ju om henne! Hon vet nog vad hon gör, jag litar på henne. Du ska inte oroa dig så mycket, allt löser sig ska du se, säger hon belåtet. Efter en stund somnar hon om igen och drar långa djupa snarkningar.

Hand i hand går Karin och Erik bort till värdshuset. Det är mörkt ute men snön lyser upp en del. Lite här och var lyser det i fönsterna i husen de passerar. Erik ser sig nyfiket omkring medan de går. Han är inte van att det är så glest med hus. Hemma i Gävle bor de betydligt tätare och det är mycket mer folk i rörelse där.

– Det är för närvarande två gäster på värdshuset, så du är inte ensam här i natt. Du är väl inte mörkrädd? undrar hon.

– Nejdå det är ingen fara, skrattar han och ser sig om när de kommer innanför entrén.

– Vad fint det var här! Jättefint pyntat överallt, säger han och ser sig omkring.

– Tack! Det är jag och Astrid som har dekorerat allt. Men granen har börjat barra, säger hon och tittar på granen som står i hörnet. Hon går bakom entrédisken och tar nyckeln till rum nummer sju och räcker över den till Erik.

– Här. Jag har sparat det bästa rummet åt dig. Det är med sjöutsikt åt två håll och om du vill klaga på städningen så är det mig du ska klaga hos, säger Karin och ler.

– Ja just det ja du jobbar ju här. Men du gör lite allt möjligt här på värdshuset, skrev du i ett av breven?

– Japp. Jag gör det mesta är faktiskt. Fast far gör det mesta med maten. Men bäddar rummen, städar och serverar i restaurangen gör jag. Men vi har ju inte så många gäster så det brukar inte bli stressigt.

– Aha. Så det är du som ansvarar för frukosten i morgon bitti då alltså?

– Det stämmer.

– Så synd att jag inte är någon frukostmänniska. Men en kopp kaffe och ett par smörgåsar ska jag nog kunna klämma ner. Fast kaffe är väl kanske ransonerat nu för tiden? undrar han men Karin skakar på huvudet.

– Bara för privatpersoner än så länge.

Erik följer efter Karin upp för trappan där rummen finns. Ledstången är pyntad med glitter och när de kommer upp för trappan står där en liten julgran med röda kulor och glitter i. På golvet bredvid granen står en liten porslinstomte som håller en lykta i handen. Den är elektrisk och en lampa lyser med ett gult sken som vackert och stämningsfullt lyser upp den mörka övervåningen.

– Här ska du bo. Gemensam toalett finns längst ner i korridoren till höger, säger Karin och stannar vid rum nummer sju. De blir stående utanför dörren och hon funderar på om det är dags att säga god natt nu.

– Du Karin… jag tänkte att jag inte kan komma tomhänt, så jag har köpt en liten sak till dig, säger Erik och tar fram något ur jackfickan.

– Va? Har du? Men… det behövde du verkligen inte göra! säger Karin och blir generad. Erik räcker fram en liten inslagen ask och ser aningen spänd ut.

– Jag hade först tänkt att köpa blommor, men jag hade nog känt mig fånig om jag satt där på bussen i flera timmar med en bukett blommor i handen. Dessutom skulle de säkert hinna vissna till på köpet och det vore ju inte så lyckat att ge dig vissna blommor.

– Får jag öppna den inne på ditt rum?

– Du får öppna den vart du vill.

– I så fall går vi in på rummet, vi behöver ju inte stå här i korridoren, säger Karin och låser upp dörren. De stiger in och Erik ser sig om i det rummet. Det är enkelt dekorerat och förutom sängen står det en stol i hörnet och två tavlor hänger på ena väggen.

– Nu är det ju mörkt ute men i det fönstret ser du kvällssolen vid molnfria kvällar och här ser man ända bort till östra sidan av ön, säger Karin och pekar.

– Får jag öppna presenten nu? säger hon sedan och ser nyfiket på Erik.

– Ja, så klart.

Försiktigt tar hon bort snöret runt det lilla paketet och lyfter sedan på locket. När hon ser silverhalsbandet med den lilla blå pärlan kan hon inte annat än gapa.

– Men Erik! Du är tokig! Den här måste ha kostat en förmögenhet! Inte skulle du ha köpt något till mig. Jag har ju inte köpt något till dig…

– Det räcker med att jag får träffa dig, det är allt jag önskar mig.

Hon ger honom en försiktig kyss och sedan en till.

– Jag… jag måste nog gå hem nu innan far börjar undra vart jag tog vägen. Men vi ses i morgon bitti nere i restaurangen klockan halv åtta. Och när du har ätit frukost så ska jag visa dig runt på ön, säger Karin entusiastiskt.

– Det ser jag fram emot. God natt och sov så gott.

– God natt, dröm sött så ses vi igen i morgon!

Dörren stängs och Erik sätter sig på sängkanten. Han kan inte annat än le.

Ojojoj. Vilken dag och vilket slut på kvällen. Det här var verkligen värt den långa dryga resan hit. Efter så många veckor som jag har drömt om hennes vackra ansikte och äntligen fick

193

jag se det igen. Efter allt skit jag har varit med om den sista tiden… Hon är ju ännu vackrare än jag minns henne, men med samma varma härliga sätt som jag minns henne på hotellet den där kvällen. Och inte heller kändes det stelt att träffa vare sig henne eller hennes familj. Småbröderna var ju roliga och Thor var inte alls så där hård och sträng som jag hade fått för mig. Något återhållsam kanske, men trevlig. Och hennes mormor Esther, hur sjutton kunde hon veta att…? Nåja, ingen idé att tänka på det nu. Innan jag kom hit var jag rädd att det skulle kunna bli drygt att spendera dagarna ända tills den andra januari, men detta ska nog gå bra. Det känns ju redan som om jag och Karin har känt varandra i flera år. Mycket är nog tack vare alla hennes djupa och fina brev jag fått när jag låg på sjukhuset. Jag undrar vad hon har för planer för oss i morgon. Hon vill säkert gå runt och visa mig ön. Och kanske vill hon att jag träffar hennes vän, Astrid som hon talar så gott om.

Erik packar upp sin resväska och går sedan ut till korridoren och bort till toaletten. Han borstar sina tänder noga och går sedan tillbaka till sitt rum. Där somnar han snabbt efter en lång och innehållsrik dag.

Kapitel 21

Utö, 31 december 1940

Karin står i köket på värdshuset och förbereder nyårsmaten som de ska servera där ikväll. Dagarna med Erik har varit fantastiska. Hon hade bland annat visat de olika gruvschakten som fanns på ön och hon hade visat upp de bästa badplatserna och den stora kyrkan där hon varit i så många gånger genom åren. Vissa dagar hade han tålmodigt väntat på henne när hon var tvungen att arbeta på värdshuset, men det hade inte gjort honom någonting. Han hade erbjudit Thor hjälp med snöskottningen både hemma vid huset och området omkring värdshuset, vilket hade varit mycket uppskattat. Karin hade berättat för honom att det skulle bli en stor nyårsfest på värdshuset dit de flesta på ön brukar gå.

Det var en stor dag för Thor som hade mycket att stå i. Till sin hjälp hade han i år lånat in Astrid i köket. Det var mycket mat som skulle förberedas. I restaurangen skulle det serveras nyårssupé och efter det fick de som ville besöka extrasalen som låg i anknytning till restaurangen. Där skulle det spelas musik och bjudas på dricka och tilltugg. Det var här som de flesta yngre brukade samlas efter maten.

Klockan blir sex på kvällen och gästerna börjar anlända. Allt är förberett och Thor står i entrén och ser en aning spänd ut och ber till högre makter att all mat han har gjort ska räcka och smaka för gästerna. Enligt gammal tradition står de som är värdar på värdshuset och hälsar på alla gästerna, vilket är Thor, Karin och Astrid. Erik och Esther som sitter i sin rullstol befinner sig på andra sidan entrén. Femtontalet vuxna och totalt tjugofem barn har till slut anslutit till värdshuset, däribland Sune och Harald Vilhelmsson. Karin och Thor äter ute i köket i mån om tid medan Esther och Erik sitter vid samma bord som Astrid och hennes familj.

– Du må tro vad Sune stirrade på dig när han såg dig innan! säger Astrid till Erik.

– Mmm, kan tänka mig det. Är han fortfarande sotis på mig och Karin?

– Om han är! Han är så sur på dig det inte är klokt. Jag hoppas han inte blir till besvär ikväll, bara. Han kan vara lite… burdus, om jag säger så. Han är lite av en bråkstake, men oftast ger han sig mest på de som är yngre.

– Okej, tack för tipset. Men jag är inte den som ska börja bråka.

– Nä det tror jag inte om dig heller. Men kanske det bästa är om ni håller er på avstånd i kväll.

– Jag är ganska lugn av mig och brukar kunna hålla mig ifrån bråk så det ska nog gå bra, svarar Erik lugnt.

Karin och Thor serverar gästerna och stämningen är på topp. Några av de yngsta barnen springer omkring mitt i restaurangen. Harald och Sune sitter som väntat vid samma bord som Ewald Johannesson och magister Lennartsson ett par bord ifrån Eriks bord. Varje gång som Erik ser bort mot Sunes bord så möts han av Sunes arga blick och Erik kan inte annat än fundera på om det kommer att bli problem lite längre fram på kvällen.

När efterrätten är serverad har klockan hunnit bli nio och Karin hinner nu som först sätta sig ner vid Eriks bord.

– Hej på er. Puh, vilken rörig kväll! Har ni det bra allihop? Frågar hon och tar en tugga av efterrätten.

– Jajamän, säger Astrid och Erik samtidigt.

– Verkligen god mat, den har ni lyckats jättebra med, berömmer Erik och Karin tindrar som en sol. Erik känner sig en smula underklädd då de andra männen och grabbarna i hans ålder bär kavaj och slips. Förutom Uno och hans far förstås.

– Vi ska snart sätta på musiken inne i extralokalen. Då kanske du kan hjälpa mig med det? undrar Karin och ser på Erik.

– Javisst, säg bara vad jag ska göra.

– Vi har ju inte så fin utrustning men vi har en grammofon och några skivor med både jazz och lite swing tror jag. De kommer från Sunes far har jag för mig.

De går in och startar musiken och snart är lokalen full av barn och ungdomar. Sune och Uno står i ett hörn och håller sig mest för sig själva. De håller en varsin öl i handen, men Erik är säker på att han såg Sune dricka något ur en fickplunta för en stund sedan. De står och diskuterar med varandra och nickar åt Eriks håll emellanåt och flinar. Karin springer emellan restaurangen och extralokalen och försöker plocka undan och röja mattallrikar så mycket det går. Hon ser oroligt åt Sunes håll och hon anar att någonting är på gång. Erik stiftar bekantskap med Astrids mor som har kommit in i rummet och de ser ut att komma överens fint. Karin torkar svetten ur pannan och tänker unna sig en paus. Hon går in till Erik lägger sin arm om honom.

– Hur går det för dig? Har du långtråkigt?

– Det går bara bra. Jag har inte alls långtråkigt. Det var ju riktigt trevligt det här. Alla jag träffar är så trevliga här. Är alla öbor lika vänliga? Eller är det kanske vinet som talar ikväll? skojar han.

– Haha, det är nog lite både och, skulle jag tro. Du vet att du bara får gå och ta både vin och öl om du vill?

– Tack, det vet jag. Men ikväll tror jag att jag håller mig till vatten och sockerdricka, ler Erik.

– Du gör som du vill. Vad tycker du om Astrid, förresten?

– Jag förstår varför ni är bästa vänner. Hon är en jättetrevlig tjej. Hon kanske skulle kunna vara något för min vän Knutte?

– Haha, ja kanske det! Men du Erik, du sparar väl en dans till mig senare? ler Karin.

– Självklart. Jag är din hela kvällen, det vet du. Men nu måste jag gå på herrarnas. Kommer strax tillbaka, säger han och kysser henne snabbt.

– Borta i hörnet fortsätter Sune att både hälla i sig öl och stirra på Karin och Erik men när han ser Erik gå i väg tar han sin chans. Han rättar till sin kavaj och börjar sakta gå bort mot Karin. Hon ser att han är på väg mot henne och har lust att gå in och försöka låtsas var upptagen men väljer av någon anledning att stå kvar.

– God kväll, Karin! säger Sune med ett påklistrat leende. Hans ögon är aningen glansiga och alkoholen har börjat göra sig märkbart påmind.

– Hej Sune, svarar hon kort.

– Vad… vad fint ni har ordnat det här i kväll. God mat och trevlig musik, fortsätter han. Hans blick pendlar hela tiden mellan hennes ögon och det nya halsbandet som hon fått av Erik. Han ser märkbart irriterad ut när han ser på halsbandet och förstår varifrån det måste ha kommit.

– Så den där soldatkillen du träffade som hastigast på hotellet är visst här? säger han stramt.

– Ja, jag har bjudit hit Erik. Han har varit här några dagar nu och stannar ett par dagar till, svarar hon och ser sig om efter Erik men kan inte se honom.

– Du, det är en fin låt de spelar. Får man lov att bjuda upp till dans? undrar han och sträcker ut sin hand.

– Nä tack Sune, jag avstår nog, svarar hon vänligt men bestämt. Med ens försvinner leendet på honom.

– Nähä? Varför inte det då?

– För att jag inte känner för det just nu.

– Men strunta i det då! säger han surt och går tillbaka till Uno som står och iakttar dem noga. Erik kommer tillbaka från toaletten och går fram till Karin igen. Hon ger honom sitt dricksglas med vatten och hon skålar med honom.

– Du, jag måste nog gå in och hjälpa far lite så inte han behöver springa så mycket. Stackarn, han har knappt fått någon mat själv. Jag hjälper Astrid att plocka undan det sista. Hon ska inte behöva jobba så mycket en sådan här kväll. Jag kommer tillbaka strax, okej?

– Visst, det blir bra. Jag ska strax byta skiva här, svarar Erik och ler. I samma stund ser Erik hur Sune och Uno kommer emot honom. Sune har en ny öl i handen som han har hämtat ute i restaurangen, förmodligen i smyg. Erik tar en djup suck och anar att det kan bli trubbel på gång.

– Och varför dricker inte du någonting ikväll då? Är du inte karl nog att dricka öl, eller? säger Sune med hotfull röst. Snett bakom honom står Uno och flinar. Erik står hela tiden blick stilla och släpper inte blicken på Sune. Han tar lång tid på sig innan han svarar och fortsätter stirra på Sune som börjar sakta men säkert flacka med blicken.

– Vet du vad Sune. En riktig karl behöver inte bälga i sig en massa öl för att få självförtroende och mod.

– Vad fan menar du med det? säger Sune och bröstar upp sig hotfullt. Han är ett halvt huvud högre än Erik men Erik låter sig inte skrämmas.

– Jag menar att för nån timme sedan innan du hade hinkat i dig en massa öl så stod du mest och hängde med din lille fjantige kompis borta i hörnet medan du blängde surt på mig. Men nu när du är berusad så vågar du komma fram och prata med mig. Förresten, är inte du lite väl ung för att dricka alkohol? Du borde kanske hålla dig till saft i stället? säger Erik med samma självsäkerhet som tidigare. Sune kommer inte på någonting bra att svara utan blir bara ännu mer uppretad.

– Du! Jag har i alla fall råd att dricka öl. Jag kan beställa tio öl om jag vill! Det lär väl knappast du ha råd med. Jävla fattiglapp, det syns ju lång väg på klädstilen vad du går för! säger Sune och pekar med fingret framför ansiktet på Erik.

– Ta bort fingret från mitt ansikte, uppmanar Erik sammanbitet men Sune håller kvar fingret. Erik börjar bli riktigt irriterad och anar att det kommer att smälla snart. Uno börjar så smått dra i Sunes arm.

– Kom Sune, vi skiter i det här nu, säger Uno som ser aningen ängslig ut. Men Sune ger sig inte.

– Jag håller kvar mitt finger här så mycket jag vill. Förresten, vad har du ens på vår ö att göra? Springa här och uppvakta Karin! Jävla fjant! fortsätter Sune och fortsätter vifta med fingret uppe i ansiktet på Erik. Erik tröttnar nu på Sunes handviftande och höga glåpord. Han slår undan Sunes hand och tar tag med båda händerna om Sunes skjorta, sätter snabbt sitt ben bakom Sunes, fäller honom bakåt och drar ner honom på golvet. Sune hinner inte reagera förrän han ligger ner. Den höga musiken gör att ingen hör när ölflaskan åker i backen. Med knät i Sunes mage lutar han sig sedan ner mot honom.

– En sak ska du ha jävligt klart för dig. Jag behöver inte uppvakta Karin, för vi är redan ett par. Hon är min och du har inte en chans på henne. Hon är inte ett dugg intresserad av dig och har aldrig varit, fräser Erik och släpper taget om Sune. Han reser sig snabbt upp och flinar. Uno har backat undan några steg och ser som vanligt bortkommen ut. Några av barnen i lokalen har uppmärksammat bråket och tittar nyfiket på.

– Ett par? Haha! Så kanske det låter när du är här men det är andra tongångar när hon och jag träffas när du är på Gotland och leker krig. Karin och jag har känt varandra sedan vi kunde gå. Hur länge har ni känt varandra? Några månader? Och detta är väl bara andra gången ni träffas? Det fattar du väl att sexton års vänskap betyder en hel del? Karin och jag känner varandra både utan och innantill. Det hon känner för dig är bara tillfälligt, det borde till och med du begripa! häver Sune ur sig och är rödmosig i hela ansiktet, förnärmad över att ha rivits ner i backen av Erik. Erik samlar sig och svarar i behärskad ton.

– Om du nu har känt henne i sexton år och ännu inte lyckats bli tillsammans med henne så lär du aldrig bli det. Är det inte lika bra att du inser att hon helt enkelt inte tänder på kobenta, lönnfeta grabbar som du?

Sune vet inte vad han ska vare sig säga eller göra men ännu en gång lyfter han upp sitt pekfinger och viftar det i ansiktet på Erik.

– Din lille jävel! Du ska inte komma hit och tro att du är nåt! ryter han medan han blir bortdragen av Uno.

Samtidigt kommer Karin in och märker att det är uppståndelse.

– Men Gud, vad är det som händer? Bråkar ni? undrar hon förfärat och går fram till Erik.

– Nja. Jag och Sune hade ett litet snack bara. Men jag tror vi är klara med varandra för i kväll, säger Erik och slänger en blick bort mot Sune och Uno.

– Kom Erik. Bry dig inte om de där två. Sune brukar inte bråka men tydligen har han fått i sig för mycket öl ikväll, säger Karin. De går in till restaurangen och slår sig ner hos Astrid och hennes familj. Sune och Uno håller sig kvar i det andra rummet och de har satt sig ner vid ett bord.

– Jävla Erik! Vad fan ser Karin i den där jäveln? Jag vägrar låta mig förnedras av honom, muttrar Sune.

– Det vete fan. En liten skit, det är vad han är. Honom borde du kunna slå ner lätt, säger Uno och ser nervös ut.

– Jag tror jag har en bättre idé. Jag vet att de där två brevväxlar med varandra.

– Brevväxlar de? undrar Uno.

– Ja, jag vet att Karin brukar springa in i lanthandeln och både posta brev och hämta brev från Erik. Det är så de har lärt känna varandra bättre, men det måste jag försöka dra fördel av, säger Sune och ser lömsk ut.

Kvällen fortsätter utan dramatik. Karin och Erik håller sig i restaurangen medan Sune och Uno mest hänger i extralokalen och utomhus för att röka.

Det börjar närma sig tolvslaget och de flesta klär på sig och går ut för att titta på det årliga fyrverkeriet som Thor

203

alltid ordnar med. Det är bara ett par minusgrader ute och det är stjärnklart.

– Det här blir första gången jag firar tolvslaget på en ö, säger Erik när de går ut och ställer sig på framsidan av värdshuset.

– Jag misstänkte det. Det är säkert mycket finare i Gävle med alla dess fyrverkerier, men här är det ganska mysigt ändå. De flesta som bor på ön är samlade och det känns som man är en enda stor familj, säger Karin och knäpper sin vinterrock. Thor och Astrids far hjälps åt att göra i ordning raketerna medan folk står med fyllda champagneglas och väntar på att klockan ska bli tolv. Sune med Uno i släptåg är bland de sista ut från lokalerna och de kommer gåendes bakom Erik. När han kommer närmare går han avsiktligt nära Erik och tacklar till honom i axeln och går sedan vidare. Karin märker det och blir arg men Erik lugnar henne.

– Jaså, han fortsätter jävlas med dig ikväll!

– Ja. Han gör visst det. Jag tror att han är ute efter att ställa till med en scen som han sedan kan skylla på mig. Men han kommer att misslyckas, jag kommer inte att börja bråka så han får anledning att peka på mig och hävda att jag är en bråkstake som har kommit hit till ön, säger Erik lugnt.

– Jag tänker tala med Harald om det här. Så här får Sune bara inte bete sig! Han är ju rentav oförskämd! Stackare, du vågar väl aldrig mer komma hit och besöka mig.

– Jodå det vågar jag. Sune skrämmer mig inte, jag lovar, ler Erik och ser ner på halsbandet som Karin fått av honom.

– Tyckte du om det?

– Om jag gör! Det är den finaste gåvan jag någonsin har fått, säger hon medan ögonen tåras.

– Vilken tur att jag valde rätt sort då. Jag var så orolig att du inte skulle tycka om det.

– Åh, du kan aldrig göra fel när du köper smycken till en tjej! säger Karin och smeker honom på kinden. I bakgrunden börjar folk räkna ner. Karin ser sig om efter sina småbröder. Hon skulle gärna vilja vara nära dem nu när klockan snart slår tolv. De leker med några andra pojkar en bit bort och verkar inte bry sig om tolvslaget. Thor har precis gett Esther ett glas med champagne och han själv håller ett i handen. På håll får han ögonkontakt med Karin och han ser ut att undra om de inte ska gå till varandra. Men han ser att hon står i tryggt sällskap med Erik och i stället höjer han sitt glas i en skål och ser på sin dotter. Hon höjer sitt glas och säger skål tyst. De ser på varandra och ler. Klockan slår tolv och det blir en fasligt hurrande runtomkring. Men Erik håller bara hårt om Karin och viskar "gott nytt år" i hennes höra. Hon vänder sig om och kysser honom.

– Gott nytt år, Erik. Tack för att du ville fira nyåret med mig och min familj, det betyder mycket för mig.

De skålar i glasen och ser på varandra. Erik är på väg att säga de tre magiska orden men avstår. Han antar att det är för tidigt ännu i relationen och nöjer sig med att kyssa henne. De ser på de vackra fyrverkerierna, sedan släpper Erik taget om Karin och går bort till Thor och sträcker fram sin hand i en hälsning och önskar honom en god fortsättning. Sedan går han till Esther och sätter sig på huk framför henne.

– God fortsättning på det nya året! Fryser Esther? Jag kan hämta en filt om Esther vill?

– Nejdå, tack det går bra, säger hon och klappar honom på handen. Hon ser på Karin som kommer gåendes.

– Karin, lova att vara rädd om den här gossen, ler hon.

– Jag lovar mormor, ler Karin.

– Men se upp med store knubbige rikemanssonen! Han är farlig! Håll er undan från Sune! säger hon skarpt. Hela hennes ansikte blir med ens allvarligt och Karin tycker sig se till och med en viss rädsla i den gamla tantens ögon.

Karin såg nyfiket på nyss när Erik gick och bytte artighetsfraser med Thor och frågade Esther om hon frös.

Är han så där go och omtänksam på riktigt, eller försöker han bara ställa sig in? Jag känner honom inte tillräckligt för att kunna avgöra det ordentligt, men nog verkar det som om han menar vad han säger och gör. Och hela situationen med Sune lyckas han hantera med ro dessutom. Jag vet hur provocerande Sune kan vara och det var inte dåligt av Erik att kunna hålla sig någorlunda lugn. Men hur kommer det att bli nästa gång Erik är här? Kommer Sune fortsätta bråka? Jag gillar inte sådant här! Det får bara inte bli slagsmål så att någon kommer till skada. Finns det något sätt jag kan undvika bråk? Ska jag tala om detta med Harald, eller blir det bara värre då? Harald kanske rentav står på Sunes sida i det här fallet, för jag vet ju att han vill att Sune och jag ska bli ett par.

Fyrverkerierna är slut för den här gången. För vissa är festen över och för vissa fortsätter festligheterna en stund till inne på värdshuset. För Karin slutar inte kvällen förrän den sista gästen har gått hem och all disk är undanplockad. Olle och Gunnar börjar bli trötta och sitter i en soffa och halvsover. Karin sneglar ut i entrén medan hon torkar av ett par bord. Där står Erik och pratar med ett par hon inte känner igen. Hon hör inte vad de pratar om men de ser ut att ha trevligt. Hon ler för sig själv och tänker att mormor Esther antagligen har rätt som vanligt. Erik är en kille att hålla fast vid.

Kapitel 22

Utö, 9 februari 1941

Den iskalla vintern håller ett stadigt tag om Sverige fortfarande. Hittills har vintern varit hård och besvärlig på Utö. Mormor Esther bor fortfarande nere hos Karin och hennes familj då det är alldeles för kallt att bo i hennes egen oisolerade stuga. De svåra vinterförhållandena gör att antalet gäster som vill besöka ön för lite god mat och övernattning är lågt. Trots det behöver Thor ha värdshuset öppet och uppvärmt för de få lunchgäster som ändå kommer.

Eriks besök på ön hade varit mer än lyckat. Relationen mellan honom och Karin hade bara blivit starkare och Karin längtade tills de kunde ses igen. Hon kände inte längre samma stress på sig själv att skicka brev till honom lika ofta. De visste var de hade varandra, men nu hade det gått några veckor och hon skulle försöka skriva ihop ett brev under kvällen och posta det nere i lanthandeln senare dagen därpå.

Sune har börjat få enklare uppgifter av Harald på firman. Än så länge handlade det mest om att sortera papper i olika pärmar och posta brev nere i lanthandeln. Ibland fick han vara med i rummet när Harald gjorde affärer, för att få en inblick och förståelse för hur man för sig i ett affärssamtal. Bitterheten mot Erik växte sig allt starkare i honom samtidigt som stressen att försöka göra framsteg med Karin ökade för varje vecka, för han minns vad han och Harald hade kommit överens om. Titt som tätt hade gliringar kommit från Harald om varför Sune inte hade tagit några initiativ med henne ännu. Men långsamt hade en plan vuxit fram under vintern. Han hade minsann sett att Karin postade brev inne på lanthandeln och dessutom hämtat ut brev där några gånger, så han visste att hon och Erik brevväxlade. I detta såg han sin chans att sabotera för dem. Kväll efter kväll hade han med hjälp av Uno dyrkat upp låset nere på lanthandeln och letat efter brev från Erik som var till Karin och igår kväll hade han äntligen hittat ett. Skymd av mörkret hade de kunnat smyga in där och obehindrat leta. Han tog hem brevet till sig och fuktade på det där brevlimmet fanns tills det gick att öppna det utan att förstöra det. Det var ett pillrigt och tidskrävande jobb men han behövde desperat veta vad de skrev till varandra. Det hade stått lite om att han hade tyckt det varit trevligt att få träffa Karin igen och att han fortfarande inte hade fått återgå till regementet på grund av yrseln. Dessutom hade han skrivit att han hoppades på ett brev tillbaka inom kort. Sune la sedan tillbaka brevet i kuvertet och limmade igen det igen och la tillbaka det i brevhögen inne på lanthandeln.

Det hade inte dröjt många dagar senare förrän Karin hade skickat ett brev tillbaka till Erik och Sune hade läst vartenda ord hon skrivit till honom. Än så länge hade Sune inte kommit på något i brevväxlingen som han kunde dra nytta av men han visste att det bara var en tidsfråga.

Kapitel 23

Gotland, 25 februari 1941

Efter att ha kommit tillbaka till Gotland och sjukhuset på Lärbro, fortsätter Erik med sin rehabilitering. Nyckelbenet och revbenen är helt läkta och han klarar av lättare styrketräning utan problem. Däremot fungerar inte närminnet helt bra än och finmotoriken är fortfarande inte bra vilket gör honom frustrerad. Dagarna på sjukhuset är långtråkiga och ibland längtar han till och med tillbaka till sina kompisar på logementet. Två gånger om dagen tar han långa promenader utomhus och varje dag gör han olika minnesövningar som doktorn har gett honom. Därtill övar han på att skriva och göra olika övningar för att försöka öva upp sin finmotorik i händerna.

Erik har just ätit middag i matsalen och kommer in på sitt rum. Förvånat ser han hur doktor Mellgren och sjuksystern står och väntar på honom på rummet.

– God dag Erik.

– God dag doktorn, säger Erik och hälsar.

– Kan vi sätta oss ner? Vi behöver diskutera din hälsa, säger doktorn och pekar på det lilla bordet och besöksstolarna som finns på rummet.

– Javisst. Är det något jag behöver vara orolig över? undrar Erik. Doktorn svarar inte utan sätter sig ner. I handen har han sin pärm med Eriks journal.

– Erik, du har ju varit här på sjukhuset sedan din allvarliga olycka i september. Såret i huvudet, revbenen och nyckelbenet har ju läkt fint, säger doktorn och tar en paus. Erik blir otålig och undrar vad det är som doktorn vill.

– Men... det är några saker som ännu inte är helt återställt. Du har en lättare balansnedsättning och din finmotorik är inte tillräckligt bra.

– Inte tillräckligt bra? undrar Erik.

– Ja, den är inte tillräckligt bra för att få återgå till din beredskapstjänstgöring. Inom försvaret så finns det vissa krav på en soldat som du säkert känner till och du uppfyller tyvärr inte dem. De ser allvarligt på personer som har haft så pass allvarliga trauman som du och de anser att det är bättre att du helt enkelt inte kommer tillbaka. Det är tveksamt om du någonsin kommer att bli helt återställd vad gäller balans och motorik så därför tänker jag hemförlova dig för gott. Du får alltså således frisedel och får därmed åka hem, säger doktorn stramt. Erik blir alldeles ställd. Det här var ingenting han hade räknat med. Han har hela tiden levt med tanken att han ska tillbaka till regementet.

– Ojdå. På så vis. Det var oväntat, svarar Erik och ser ner i bordet.

– Ja jag förstår det. Gå ner till adjutanten på första våningen. Han kommer hjälpa dig med alla papper och färjebiljett tillbaka till fastlandet, säger doktorn och sträcker fram sin hand.

Det är en lättad Erik som snopet packar ihop sina tillhörigheter i garderoben bredvid sängen.

Jag ska få åka hem. Frisedel! Äntligen är jag klar med den här jävla skiten och kan få börja mitt liv på riktigt. Jag struntar i om jag darrar när jag skriver och att balansen inte är perfekt, det kan jag leva med. Fy fan vad skönt! Men väldigt oväntat. Tänk vad förvånade mor och far ska bli när de ser mig komma hem igen.

Efter att ha talat med adjutanten blev det klart att Erik får åka med morgonfärjan redan dagen efter. Denna natt sov han oväntat bra och vaknade utvilad och pigg. Efter en snabb frukost går han tillbaka till sitt rum och klär på sig sina ytterkläder. Väskan är redan packad. Han säger adjö och tackar de sjuksköterskor som hjälpt honom under den här tiden och när han vinkar adjö till adjutanten så ropar han till Erik att komma.

– Ville adjutanten något?

– Ja! Det kom precis in ett brev till dig. Det var tur att jag hann ge dig det innan du åkte!

– Åh, tack så mycket!

Han förstår att brevet är från Karin och tänker läsa det i bussen på väg ner till Visby. Glad som en lärka sitter han och tittar ut genom fönstret i bussen. Han ser snö på hustak, skottade vägar och vinterklädda människor på trädgårdarna. En märklig frihetskänsla sköljer genom honom. Han är fri nu. Ingen som skriker åt honom eller talar om vad han ska göra. Han får ha på sig vad han vill och om han vill lägga ett klädesplagg på stolen så gör han det. Aldrig mer göra honnör åt något befäl och aldrig mer gräva gropar eller ligga och kräla i skogen, han är fri!

Han tar fram brevet från Karin och börjar läsa. Det är med samma härliga entusiasm och kärlek hon skriver till honom och han drar en suck av lättnad över att hon ännu inte tycks ha tröttnat på honom. Han lutar sig tillbaka och tänker att livet trots allt elände runtomkring kan vara riktigt härligt. Ett brev tillbaka ska hon få tänker han, men det får bli när han kommer hem till Gävle. Han misstänker att hon kommer bli överlycklig över att han äntligen är fri från allt som har med soldatlivet att göra.

efter en lång och tråkig båtresa och ännu tråkigare bussresa är till slut Erik äntligen hemma i Gävle igen.

Det är två lättade föräldrar som samma kväll äter middag med Erik i deras lilla hus.

– Det är så skönt att äntligen ha dig tillbaka hemma för gott, Erik! säger Gertrud och ler med hela ansiktet.

– Ja det är verkligen skönt att det är över. Men jag kunde väl aldrig tro att det skulle sluta på det här viset.

– Men vilka är de skadorna som du har kvar nu? undrar hon försynt.

– Äh, det är inget särskilt egentligen. Att kunna skriva så andra kan läsa är väl det värsta. Och skära kött med kniv och gaffel kan vara lite problematiskt ibland, men annars är det väl inget särskilt. Min skrivstil är väl inte den vackraste heller.

– Men det är väl för väl det. Jag och din far har varit så fruktansvärt oroliga för dig. Jag visste inte var jag skulle ta vägen när jag fick veta att du varit med om en bilolycka! Och Hugo, ja du… han kan ju inte prata men jag såg ju på honom hur han mådde, säger Gertrud och ser på sin man.

– Men jag är här nu mor och allt har ju gått bra till slut.

– Ja, tacka Gud för det! snyftar hon och tar hans hand.

– Men du måste berätta mer om flickan du har träffat i Nynäshamn! Har ni skrivit något mer till varandra? undrar hon. Erik lyser upp med hela ansiktet.

– Ja det har vi. Hon är en helt fantastisk tjej och jag är så glad att jag har träffat henne. Dagarna jag spenderade på Utö tillsammans med henne under nyår var fantastiska.

– Men så roligt. Jag och Hugo är så glada för din skull. Det vore så roligt att få träffa henne någon gång. Kan hon inte komma hit?

– Jo, jag skulle också vilja att hon kommer hit så ni får träffa henne. Men jag vet att hon behöver hjälpa sin far på värdshuset så jag har svårt att tro att hon kan komma loss. Men visst måste hon komma hit någon gång så jag får visa upp henne. Far, hon är en riktig pingla, säger Erik och ser på Hugo. Han försöker nicka lite grann för att visa att han förstår.

– Hur går det med Knut då? Har du träffat honom på sistone?

– Nej det var ett tag sedan. Men han borde väl komma hem till sommaren.

– Ja men det får vi hoppas. Stackaren, han får kämpa på ett tag till där på Gotland, suckar hon.

– Mor, det är tack vare Knutte som jag lever idag. Det var han som fick i gång hjärtat på mig igen, säger Erik allvarligt.

– Men herregud, det menar du inte? säger hon förtvivlat och tar sig för bröstet. Erik nickar.

– Jag hade legat avsvimmad under vattnet i flera minuter och jag hade slutat andas och hade ingen puls. Jag... jag vågade inte skriva i breven till er hur nära det var.

Erik avbryts av att Gertrud kramar om honom och gråter.

– Men vi kan väl prata om något annat nu? frågar han och Gertrud nickar samtidigt som hon torkar tårarna från sina kinder.

– Jag... jag antar att jag måste börja se mig om efter ett jobb nu. Men det blir väl svårt i dessa tider misstänker jag.

– Ja, du får väl cykla ner till centrum och fråga dig för. Vad skulle du vilja jobba med? Kan du tänka dig att jobba inom industrin?

Erik funderar medan han tar en tugga till.

– Jag vet inte riktigt. Jag är inte så kräsen. Men det enda jag vet är att jag vill börja tjäna egna pengar. Och jag vet också att jag vill träffa Karin oftare. Men det är dyrt att resa och det är långt till Utö där hon bor, suckar han.

– Om kärleken är äkta så klarar den både avstånd och hinder, lille gubben.

– Ja det är väl så, suckar han.

Under resterande delen av vintern och början på våren söker Erik olika jobb. Men de flesta arbetsgivarna önskar folk med arbetserfarenhet vilket Erik inte har. Till slut får han jobb som tidningsutdelare, men bara på deltid. Av pengarna han tjänar ger han en del till sina föräldrar och en del sparar han. Via brev växer hans och Karins relation sig allt starkare under våren, helt omedveten om att Sune läser vartenda ett av dem.

I början av maj skriver Karin ett brev där hon undrar om Erik skulle vilja komma och hälsa på igen. Hon föreslår att de träffas lördagen den 21 juni på hotellet i Nynäshamn för att fira årsdagen då de möttes för första gången. Han svarar att han gärna kommer och de bestämmer att de ska ses utanför hotellet klockan åtta.

Sune som hela tiden har läst deras brev ser nu sin chans och han börjar smida planer.

Kapitel 24

Nynäshamn, 21 juni 1941

Det börjar bli kväll och Karin och har anlänt till Nynäshamns stadshotell. Den här gången hade hon åkt med färjan in ett par timmar tidigare. Eftermiddagen bjöd på varmt väder, på gränsen till kvalmigt. Hon har tagit sig en glass på torget och hon väntar otåligt på att det ska bli dags att gå upp till hotellet. Det var första gången hon hade tagit färjan på egen hand in till fastlandet men det hade gått bra. Hon fördriver tiden med att gå och kika i fönstren i olika affärer för att få tiden att gå.

Under tiden har Sune fått skjuts in till stan av Harald i hans motorbåt. Han har gjort upp med en grabb som heter Lennart att de ska ses inne på hotellet redan klockan halv åtta. Där ska Sune gå igenom vad han vill ha hjälp med.

Den tunna skjortan klibbar mot hans varma rygg under kavajen medan han går mot hotellet och han har börjat flåsa lite lätt. Den här gången är inte Uno med. Han vågade inte då han visste att Lennart var en riktig typ och tre år äldre. Sune gillade inte Lennart särskilt mycket han heller innerst inne, men behövde ha Lennarts hjälp för att kunna fullfölja sin plan. Han ser på sin klocka och ser att hon alldeles strax är halv åtta. Ungdomar har börjat dra sig mot hotellet. Sune ser sig om efter Karin men kan inte se henne ännu, vilket han är nöjd med. Han vill helst inte att hon ska se honom ikväll. Men han måste se henne. Han kommer fram till entrén och går in. Där inne står Lennart och röker. Sune sväljer hårt. Han vet att Lennart inte är någon man bråkar med, å andra sidan vet Lennart att släkten Vilhelmsson har gott om pengar. Sune nickar lite nonchalant mot Lennart när han ser honom.

– Så, vad är det du vill ha hjälp med?

– Det kanske låter konstigt, men jag vill att du ska gå fram och kyssa en tjej som heter Karin som kommer att stå här utanför om en halvtimme.

– Skojar du med mig nu? säger Lennart surt. Sune skakar bestämt på huvudet.

– Karin kommer att stå och vänta på sin pojkvän precis här utanför vid bänken du ser där. När jag säger till, vill jag att du går fram och kysser henne ordentligt så att pojkvännen ser det hela. Håll fast henne om så krävs, men det är viktigt att han ser vad du gör med henne. Är det förstått?

– Hehe, visst. Det låter ju inte så svårt. Men jag vill ha stålarna först.

– Självklart, säger Sune och ger honom diskret några hopvikta sedlar. Han beskriver därefter noggrant hur Karin ser ut. De går ut igen och ställer sig strategiskt bakom ett buskage och väntar.

Under tiden står en förväntansfull Erik på tågstationen. Osäker på vilken station han skulle kliva av, hade han valt fel och har nu klivit av en hållplats för tidigt. Han svär för sig själv och börjar skynda sig mot vad han tror är hamnen, för han vet att hotellet ligger nära vattnet. Fem minuter senare stannar han en man och frågar om vägen och skyndar sig sedan vidare. Tiden går och klockan är två minuter i åtta men han har en bra bit kvar och han förstår att han inte kommer hinna i tid. Han känner sig illa till mods över att bli sen och hoppas innerligt att Karin står kvar där de har bestämt.

Karin tittar på klockan igen. Hon har precis anlänt till hotellentrén och ställer sig vid samma bänk som hon och Erik träffats exakt ett år tidigare. Sune som står femtiotalet meter ifrån henne ser sig nervöst om efter Erik men ser honom inte.

– Fan också! Han borde vara här nu, muttrar han och ser på sin klocka. Lennart börjar se otålig ut.

– Hur ser han ut den där Erik? undrar han medan han tuggar på sitt tuggummi.

– Han är… vänta - där är han! Gå nu fram till Karin och börja snacka lite med henne och sedan när du hör Erik närma sig så kysser du henne, viskar Sune ivrigt. Lennart går fram till Karin.

– God kväll, säger han och ler charmigt. Karin ser hur en främmande man kommer fram till henne och hälsar och hon blir lite ställd.

– God kväll, svarar hon artigt.

– Jag kunde inte låta bli att gå fram till er. Fröken såg så ensam ut. Kanske jag kan få sällskapa er en stund?

– Öh, jag tror inte det. Jag väntar på min pojkvän. Han ska komma vilken minut som helst nu, svarar hon och känner sig aningen besvärad. Lennart slänger ett öga över axeln och ser att Erik närmar sig. Han flyttar på sig något så att Karin syns från Eriks håll, sedan tar han snabbt tag om hennes midja och kysser henne.

En stressad Erik är strax framme vid hotellet och han börjar se sig om efter Karin. Han ser henne precis där de har bestämt, men synen får honom att tvärstanna. En bit framför honom står hon och passionerat kysser en annan kille. Det är som om luften går ur Erik totalt. Han ser hur den främmande killens hand smeker hennes rumpa samtidigt som de kysser varandra. Erik är chockad och vet inte vad han ska göra nu. först funderar han på om han ska gå fram och slå ner killen, men när han ser att kyssen verkar besvarad förstår han att Karin inte verkar vilja bli avbruten med det hon håller på med. Killen knådar och klämmer på Karins rumpa och Erik blir äcklad av vad han ser. De två kysser varandra ohämmat och tycks inte bry sig om att andra ser på. Erik flämtar och tar sig för pannan. Till slut har han sett nog och han vänder sig om och går därifrån i rasande fart. Han ser en cykel stå lutad mot en lyktstolpe och han sliter tag på den och cyklar så fort han kan därifrån. Sune står på behörigt avstånd och njuter av vad han ser.

Karin lyckas till slut slita sig loss ur den främmande mannens grepp och ger honom en rejäl lavett med handflatan allt vad hon orkar.

– Vad i helvete håller du på med?! Vem tror du att du är? ditt... ditt äckliga svin! skriker hon och skyndar sig bort till vakten som står vid entrén för att få hjälp. Karin brukar aldrig svära men nu kunde hon inte hålla sig. Folk runtomkring hör uppståndelsen och vänder sig om nyfiket. Lennart bara flinar och lommar snabbt i väg därifrån med ömmande kind.

Erik är vansinnig. Han är så arg att han gråter. Utan att veta vart han cyklar, fortsätter han bara rakt fram tills benen värker.

Karin, för helvete! Hur kunde du stå och kyssa en annan kille så där? Vi hade ju bestämt att vi skulle träffas. Betyder jag så jävla lite för dig?

Med kroppen full av adrenalin fortsätter han att cykla ut mot Ringvägen. Han är så andfådd att det piper i bröstkorgen på honom. Plötsligt tvärnitar han och kliver av cykeln. Han tar cykeln i båda händerna och slänger i väg den ner för sluttningen. Den landar med en duns nere vid de hala stenarna på stranden. Ursinnig skriker han ut sin frustration allt vad han orkar och sjunker sedan ner på marken och gråter förtvivlat. Med sin ena hand börjar han sakta treva efter någonting i fickan. Han tar upp en liten ask och öppnar den. I asken blänker en liten smal guldring.

Satans jävla helvete! Så många timmars slit för denna förlovningsring till ingen nytta. Jag visste väl det. Det var för

bra för att vara sant. Alltihop var bara en enda stor illusion. Jag
betydde visst inte så mycket som hon sa.

Så sitter han där ända tills det blir helt mörkt ute.

För Karin kunde kvällen inte ha blivit värre. Hon ser sig förtvivlat om efter Erik men kan inte se honom någonstans och hon misstänker att han måste ha sett henne med den främmande karln, men hon är inte säker. Efter att ha väntat en halvtimme på Erik ger hon till slut upp och går med tunga steg ner till hamnen igen. Där sätter hon sig och väntar på färjan alldeles ensam i mörkret. Hon fryser så hon skakar och hon är ledsen. Fruktansvärt ledsen.

Erik vandrar omkring i stan hela natten ända tills det börjar ljusna fram på småtimmarna. Sedan sätter han sig på perrongen där han steg av och väntar på första bästa tåg som kan ta honom därifrån. Så fort han sluter ögonen ser han bara Karin som kysser den främmande killen och han ser hans hand på hennes bak. Till slut kommer ett tåg och han kliver ombord och han tänker att han aldrig mer tänker sätta sin fot i denna stad igen.

Kapitel 25

Utö, 22 juni 1941

Det är söndag morgon och Sune har redan ätit frukost. Han skyndar sig att ta på sig sina skor och jacka och går ut till sin cykel och cyklar bort till Uno. Han kom hem sent igår kväll med färjan och han hade svårt att somna. Planen han hade haft gick i lås, Lennart hade levererat helt enligt plan och han hade lyckats få Erik att lämna Karin precis som han hade tänkt. Uno öppnar yrvaket dörren.

– God morgon. Vet du vad klockan är? undrar han surt men Sune svarar inte utan går in.

– Jag lyckades igår! Erik såg på när Lennart kysste Karin, säger han uppspelt.

– Skojar du?

– Nä för fan! Det är sanning. Du skulle ha sett minen på den där jävla Erik. Han tvärstannade och sprang därifrån, skitförbannad, skrattar Sune.

– Oj! Men Karin då? Gick hon verkligen med på att kyssa Lennart?

– Nej självklart inte, knäpphuvud. Jag sa till Lennart att han skulle hålla fast henne om hon stretade emot och det gjorde han. Det såg helt äkta ut, det kan jag intyga. Men till sist lyckades hon slita sig loss och jävlar vilken örfil han fick av henne! Sedan skällde hon ut honom efter noter, haha!

– Fy fan vad bra. Men vad kommer hända nu då? undrar Uno.

– Nu behöver jag fortsätta bevaka posten inne på lanthandeln ett tag till, för antagligen lär Karin skicka något brev till Erik där hon förklarar sig. Men det kommer såklart inte komma fram. I stället får den där jävla Erik ett brev från mig. Ett brev som definitivt är spiken i kistan för deras förhållande. Och sedan, ja då ligger dörren öppen för mig, då är det dags för mig att börja uppvakta Karin igen, säger han och flinar stort.

Karin sitter i köket med uppdragna ben och rör sakta med skeden i sin tekopp. Klockan är halv åtta på morgonen och hon har varit vaken hela natten. Ögonen är rödsprängda av all gråt.

Hur i all världen kunde det bli så här egentligen? Vad var det för en galning som kom fram och kysste mig helt plötsligt och utan förvarning? Vad tog det åt honom? Han kände ju inte ens mig! Och Erik, varför kom han aldrig? Eller kan det ha varit så att han såg den där killen kyssa mig och stack därför därifrån? Eller åkte han aldrig ens ner till mig? Jag måste få förklara mig så han inte tror att jag är med någon annan. Jag får inte sabba detta nu! Jag kan inte förlora Erik!

Karin skriver ihop ett utförligt brev där hon förklarar vad hon råkade ut för igår kväll och hoppas innerligt att Erik kommer att förstå. Brevet som hon postar redan samma dag kommer aldrig fram utan hamnar uppe på Sunes rum. Däremot kommer det fram ett annat brev till Erik.

När så Harald under måndagen beger sig i väg in till Stockholm över dagen på en affärsresa passar Sune på att smida vidare på den grymma plan han har. Han går in på Haralds kontor. Ur den högra byrålådan tar han fram ett papper och en penna och går ner till köket och sätter sig. Han vet att Asta befinner sig någonstans i huset och gör sina sysslor. Hon har jobbat som hushållerska ända sedan hon var femton år och hon är tredje generationen som arbetar åt familjen Vilhelmsson. Det är hon som ser till att maten inhandlas och lagas, kläderna tvättas och stryks och det är hon som dammsuger och dammar hela det stora huset varje dag. Asta är i övre sextioårsåldern och bor i den lilla tjänstebostaden på baksidan av den stora trädgården. Kroppen är sliten efter ett helt livs slit som hushållerska. Håret är som alltid hårt uppsatt i en knut. Ansiktet är fårat och som alltid osminkat. Hon lever ensam och har gjort så i hela hennes liv. De få gånger hon har varit utanför ön kan räknas på ena handens fem fingrar. Hon är djupt troende och går i kyrkan varje söndag och den ende vännen hon har är prästen Ewald Johannesson som hon byter några ord med om söndagarna ibland.

– Asta! Asta! ropar Sune högt. Nerifrån tvättstugan ropar hon tillbaka.

– Ja?

– Kom hit! Jag vill ha hjälp med en sak, befaller han. Hon skyndar upp från källarvåningen och vidare ut till köket.

– Vad ville herr Vilhelmsson? undrar hon andfått.

– Jag vill att du hjälper mig att skriva ett brev.

– Ett brev? Ja det kan jag väl göra, säger hon förvånat.

– Sätt dig ner! säger Sune och lägger fram pappret och pennan. Sedan tar han fram den kladd han har skrivit ihop och lägger bredvid henne.

– Jag vill att du renskriver detta brev och att du skriver det som en ung tjej skriver. Min handstil är för ful.

– Jaha? säger Asta som inte förstår riktigt varför det inte duger med det brev han själv har skrivit. Hon läser snabbt igenom Sunes brev men faller i gråt.

– Men snälle herr Vilhelmsson! Så här kan jag bara inte skriva! utbrister hon förtvivlat.

– Det vore ju fruktansvärt att skicka detta brev, det förstör ju deras liv totalt! snyftar hon och ser förskräckt på Sune.

– Nu ska inte Asta sitta här och tjafsa utan göra som jag säger. Du ska få en slant för besväret, säger han och sticker till henne tjugo kronor i sedlar. Hon ser på pengarna men tar inte emot dem.

– Men snälle herr Vilhelmsson, jag har känt Karin och hennes familj i hela mitt liv. Detta skulle förstöra henne för gott, jag kan inte! Hon som är så rar!

– Jo det kan du, och du ska! Eller Asta kanske vill att jag talar om för far att du vägrar utföra ditt arbete? Eller vill Asta kanske jobba någon annanstans i stället för hos oss? Jag tror det är få ställen som skulle vilja anställa en dam i er ålder. Det lär vara särskilt svårt nu i dessa krigstider, så jag föreslår att Asta gör som jag säger! fräser Sune och ser på henne argt. Förtvivlat stoppar hon pengarna i sin ficka, torkar bort ett par tårar och börjar skriva.

"Erik, det är med tungt hjärta jag skriver detta brev. Mina tårar rinner medan jag skriver och jag vet knappt hur jag ska formulera mig. Jag har tänkt så oerhört mycket på vår framtid den sista tiden och jag har svårt att se att vi skulle kunna få det bra tillsammans..."

Asta skriver klart brevet och lämnar motvilligt över det till Sune.

– Snälle herr Vilhelmsson! Jag ber er, skicka inte brevet, snyftar hon.

– Seså! Ge hit brevet. Nu kan Asta gå ner till källaren och fortsätta med sysslorna. Och om Asta så mycket som antyder någonting om detta brev till någon så ska jag se till att Asta får sparken. Är det förstått?!

– Ja herr Vilhelmsson, svarar hon och niger djupt.

Sune stoppar brevet i ett kuvert och skriver adressen till Erik på baksidan. Han försöker imitera stilen som Asta har skrivit så gott han kan. Sedan lägger han det i mitten av de brev som Harald brukar skicka i väg veckovis. Om hans plan går i lås kommer Erik bli förtvivlad när han läser att Karin inte vill träffa honom mer, och därmed bör det vara fritt fram att försöka uppvakta Karin igen.

Sune häller upp ett glas saft och går ut och ställer sig på balkongen. Härifrån ser han nästan ända ner till hamnen och han kan skymta lanthandeln bakom ekträden. Han dricker upp saften, tänker på Eriks min när han får läsa brevet och ger ifrån sig ett skratt.

Nu jävlar har jag äntligen lyckats. Jag har splittrat de där två turturduvorna för gott. Den där jävla Erik kommer aldrig mer vara till besvär. När jag träffar på Karin nästa gång ska jag fråga hur det är. Hon är så ärlig av sig så hon kommer tala om vad som hänt och då ska jag finnas där för henne och trösta. Hon kommer då upptäcka att jag är en snäll och omtänksam kille som finns där för henne när hon behöver tröst, sedan kommer det ena leda till det andra, det är jag säker på. Jag kommer slå på stort den här gången. Flotta middagar, presenter, smicker, uppvaktningar. Nu jäklar! Far ska minsann få anledning till att bli stolt över mig, det är bara en tidsfråga nu.

Kapitel 26

Gävle, 2 augusti 1941

Det har gått några veckor sedan det hemska brevet från Karin kom. Erik har läst det otaliga gånger men har fortfarande svårt att förstå hur hon kan skriva så som hon gör. Jobbet som tidningsutdelare fick han sparken ifrån på grund av misskötsel. "Vi kan inte ha anställda som är onyktra på arbetet" hade chefen sagt och bett honom gå hem och tänka över sin situation.

Det är tidigt på eftermiddagen denna onsdag och puben där han nu sitter på är tom på folk. Den lilla lön han hade haft har han spenderat på alkohol och han var mer eller mindre berusad dygnet runt. Mamma Gertrud hade försökt trösta honom men varje gång hon försökte hade han bara blivit förbannad och stuckit därifrån. Knutte hade avslutat sin beredskapstjänstgöring och försökt kontakta Erik, men han var aldrig hemma när han ringt på. Gertrud hade förklarat för Knutte om Karin, och han hade blivit riktigt orolig för han visste vad den flickan betydde för Erik. Med vingliga steg går Erik bort till baren och beställer en öl till och slänger fram några mynt på bordet. Bartendern ser på honom och suckar.

– Du får gärna en öl till men är det inte bättre du går och snackar med någon? Jag ser ju att du inte mår bra.

– Vad vet du om mig?! Sköt dig själv för helvete! fräser han och tar sin öl och går bort och sätter sig vid sitt bord igen. Ännu en gång tar han fram brevet från Karin och läser det igen. Kanske är det någonting i det som han har missuppfattat?

"Erik, det är med tungt hjärta jag skriver detta brev. Mina tårar rinner medan jag skriver och jag vet knappt hur jag ska formulera mig. Jag har tänkt mycket på vår framtid den sista tiden och jag har svårt att se att vi skulle kunna få det bra tillsammans. Du har Din familj i Gävle och jag har min här på Utö. Jag har tänkt och tänkt och jag känner att det är här på Utö som jag hör hemma och jag tror att vi är för olika du och jag. Jag och en kille från Nynäshamn har setts några gånger under våren. Han känns trygg, stabil och bor i Nynäshamn. Avståndet mellan oss gör mig osäker på hur vi skulle kunna ha en framtid tillsammans. Dessutom oroar jag mig för hur Dina skador ska påverka vårt liv i framtiden. Jag har insett att det vi kände för varandra inte var annat än en förlängd sommarförälskelse som alltmer börjar rinna ut i sanden. Vi träffas ju alltför sällan! Allting har sin tid och jag känner att vår tid är förbi. Detta blir mitt

sista brev till Dig. Jag vill att Du tar väl hand om Dig i framtiden och jag hoppas att Du åter finner kärleken i en flicka från Gävle.

Hälsningar Karin"

Meningarna han läser skär som knivar i honom och varje gång han läser dem hoppas han på att texten ska vara annorlunda. Men det är fortfarande samma hemska ord. Han dricker snabbt upp det sista ur glaset och lämnar puben på vingliga ben. Efter ett tag sitter han på en bänk i Brunnsparken. Bitterheten han känner över situationen med Karin smittar av sig på allt annat. Han hatar sitt liv och allt som har med det att göra och han önskar att han inte levde längre. Av någon anledning har han kvar den tilltänkta förlovningsringen som han tänkte ge till Karin på årsdagen av deras förhållande. Han tar upp den och tittar på den, såsom han gjort så många gånger förr. Den är en tunn och vacker ring med en liten briljant på toppen. Gång på gång hade han sett framför sig i sin fantasi Karins ansiktsuttryck när han hade gett henne den. Hon hade blivit rörd till tårar av glädje och hon hade slängt sig om hans hals av lycka. Men ringen är fortfarande kvar i Eriks ägo. Det blev aldrig som han hade tänkt. Den hade kostat mer än vad han egentligen hade haft råd med, men där och då i affären tyckte han att det ändå var värt det. Hon var ju värd allt! Erik håller upp ringen och ser på den. Förut tyckte han den var vacker men nu ser han på den som om den vore en förbannelse. Med en hård sving slänger han i väg den så hårt han bara kan. Med ett plums hamnar den mitt ute i dammen och han flämtar högt. Nu finns det inget annat än plågsamma minnen kvar som påminner honom om Karin.

Kapitel 26

Utö, 10 augusti 1941

Det är en varm sommarkväll och ungdomarna samlas som vanligt nere vid hamnen. Där grillar de korv och umgås. Gamle Sven Jansson sitter nere vid sin båt och rensar nät som han så ofta brukar göra. Måsarna skriker högt uppe i skyn och några småbarn försöker fånga maneter från bryggkanten. Karin är fortfarande väldigt dämpad efter allt som hänt. Hon har skickat i väg ännu ett brev till Erik där hon förklarar vad som hände den där kvällen, men inget brev tillbaka hade hon fått än så länge. Inte heller trodde hon att det skulle komma något.

De flesta andra har börjat spela brännboll på ängen bakom fiskebodarna men Karin vill inte vara med. Hur mycket än Astrid tjatar på henne så vill hon inte. Till och med några vuxna är med och spelar ikväll men Karin nöjer sig med att bara titta på. Kanske borde hon gå upp till värdshuset och titta till sin far men hon vet att det inte finns någonting att hjälpa honom med där. Stället ekar tomt på gäster och Karin vet att han är på gränsen att bomma igen. Hon kan inte hjälpa honom på något sätt, det vet hon och hon funderar på att söka jobb inne i stan för att de ska ha råd att bo kvar. Hennes lyckligt ovetande småbröder springer omkring på gräsplanen och försöker fånga bollen. Karin ler på ett sorgset vis när hon ser dem.

*De skrattar och har det bra, precis som man ska göra i den
åldern. Om de ändå visste hur illa ställt det är med ekonomin.
Men det är bättre de inte får veta. De skulle nog ändå inte
förstå, de är för små. Passa på att njuta nu av sommarens sista
varma kvällar, kära småbröder för om några dagar börjar skolan
igen. Men vardagen blir nog värre för mig och far än för er.*

Karins djupa tankar avbryts när bollen studsar fram och
lägger sig framför hennes ben. Sune kommer små-
springandes fram för att hämta bollen. Han tar den och
kastar i väg den till de andra men stannar kvar vid Karin
och sätter sig på huk framför henne.

– Hur går det med dig, Karin? Finns det något jag kan
göra för dig? säger han allvarligt som om han verkligen
menade vad han sa. Karin skakade på huvudet.

– Nejdå. Det går bra, men tack för att du frågade, säger
hon och ler. Sune försöker le lite av medlidande och går
därefter tillbaka till spelet igen. När det är dags för
sidbyte en stund senare stannar Astrid till hos henne.

– Jag såg att Sune stannade till och pratade med dig. Vad
sa han? Var han dryg mot dig? undrar hon nyfiket.

– Nejdå, han bara undrade hur det var med mig. Han var
faktiskt trevlig, svarar Karin.

– Jaså, han kan vara trevlig? Det var något nytt, säger
Astrid kort.

När Karin kommer hem lite senare sitter Thor vid
köksbordet och röker. Radion är som vanligt på men
stänger av den när Karin kommer in.

– Är du redan hemma? undrar hon förvånat.

– Det är ju ingen idé att jag är på värdshuset. Finns ju
inga gäster att ta hand om. Inte heller har jag några
bokningar under veckan som kommer, suckar han. Inte
nog med att han grämer sig för ekonomin. Olle fyller

snart nio år och han förväntar sig naturligtvis en liten present. Men det finns inga pengar i hushållet, trots att Thor har gjort precis allt han kan för att spara så mycket han förmår och detta gör honom alldeles förtvivlad. Han släcker sin pipa och häller upp en kopp te till Karin.

– Karin, jag behöver åka in till stan en sväng i morgon bitti. Kan du se till att pojkarna får frukost? undrar han och ser en aning besvärad ut.

– Javisst. Ska du göra något särskilt? Undrar hon.

– Äh, jag behöver bara ordna med ett par saker. Jag kommer så fort jag kan.

– Tar du färjan?

– Nej jag tar vår båt, det går snabbare. Karin tänker inte mer på det utan dricker sitt kvällste och äter sin smörgås.

Tidigt nästa morgon beger sig Thor in till Nynäshamn. Efter långt övervägande har han bestämt sig för att sälja det mesta av det gamla matsilvret som är hans arvegods. Men behovet av pengar är större än någonsin och han skäms inför sina barn och sin gamla svärmor över att vara fattig.

Farmor kommer vända sig i graven om hon visste vad jag är på väg att göra. Men jag ser ingen annan utväg just nu. Pengarna jag får från silvret gör att vi kan hanka oss fram några månader till. Kanske det vänder då? Dessutom, vad är jag för en far som inte har råd att ge min son en födelsedagspresent? Ett skämt! En fattiglapp som inte klarar av att rå om sin egen familj. Det går bara inte för sig. Förlåt, kära farmor men jag har inget val.

Det blir den fjortonde augusti och det är Olles födelsedag. Blicken han gav Thor när han öppnade presenten var oslagbar och i samma ögonblick visste Thor att han hade gjort rätt.

– En cykel! Precis vad jag hade önskat mig! Gunnar, nu slipper du skjutsa mig. Nu kan vi äntligen cykla tillsammans! utbrister pojken och skiner upp som en sol. Både Karin och mormor Esther ser förvånade ut men säger ingenting, men Thor bara ler stolt.

Ett par dagar senare knackar det på dörren hemma hos Karins familj. En främmande karl står där med ett stort fång med rosor i handen.

– God kväll, jag kommer med blombud till fröken Karin Lewin, säger mannen.

– Ja det är jag, säger Karin förvånat och sträcker sig efter blommorna.

– Vad i hela friden? Vem är det ifrån? undrar Thor nyfiket. Karin ser det lilla kuvertet och öppnar det. Hennes hjärta klappar hårt och hon kan knappt bärga sig. Hon vågar knappt hoppas att de ska vara från Erik. Men till sin besvikelse läser hon lappen:

"Till **Utös** *vackraste flicka vill jag härmed skicka ett fång rosor, utan någon särskild anledning. Med varma hälsningar Sune."* läser hon högt.

– Ojsan då. Det var värst! Den grabben ger sig inte i första taget, utbrister Thor.

– Nä, han gör visst inte det. Under tystnad letar hon fram en stor vas och sätter blommorna på bordet. Sedan sätter hon sig ner och ser på dem.

– De var väldigt fina, säger Thor.

– Ja de var ju det, suckar hon men önskar att avsändaren hade varit Erik.

– Far, får jag fråga en sak? säger hon efter ett tag.

– Visst. Vad är det du tänker på?

– Hur fick du råd med Olles cykel?

Thor rycker till och ser besvärad ut?

– Vaddå? Vad menar du? Grabben behövde ju en cykel och jag tyckte det var på tiden att han fick en, säger han i försvarsställning. Men Karin vet bättre än så. Hon ser på honom länge utan att säga något. Till slut slår han ut med armarna.

– Okej då! Jag har sålt lite av matsilvret. Dels för att vi ska kunna klara oss några månader till och dels så ville jag så gärna ge grabben en rejäl present, säger han sammanbitet.

– Är det så illa?

Thor nickar utan att möta hennes blick.

Augusti börjar lida mot sitt slut och kvällarna blir mörka allt fortare. Om kvällarna brukar Karin ta långa promenader. Ibland följer Astrid med men ofta går hon själv. Många tankar far runt i hennes huvud och de flesta av dem är långt ifrån sunda. Tankarna maler fram och tillbaka i huvudet. Det är så mycket som är dåligt just nu. Så pass mycket att det ibland känns hopplöst. Den senaste tiden har hon haft en särskild tanke. En idé som hon inte ens själv är särskilt förtjust i men det skulle antagligen gynna dem alla.

Kapitel 27

Utö, 3 september 1941

Hösten var här på allvar och överallt börjar löven gula och falla till marken. Det är fortfarande klent med gäster på värdshuset, men en av de få stamgästerna som finns kvar är Harald och Sune. Nu för tiden var Sune aldrig så där jobbig som han kunde vara förr och ibland är han till och med riktigt trevlig. Må hända att han gjorde sig till en smula men det brydde hon sig inte om. De hände att han och Karin växlade några ord i samband med luncherna och så även idag.

– Lika gott som alltid, Karin säger han och flinar brett.

– Tack vad roligt att höra. Men jag har bara gjort såsen, det är far som har gjort resten.

– Du Karin? Jag fyller ju år snart och jag tänkte ha en liten tillställning hemma hos mig nästa lördag. Har du lust att komma? undrar Sune. Karin blir först lite ställd och stannar upp för att tänka.

– Jag hade naturligtvis tänkt att bjuda Astrid med, men jag har inte hunnit det ännu, tillägger han snabbt.

– Öh, ja men det vore väl… trevligt.

Egentligen hade hon inte velat gå men känner att det hade varit oförskämt att tacka nej, så här öga mot öga. Dessutom så kommer säkert Astrid att gå dit.

– Men vad kul! Festen börjar klockan sex på lördag. Det blir inget märkvärdigt, bara några från klassen samt några kusiner från Södertälje. Och du behöver naturligtvis inte ha med dig något, säger han snabbt.

På hemvägen från jobbet funderar hon på den kommande festen.

Var det dumt att tacka ja? Egentligen vill jag ju inte gå på hans fest och inte lär jag vara något roligt sällskap heller. Men eftersom Astrid lär gå så kan jag väl lika gärna gå dit. Jag har ju inget annat för mig så jag får väl göra det då.

Det blir lördag och Karin har precis hämtat upp Astrid och de går in genom grindarna till den stora trädgården till Vilhelmssons hus. Som present har hon bakat en sockerkaka och hon hoppas att den enkla presenten duger. Uppe på balkongen står Sune och pratar med en av sina kusiner och i glasen håller han i ett glas champagne.

– Hallå tjejer! ropar han glatt. De vinkar tillbaka och går vidare in i huset. Asta niger djupt när de kommer in och hon hjälper dem av med jackorna och hänger upp dem på tamburmajoren. Det är inte utan att hon känner sig en smula viktig när hon får hjälp av hushållerskan med jackan. Sådant är hon långt ifrån van vid. Hon ser sig omkring och häpnas av hur stort huset är. Mörka ekmöbler skymtas i ett av rummen och stora tavlor med tjocka guldramar pryder väggarna. Hög musik hörs från en grammofonspelare någonstans. Sune kommer nerspringandes från den breda trappan och i händerna har han två glas champagne. Dagen till ära bär han en svart fluga.

– Välkomna tjejer! Här har ni lite skumpa! säger han och överräcker dem glasen.

– Grattis på födelsedagen! säger tjejerna samtidigt.

– Man tackar. Snart är man vuxen på riktigt! ler han och tar emot Karins present.

– Nämen! Vad är det här? säger han överdrivet glatt.

– Äsch, inget märkvärdigt. Bara en sockerkaka, säger Karin generat.

– Den ska vi testa om en liten stund. Skål på er och välkomna!

Karin tar en stor klunk men ångrar sig. Hon kommer snabbt på att champagne är ingenting för henne. En av Sunes kusiner börjar prata med Astrid och de går i väg till ett annat rum. Asta kommer förbi med en bricka full med snittar men Karin ser på dem förvånat. Hon vet inte vad det är.

– Prova en! De är jättegoda, försäkrar Sune och tar ett par själv. Hon tar en från brickan och smakar lite försiktigt.

– De var goda! säger hon och höjer på ögonbrynen.

Till middagen serveras rödvin till de som vill ha och Karin ber om ett halvt glas. Middagen blir riktigt trevlig och det visade sig att kusinerna var roliga att prata med. Efter middagen skruvas musiken upp. Sune blir som alltid lätt överförfriskad men denna gång blir han inte dum. Han ser hela tiden till att hålla sig i närheten av Karin.

– Du, hänger du med upp på balkongen? Jag tänkte ta en cigg.

– Det kan jag väl göra, men jag tänker inte röka, svarar hon.

– Nä det behöver du inte! säger han glatt och håller artigt fram sin arm. De går upp för trappan och ut på den stora balkongen. Sune sträcker på sig.

– Ahh! Härlig kvällsluft ikväll. Fan vad fin du är ikväll Karin. Jag måste bara få säga det! utbrister han.

– Tack så mycket, svarar hon och rodnar lätt.

– Jag har tänkt på en grej Karin. Alltså fan vad dumt det blev den där gången när vi på middag inne i stan. Jag betedde mig verkligen som en idiot, säger Sune och tar ett par bloss.

– Äsch tänk inte på det. Det var ju länge sedan.

– Förvisso, men ändå. Men jag har mognat sedan dess.

– Jaså, har du? svarar hon och ler.

– Såklart jag har!

– På vilket sätt då menar du? säger hon retfullt. Hon börjar frysa och vill helst gå in.

– Alltså du och jag skulle ju kunna bli ett fint par, tror du inte det? säger han och sluddrar lätt.

Karin skrattar till.

– Jag vet inte det, Sune. Han får plötsligt något allvarligt i blicken och fimpar cigaretten.

– Karin, bara så du vet. Det finns ingenting jag inte skulle kunna ge dig. Om du bara ger mig din hand så ger jag dig allting du pekar på, säger han och ser verkligen ut att mena det.

– Hm, skulle du till och med kunna halvera hyran på värdshuset? säger hon och ser klurig ut. Han slår ut med armarna i en häftig rörelse.

– Javisst! Inga problem. Det räcker med att jag pratar med farsan om det. Om det bara är det som krävs, så! säger han med stora ögon. Karin klappar honom på kinden.

– Det krävs nog lite mer än så, är jag rädd.

Hon vänder sig om och går in i värmen igen. Kvar på balkongen står Sune och tror knappt att han har hört rätt. Om han hade fattat Karin rätt nyss så lät det precis som om det fanns en liten chans trots allt. Han som var beredd på ett nej men tyckte sig höra en viss möjlighet.

En stund senare är det dags att runda av och gå hemåt. Arm i arm går Karin och Astrid den lilla biten hem i mörkret.

– Vad tyckte du om festen, undrar Astrid.

– Den var väl bra. Bättre än förväntat.

– Det var värst vad du och Sune stod och pratade länge på balkongen? retas Astrid.

– Jaså, märkte du det? ler Karin.

– Han var faktiskt riktigt trevlig i kväll. Han har faktiskt mognat måste jag erkänna, fortsätter hon.

– Men vad pratade ni om då? Ni brukar väl inte ha så mycket att prata om?

– Jag tror nästan att han friade till mig ikväll, haha! skrattar Karin.

– Du skämtar?!

– Det märks att han är kär i mig fortfarande, om jag säger så. Jag har honom lindad runt mitt lillfinger.

– Men du tänker väl inte tacka ja om han friar till dig?

– Du är tokig! Självklart inte! Jag har inte kommit över Erik ännu och det lär jag nog aldrig göra, svarar Karin.

– Men hur har du tänkt att göra med Erik då?

– Jag tror inte jag kan göra så mycket mer. Jag har skrivit två brev till honom där jag förklarat för honom att det han såg var helt enkelt ett övergrepp på mig. Jag fick en kyss som jag inte ville ha. Men när Erik såg kyssen måste det ha känts fruktansvärt, för han var lika kär i mig som jag i honom. Så jag förstår om han aldrig mer vill se mig. Jag hade nog känt likadant själv. Det är ju honom jag vill ha och dela mitt liv med, men jag börjar inse att det inte kommer att bli så.

En stund senare kommer hon hem. De andra sover och hon smyger in försiktigt så att inte någon vaknar. Innan hon släcker lampan på nattduksbordet kan hon inte låta bli att fundera på det som Sune sagt under kvällen. Hon funderar på vilka fördelar det skulle ge henne och familjen om hon skulle gifta sig med Sune men hon funderar också på alla nackdelar. Skulle hon klara av att dela säng med en man hon inte älskade och fanns det verkligen ingen annan lösning på alla de problem som hennes familj hade? Hängde verkligen allting på hennes beslut, eller fanns det andra möjligheter som hon och hennes far inte hade tänkt på?

Kapitel 28

Gävle, oktober 1941

Det ringer på dörren hemma hos Knuttes familj och utanför står Eriks mamma Gertrud. Ögonen är blodsprängda och hon andas alldeles för snabbt. Det är Knutte som öppnar.

– Gertrud! Vad är det? Vad har hänt?

– Det gäller Erik. Han har inte varit hemma på flera dagar. Han är väl inte här? undrar hon nervöst.

– Nej det är han inte. Jag har inte hört något av honom på ett par veckor. Men sist jag pratade med honom så var han ett vrak. Allt han tänker på och pratar om är den där tjejen från Utö. Han vägrar släppa henne ur tankarna även om hon var otrogen och han sitter och håller i hennes sista brev hon skrev. Han snäste av mig sist jag träffade honom så jag tänkte att jag låter honom vara så får han höra av sig om han vill ha någon kontakt. Jag tror inte jag kan göra något mer just nu.

– Jo, snälla Knutte! Kan du inte försöka en gång till? Hans far och jag är så oroliga att det har hänt honom något och han är verkligen inte stabil nu. Dessutom har han fått post från regementet på Gotland. Det kanske är viktigt? Kan du inte leta efter honom? Kanske du vet var han brukar hålla hus någonstans? Jag har letat nere i

245

hamnen bland krogarna men han är inte där, säger hon och torkar en tår från ögonvrån.

– Jo men det är klart att jag måste. Jag tar cykeln och cyklar runt lite till olika platser där jag tror att han kan tänkas vara. Hittar jag honom så lovar jag att höra av mig. Plötsligt hörs en ringsignal inifrån huset hos Knutte. Gertrud undrar först vad det var som lät men kommer sedan på att Håkanssons äger en telefon.

– Det är bara telefonen som ringer. Vi har nyligen fått den installerad hemma hos oss. Far, du vet. Han behöver bli nådd ibland. Det har med jobbet att göra, säger Knutte. Han avbryts av att Knuttes far kommer fram till dörren. Han är blek om ansiktet och ser frågande ut.

– Gertrud, det var en dam som ringde hem till oss nyss. Hon sa att hon jobbade som hushållerska åt en familj på Utö. Hon behövde egentligen tala med er son men ni har ju ingen telefon, så hon hade till slut lyckats få fram att Knutte är kompis med Erik, säger Joakim.

– Jag har skrivit ner ett meddelande här som är från hushållerskan till Erik, fortsätter han och ser på sin lapp. Han tar på sig sina glasögon och läser högt vad han har skrivit.

"Till Erik Wall. Breven från Karin till dig är en bluff. Sune ligger bakom allt.

Hälsningar Asta Gerhardsson, hushållerska hos Harald Vilhelmsson på Utö."

Joakim kliar sig i huvudet och ser oförstående ut efter att ha läst brevet. Men Knutte förstår.

– Den jäveln! Erik berättade om en kille på ön som heter Sune. Han var visst väldigt svartsjuk på Eriks och Karins förhållande. Så det är han som har skickat det sista brevet till Erik där det står att hon inte vill träffa honom något mer. Så måste det alltså vara. Fan också! Vi måste få tag på Erik snarast och förklara allt, säger Knutte stressat samtidigt som han klär på sig sina ytterkläder. Besöket från Gertrud gör honom riktigt orolig och efter att han nyss fått höra att det är Sune som ligger bakom Karins brev blir han vansinnig.

– Hur kan någon människa bete sig så grisigt som den där Sune gjort? Att spela på någons känslor är så fruktansvärt avskyvärt att jag saknar ord! Gertrud, jag lovar att göra allt jag kan för att hitta Erik! ropar Knutte medan han springer ut till sin cykel.

Ute på Brynäs står Erik vid Stora Gasklockan och tittar upp. Han är helt nykter men är yr i huvudet och har ingen aning om när han åt eller drack senast. Det är kyligt och blåsigt ute och han skakar i hela kroppen. I handen håller han det sista brevet från Karin. Otaliga gånger har han läst det nu och han kan det utantill.

Erik vet hur han ska göra nu. Han tänker klättra upp på stegen och kliva högst upp på gasklockans tak och ställa sig längst ut på kanten. Allt han behöver göra sedan är att ta ett steg framåt. Ett steg och allt som gnager och plågar honom försvinner på ett ögonblick. Nacken kommer att gå av omedelbart och han kommer inte känna någonting alls.

Snart är allt över, snart känner jag inget längre. Varken bitterhet, hat eller sorg. Den förbannade djupa jävla smärta som sliter och drar i mitt huvud kommer att försvinna alldeles strax.

Det är så mycket som Erik borde göra innan han avslutar sitt liv men han orkar inte. Han borde ta farväl av sin mor och far och han borde söka upp Knutte först och tacka honom för allt han har gjort. Han borde ta ett ordentligt farväl. Alla som håller av honom kommer bli helt förstörda, det vet han. Men han orkar inte bry sig längre. Han orkar inte vakna upp dag efter dag och känna det där förbannade hjärnspöket som ständigt påminner honom om att Karin inte är hans längre. Att hon har gått vidare. Att hon vill ha en annan kille i stället för honom. Brevet han håller i börjar bli fuktigt av regnet och bläcket har börjat smeta. Han stoppar det i bakfickan och börjar sakta klättra upp för den smala järnstegen.

Kapitel 29

Utö, oktober 1941

Efter mycket velande fram och tillbaka har Karin till slut bestämt sig. Hon kan inte längre se sin far slita uppe på värdshuset tolv timmar om dagen sju dagar i veckan och ändå gå back. Det finns ingen annan bättre lösning än att gifta sig med Sune. Men hon har som villkor att Thor ska få hyran halverad redan nu och att giftermålet ska ske först till nästa vår. Och fram till dess tänker hon be till gudarna att ett mirakel kommer att ske som gör att hon slipper gifta sig med Sune.

I går kväll hade hon först berättat för Thor om giftermålet. Han hade så klart mer än välkomnat beskedet och efter det hade de tillsammans gått upp till Vilhelmssons och bett att få prata med både Sune och Harald. Det var en överlycklig Sune och en stolt Harald som på stående fot hade accepterat både förslaget om giftermål och om halveringen av hyran. De hade skakat hand och bjudit in dem på kaffe och konjak för att fira. Harald hade för en gångs skull sett riktigt stolt ut över sin son som hade lyckats få Karin på fall till slut. Den enda som inte var glad var Karin men det visade hon inte utåt. Däremot kände hon en enorm lättnad. Hon visste att Thor skulle ha råd att fortsätta driva värdshuset vidare precis som han önskade. Föga överraskande ville Harald ställa till med en fest redan helgen därpå. Antagligen för att försöka förankra det stundande bröllopet ännu mer så att inga eventuella bakslag eller tillbakataganden skulle kunna ske.

Aldrig kunde väl Karin ha anat vilken stor uppståndelse detta skulle bli. Snart kände hela ön till det nya paret och om bröllopet. Redan två dagar efter tillkännagivandet skickades det inbjudningar till helgens fest. Festen skulle hållas i församlingshemmet och helt bekostas av Harald. Det blir måndag och Karin är uppe på värdshuset och arbetar som vanligt när Astrid kommer förbi. Hon hade förstås vetat om beslutet om Sune redan samma kväll som Karin och Thor var förbi hos Vilhelmssons.

– Karin! Alla pratar om det stundande bröllopet!

– Ja jag vet. Vad är det jag har ställt till med egentligen? säger hon dämpat och sätter sig ner vid ett bord. Hon suckar och ser ut genom fönstret.

– Astrid, gör jag rätt nu? Eller har jag gett mig in på någonting som jag kommer att ångra? Jag älskar ju inte Sune det minsta, men jag älskar min familj och jag gör ju allt för dem. Och tror verkligen Sune att jag älskar honom, eller förstår han anledningen till att jag gifter mig med honom?

– Jag kan inte svara på om du gör rätt eller fel. Men vad du än gör så tycker jag att du gör någonting väldigt fint. Men hur ditt äktenskap med Sune kommer att bli… jag vet inte. Jag tror ärligt talat inte att Sune bryr sig så

250

mycket om du älskar honom eller inte. För honom är du som en stor trofé som han äntligen lyckats vinna, säger Astrid allvarligt.

– "Äktenskap", upprepar Karin.

– Det låter så allvarligt, så definitivt på något sätt. Jag är ju bara sjutton år. Arton när bröllopet sker… Och alla "förpliktelser" som ingår som man och hustru? Jag vill ju inte…

Karin börjar gråta och hon kastar sig i famnen på Astrid.

– Såja lilla gumman. Du har gott om tid att hinna smälta allt. Det är långt kvar till bröllopsdagen. Förresten, har ni kommit fram till ett datum?

Karin skakar på huvudet och torkar bort några tårar.

– Nä men vi ska väl diskutera det på festen på fredag antar jag.

– Du, det där med att brudens far ska stå för bröllopet…? undrar Astrid försynt. Hon känner så klart till den ekonomiska situationen i Karins familj. Karin skakar på huvudet.

– Det har jag förhandlat bort. Det var ett av kraven jag hade på Sune. Bröllopet skulle de stå för. Han sa ja till alla mina krav utan att blinka. Jag sa att jag krävde tio tusen kronor till far till att laga vårt läckande hustak samt en liten "månadslön" till mig själv för att ha råd med lite nya kläder och annat smått och gott som man kan komma att behöva. Han stod bara och nickade till allt jag sa. Jag vet inte om det gick in i huvudet, men jag hoppas det. Astrid, jag måste ha dig som tärna, det går du med på hoppas jag?

– Självklart. Jag nästan förväntade mig det, ler hon.

Lite senare på eftermiddagen sitter Thor djupt försjunken i tankar inne på sitt kontor. I sin hand har han ett whiskyglas. En halvtom flaska står på bordet.

Allt verkar lösa sig till slut. Vi behöver inte oroa oss för ekonomin längre och Karins framtid är säkrad. Men till vilket pris? Den uppoffring hon gör för familjen är enorm och oersättlig. Men kommer detta göra henne olycklig? Hon vill ju inte ha något med Sune att göra, det vet jag ju innerst inne. Är det kanske bättre att låta värdshuset gå i konkurs och försöka be banken om lån till en liten fiskebåt i stället? Men skulle jag ens få ett lån och skulle fiskeverksamheten verkligen vara mer lönsam? Vad är rätt och vad är fel? Vad skulle Olle och Gunnar få för fördelar av allt detta? Är jag en stor skit som har satt Karin i den här situationen eller är jag en person som har säkrat familjens framtid?

Långsamt tar han whiskyflaskan och fyller på sitt glas. Normalt sett dricker han nästan aldrig men denna kväll var ett undantag. Han behövde bara få vara ensam med sina tankar en stund, men när han lite senare beger sig hemåt så har han inte kommit fram till något vettigt svar.

Kapitel 30

Gävle, oktober 1941

Erik tar ett första trevande steg upp på den smala rostiga gamla stegen. Den är gammal och oanvänd men verkar ändå hålla för hans vikt. Han fortsätter uppåt. Steg för steg tar han sig vidare uppåt och när han ser sig om kan han se ända ner till hamnen, men än så länge har han mer än hälften kvar att klättra tills han är framme på taket.

Knutte lämnar Lämmelvägen där han bor och fortsätter ner mot Kvarnparken. Dit brukade han och Erik åka till förr när de var små och tävla med barkbåtar. Kanske Erik hade åkt dit nu? Han svänger av vid Drejargatan och vidare ner mot Strömsborgsvägen. Han ser sig om åt alla håll om han kan se Erik någonstans men gatorna gapar tomma i det dystra vädret. När han kommer fram till Kvarnparken är det inte en människa där. Knutte stannar till ett kort ögonblick för att tänka. Andfådd står han och funderar på vad Erik skulle kunna tänkas vara.

Om han inte är på någon pub och inte är här i parken, var fasen kan han vara då? Det är ganska kallt ute, kan han vara inomhus någonstans? Men hos vem i så fall? Sin kusin Lars och hans fru? Nä knappast. De känner inte varandra så väl.

Och inte heller till Magnus Eskilsson, för han är på beredskapstjänstgöring fortfarande. Fast åker man hem till någon om man är deprimerad? Antagligen inte. Möjligtvis sin bäste vän, men till mig har han inte åkt till. Han vill antagligen vara ifred. Ifred för att tänka eller ifred för att ta sitt liv? Kan det verkligen vara så illa med honom? Visserligen har jag aldrig sett honom så pass nere som han var sist vi träffades. Han till och med snäste av mig och det är inte likt honom. Fan, det är nog bäst att jag får tag på honom illa kvickt. Han måste få veta sanningen om Karins brev!

Knutte cyklar vidare norröver mot industriområdena.

Samtidigt på andra sidan stan har Erik kommit ända upp på taket på Stora Gasklockan. Han halkar till och är nära att tappa balansen på det hala taket. Vinden tar tag i honom stundtals och hans redan dåliga balans får honom att vingla. Han lyfter blicken och har utsikt över hela staden nu. Försiktigt går han fram till kanten och tittar ner. Långt där nere ser han sin cykel ligga slängd i gruset. En vindpust tar tag i honom och han svajar till men håller sig kvar vid kanten. Han tar ett par steg tillbaka och sätter sig ner på huk.

Karin, Karin, Karin. Hur kunde du göra så här mot mig? Vi hade ju bestämt träff! Kunde du inte åtminstone höra av dig innan? Så slapp jag åka hela den långa vägen till Nynäshamn och bli förnedrad mitt framför dig? Eller var det det du ville? Ville du visa för mig att du minsann hade gått vidare? Jag förstår inte! Är det jag som gjort fel på något sätt? Skulle jag ha gjort någonting annat för att få dig att tycka om mig? Men du ska få slippa mig, jag lovar. Du ska aldrig mer behöva ha med

mig att göra, det ska jag se till alldeles strax och ingenting kan
övertala mig om något annat för ingen vet var jag är.

Erik ställer sig sakta upp och går fram till kanten igen.
Han skrattar till.

Nitton år och trött på livet. Jag vet allt vad mor skulle säga om
hon såg mig nu. "Du har hela livet framför dig. Det finns andra
flickor. Du kommer över henne. Ge det bara lite tid." Nä det
finns det inte! Det finns ingen tid som kan läka detta sår! För
ett liv utan den man älskar är inget liv! Ingen kan fatta vad jag
och Karin hade. Den magin mellan oss fanns det ingen annan
som har upplevt någonsin, det vet jag.

Erik tar ett kort steg till. Tårna är nu utanför kanten. Han
sluter ögonen och tänker på kvällen när han och Karin
hade träffats. De sitter vid Svandammsparken. Hennes
vackra bruna hår lyses upp av månskenet som speglar sig
i dammen och han känner en svag doft av hennes parfym.
Han vill att det sista minnet i livet ska vara något positivt.
Innan allting tar slut. Erik ler när han minns tillbaka på
det ögonblicket och han känner nu hur ena foten vippar
över kanten.

Men det är någonting som stör honom. Det är ett ljud
bakom honom och han kommer av sig i sina tankar.

– Erik! Stopp! Vänta lite!

Han vänder sig om och ser att Knutte är på väg upp för
stegen några meter bort från honom.

– Vad i helvete gör du här? Hur hittade du mig?! skriker
Erik. Knutte håller upp ena handen i luften samtidigt som
han försöker säga något men är för andfådd av både allt

cyklande och klättrande. Han skakar på huvudet för att försöka stoppa sin vän.

– Det är inte Karin som har skrivit brevet! skriker han och tar de sista stegen upp till taket. Erik ser frågande ut och stirrar på honom.

– Vad är det du pratar om? Du har ju själv läst brevet!

– Lugna ner dig nu för fan! Ja, jag har läst brevet men det är förfalskat. Det är Sune som har skrivit det. Sune Vilhelmssons hushållerska ringde hem till oss idag. Hon grät i telefonen när far svarade. Hon sa något om att brevet till dig från Karin är en bluff.

– Va?! Hur kan hon veta det?

– Jag vet inte mer än så, Erik. Men var snäll och gå bort från kanten så vi får prata lite.

Erik står stilla några sekunder och försöker smälta vad Knutte nyss sagt. Han tar ett steg in från kanten och ser på Knutte.

– Men du har ju själv sett brevet från Karin och det är ju hennes stil!

– Är du säker på det?

Erik ser fundersam ut.

– Ja? säger han med viss osäkerhet och tar upp brevet ur fickan. Sakta går han mot mitten av taket och ser på Knutte. Regnet och blåsten tilltar men de båda grabbarna tycks inte göra någon notis om det.

– Om vi leker med tanken att tanten har rätt. Är det inte ändå lite logiskt? Du vet ju likaväl som jag att den där Sune var svartsjuk på ert förhållande?

Erik nickar sakta.

– Varför i hela friden skulle hon helt plötsligt skriva att hon inte ville träffa dig, ni som hade det så bra enligt dig? Erik ser ut att fundera och han stirrar ner i backen.

– Och den där kyssen du såg utanför hotellet, är du säker på att det var Karin du såg?

– Ja det var Karin! Det är väl klart att jag känner igen henne, svarar Erik surt.

– Okej, okej. Men det kanske är Sune som låg bakom den med på något sätt?

– Fast det var inte Sune hon kysste, det var någon annan, svarar Erik som fortfarande inte är övertygad om det Knutte säger.

– Men om nu den där hushållerskan gör sig besväret att försöka få tag på dig via min familjs telefonnummer, borde det då inte finnas någon sanning i det hon säger? fortsätter Knutte.

– Jo. Man kanske inte ringer bara för skojs skull så där om det inte ligger någon sanning i det hela, mumlar Erik.

– Nä precis! Erik, jag tror att Sune ligger bakom brevet från Karin och vem vet, han kanske har låtsats skriva brev från dig till Karin? Du måste träffa Karin så fort som möjligt och reda ut det här innan det är för sent! Kom nu, nu går vi ner för stegen lugnt och försiktigt så åker vi hem, säger Knutte med lugn röst. Men Erik blir stillastående. Han ser ut att knappt kunna andas och han börjar till slut gråta. Han sträcker ut sina händer mot Knutte likt ett hjälplöst litet barn och kramar om honom hårt.

– Knutte, jag tänkte precis hoppa…

257

– Jag vet det Erik. Men låt oss reda ut allt detta i lugn och ro nu. Jag tror att alltihop är en missuppfattning som måste redas ut. Vi ska gå till botten med det här. Ingenting är kört ännu med Karin.

– Jag vet inte... jag är nog för trasig i själen för att komma på fötter igen.

– Inte då! Men du måste få smälta det jag sagt i lugn och ro och vi ska hem och fråga far vad den där hushållerskan hade sagt. Kanske vi kan ringa upp henne och reda ut saker och ting, tröstar Knutte.

Sakta och säkert klättrar de ner för stegen och börjar gå hemåt i regnet.

Kapitel 31

Utö, oktober 1941

Det är lördag och klockan är snart sex på kvällen. Inne på församlingshemmet står Harald och Sune och väntar förväntansfullt på gästerna som är bjudna till kvällens fest. Karin och hennes småbröder har precis anlänt och på högtidligt vis hälsar hon på Harald och niger. Sune ser spänd ut men ändå glad. Han ger henne en lätt kram och kyss på kinden och slänger ur sig några artighetsfraser. Thor hjälper Esther upp med rullstolen för de två trappstegen. Han är klädd i den enda kavaj han äger men skjortan är åtminstone nytvättad och struken. Han och Harald hälsar som om de vore två bästa kompisar som inte setts på år och dagar. Karin tycker det ser patetiskt ut och hade det inte varit för att Sune hade varit intresserad av henne hade Harald knappt ens hälsat på en så lågt stående man som Thor, det vet hon.

Sune försöker visa sig på sin bästa sida idag och han går fram till Esther för att artigt hälsa på henne. Han böjer sig ner och sträcker fram sin hand och hälsar, men hon tar tag hårt i hans hand och drar honom till sig som om hon ville viska något till honom. Han böjer sig förvånat mot henne.

– Du har INTE min tillåtelse att gifta dig med mitt barnbarn! Nedrans slyngel, jag vet vad sådana som du går för! viskar hon hätskt i hans öra. Han ryggar tillbaka och stirrar förskräckt på henne och sedan åt sidorna för att se om det var någon annan som hörde, men det var det inte. Han sväljer hårt och går därifrån. Gästerna som nyss har kommit med färjan anländer och det blir snabbt glada skratt. När alla gästerna har kommit får Asta order om att dela ut ett varsitt champagneglas till var och en. Karin iakttar henne när hon går där i sin lätt hukade stil.

Stackars hembiträde. Inget leende, bara en tom blick och uttryckslöst ansikte. Hon ser nästan rädd ut. Var det Asta hon hette? Hon har ju sett likadan ut så länge jag kan minnas. Hon och mor brukade ju prata lite ibland. Undra vad Harald betalar henne i lön. Säkert inte mycket alls…

Karin kan inte låta bli att notera hur Asta darrar när hon kommer fram till henne med serveringsbrickan. Hon har god lust att fråga om allt står rätt till, eller om hon är sjuk men väljer att låta bli. Hon tar ett glas och tackar, men Asta verkar inte våga möta hennes blick. Plötsligt klingar någon i glaset och Karin ser sig om nyfiket. Det är Harald som har ställt sig mitt i det stora rummet och bredvid honom står Sune och flinar brett och han börjar som vanligt bli rödmosig om kinderna.

– Kan jag få allas uppmärksamhet? säger Harald med sin skrovliga och högtidliga röst och alla vänder sig nyfiket mot honom.

– Jag får väl börja med att hälsa alla hjärtligt välkomna till den här lilla tillställningen! Som ni alla vet så har vi samlats här idag för att jag ville fira att min son Sune har friat till den förtjusande unga damen Karin Lewin och som ni förstår så har hon svarat JA! flinar Harald nöjsamt och det går ett dovt sorl bland gästerna. Han vinkar till sig Karin att hon ska komma och ställa sig bredvid Sune. Inombords skriker hon av ångest och vill helst av allt bara springa därifrån och tillbaka hem till sitt rum och gömma sig, men i stället går hon med små försynta steg och ställer sig bredvid Sune. Han tar tag i hennes hand och kramar den hårt några gånger och flinar mot henne och hon ler tillbaka fastän hon inte vill.

Varför ljuger Harald för? Det var ju inte så det gick till! Sune friade aldrig till mig, det var ju jag som mer eller mindre föreslog ett giftermål under vissa förutsättningar. Men det vågar han förstås inte säga här bland alla.

– Jag måste säga att som far till Sune så är jag väldigt stolt över att han har valt öns vackraste flicka och det ska bli en ära att få ha er i vår släkt, säger han och ser stolt ut. Karin tittar ut bland sin blivande släkt och ler tillgjort. Hon känner inte igen ens hälften av dem och inte önskar hon göra det heller.

– Sune, vill du säga några ord? undrar Harald och vänder sig mot Sune. Han sträcker på sig och harklar sig.

– Jag vill börja med att tacka alla i vår stora släkt som har kommit ända ut till oss här på Utö för att fira att jag och Karin ska bli herr och fru Vilhelmsson. Karin och jag har ju känt varandra ända sedan barnsben och jag ska väl erkänna att jag har sneglat på henne under många år. Och nu när vi i princip är vuxna så har det inte burit sig bättre än att vi har fattat tycke för varandra och ganska nyligen sedan så friade jag till Karin och hon sa ja! Vi har ännu inte bestämt något exakt datum för bröllopet men min kära Karin här vill gärna gifta sig på våren, säger Sune och försöker få ögonkontakt med Karin. Hon skulle vilja släppa taget om hans svettiga, tjocka hand och bara söka tröst hos sin mormor just nu men inser mer och mer hur insyltad hon blir i släkten Vilhelmsson för varje minut som går. När hon får ögonkontakt med Esther ser hon sorgsen ut, nästan lite arg och Karin anar varför.

– Karin, skulle du vilja säga några väl valda ord? undrar Harald och ser på henne. Hon fryser plötsligt till is och var inte alls beredd på detta. Det blir helt tyst i rummet och alla väntar på ett tal från henne. Hon ser oroligt på Thor som också ser spänd ut. En känsla av panik sköljer genom hennes kropp och munnen blir alldeles torr och hon harklar sig.

Någon öppnar plötsligt ytterdörren längst bak i rummet och tystnaden bryts. Några vänder sig nyfiket om för att se vem det är. Borta vid dörren står Erik. Harald sträcker på sig och sätter på sig sina glasögon för att se vem det är. Det är en försynt Erik som snabbt tränger sig igenom den lilla folkmassan och går rakt fram till Karin.

– Karin, jag tror att det har skett ett missförstånd. Jag har fått ett brev från dig, men jag tror inte det är du som har skrivit det. Jag tror det är han där som har skrivit ett brev i ditt namn! säger Erik och pekar på Sune. Ett sus går genom gästerna och Sune blir pionröd i ansiktet.

– Vad gör du här? Du är inte välkommen hit till vår fest! Försvinn härifrån! Det här är min och Karins fest! skriker Sune och pekar mot ytterdörren. Karin sliter bort sin hand från Sune. Hon stirrar på Erik men får inte fram några ord. Erik tar snabbt fram brevet ur fickan och börjar läsa det högt så att alla hör.

"Erik, det är med tungt hjärta jag skriver detta brev. Mina tårar rinner medan jag skriver och jag vet knappt hur jag ska formulera mig. Jag har tänkt mycket på vår framtid den sista tiden och jag har svårt att se att vi skulle kunna få det bra tillsammans. Du har din familj i Gävle och jag har min här på Utö. Jag har tänkt och tänkt och jag känner att det är här på Utö som jag hör hemma och jag tror att vi är för olika Du och jag".

– Kan någon slänga ut den här gossen?! Han är inte bjuden och jag vet inte vem det är! grymtar Harald högt och ser vansinnig ut. Folk börjar tissla och tassla men Esther sitter i sin rullstol och ler. Lite längre bort i skymundan står Asta och nu ler till och med hon, men hon håller handen för munnen för att det inte ska synas. Trots Haralds högljudda befallningar om att Erik ska lämna, fortsätter han att läsa upp brevet.

"…Allting har sin tid och jag känner att vår tid är förbi. Detta blir mitt sista brev till Dig. Jag vill att du tar väl hand om Dig i framtiden och jag hoppas att Du åter finner kärleken i en flicka från Gävle. Hälsningar Karin"

– Är detta dina sanna ord Karin, så ska jag gå härifrån nu med detsamma och du ska aldrig mer behöva se mig!

utbrister Erik högt i lokalen. Karin brister ut i gråt och tar sig för munnen medan hon skakar på huvudet.

– Nej Erik! Jag har aldrig skickat ett sådant brev till dig, jag lovar! snyftar hon.

– Vad är det frågan om här egentligen? ryter Thor som inte förstår någonting av vad som händer. Erik vänder sig mot Thor.

– Herr Lewin, jag har all anledning att tro att Sune har skickat brev i din dotters namn till mig, för att förstöra hennes och mitt förhållande. Jag misstänker också att han har mutat en kille att kyssa Karin mot hennes vilja samma kväll som hon och jag skulle träffas. Erkänn, Sune! Är det inte så det ligger till?! ryter Erik men Sune svarar inte och börjar i stället backa med långsamma steg. Han kliar sig nervöst i pannan men svarar fortfarande inte på Eriks fråga. Harald är nu rasande, men inte på Sune.

– Ut härifrån din slyngel! Du ska inte komma här och förstöra den här tillställningen! skriker Harald som börjar gå hotfulla steg mot Erik.

Thor som i normala fall brukar kunna behålla lugnet blir nu fly förbannad och går med bestämda steg fram till Sune.

– Sune! Vad i helvete har du gjort?! Vad är det du har ställt till med? Har du skickat i väg brev i min dotters namn? skriker han och tar tag om grabbens skjorta.

– Jag… jag har ju sett till så att din lokalhyra är justerad och säkrat din dotters framtid och det borde du vara jäkligt nöjd med! vräker Sune ur sig. Erik har kommit fram och ställt sig bredvid Thor.

– Fast det där stämmer ju inte heller, Sune.

– Vad då inte stämmer? Det har jag ju visst. När Karin och jag är gifta kommer hon aldrig mer behöva titta på prislappen när hon handlar något. Aldrig mer behöver hon oroa sig över pengar så länge hon är gift med mig! ryter Sune. Men Erik står fortfarande lugn bredvid Thor och ser självsäker ut och lägger armarna i kors.

– Hur var det egentligen, det där med halvering av hyran, Sune. Är du helt sanningsenlig nu? Menar du att herr Lewins hyra kommer halveras?

– Öh, ja? säger Sune och sneglar på sin far.

– Är det verkligen så det ligger till, Sune? frågar Erik och pressar honom. Sorlet från gästerna har tystnat och alla är nyfiken på Sunes förklaring.

– Alltså det där med hyran och värdshuset… jag hade tänkt komma till det, Karin. Men…

– Men vaddå? ryter Harald som inte förstår någonting. Sune försöker backa lite till men går in i en stol som står bakom honom och han snubblar till. Några fnissar åt honom, men inte Erik och inte heller Harald och Thor som nyfiket väntar på ett svar.

– Eftersom inte Sune vågar svara på frågan så svarar jag åt honom, säger Erik och vänder sig om till de andra. Han byter snabbt ett par blickar med Karin.

– Värdshuset ägs inte längre av vare sig Sune eller Harald. Vad Sune inte vågar berätta för er är att han för två dagar sedan sålde värdshuset till en man i Gävle vid namn Joakim Håkansson, det vill säga min bäste väns far. Men herr Håkansson är inte ett dugg intresserad av att äga ett värdshus på Utö, men det är däremot jag. Herr Håkansson kommer att sälja värdshuset till mig så snart jag är tillbaka i Gävle och kan skriva under lite papper, säger Erik och sneglar på Thor. Ännu ett sorl går genom gästerna. Harald suger tag i Sunes skjorta och trycker upp honom mot väggen så det dunsar.

– Vad i helvete är det jag hör?! Har du sålt värdshuset, pojk?!

– Jag… jag fick ett bud jag inte kunde tacka nej till. Och… och jag tänkte att det kanske skulle ordna sig med Thor och Karin ändå. Karin hade ju redan sagt ja till att gifta sig med mig, stammar han lågt.

– Ditt förbannade dumhuvud! Hur fan kan du vara så in i helvete korkad att du säljer värdshuset utan att fråga mig?!

– Men jag stod ju som ägare. Du skrev ju över det på mig, snyftar Sune.

Mitt i allt tumult vänder sig Erik till Karin och fattar hennes händer.

– Karin, jag förstår om du är förvirrad över allting just nu men det är jag också. Jag vet inte vad som händer nu och jag vet inte om du fortfarande vill ha mig efter allt som hänt. Jag fick höra tills för alldeles nyligen sedan om Sunes förfalskade brev, och allt det här med värdshuset har skett väldigt snabbt. Kanske lite väl snabbt men jag gjorde en chansning.

– Åh Erik! Du anar inte vad jag har saknat dig och jag förstår nog inte riktigt vad som händer just nu. Men så mycket förstår jag att du och jag har blivit grundlurade av Sune.

– Ja det har vi. Vi har mycket att tala om och vi har många frågetecken som vi måste reda ut. Men vad säger din far om det här tror du? undrar Erik oroligt.

– Jag vet inte riktigt. Men jag tror att han är lika förvirrad som alla andra, säger hon och sneglar bort mot Thor.

– Låt oss gå hem till mig och tala vidare, jag vill inte vara kvar en enda minut här med den här hemska släkten Vilhelmsson och jag vill inte se vare sig Harald eller Sune något mer, någonsin! säger Karin.

De hinner knappt komma ut från dörren innan Karin slänger sig om halsen och kysser Erik. Både långt och passionerat när de tror att ingen ser på. Men i fönstret på gaveln av församlingsgården står Asta och ser på dem. Hon ler stort och brett för första gången på väldigt länge. Inne i församlingshemmet sker livliga diskussioner mellan Thor och Harald men varken Karin eller Erik orkar bry sig just nu. Under tiden rycker Sune åt sig sin rock och smiter ut bakvägen. Någon ser honom springa upp i skogen och försvinna in i mörkret.

Kapitel 32

Utö, oktober 1941

Det hinner inte bli så mycket förklaringar på väg ner till familjen Lewins hus, mest en massa kramar. De kommer in, tar av sig och kramas lite till och strax därpå kommer Thor in. Erik reser på sig.

– Herr Lewin. Det är verkligen inte min avsikt att vända upp och ner på alltihop, tro mig. Men jag fick ett brev för några månader sedan som jag trodde kom från Karin, alltså det brevet jag läste upp innan. Jag har mått så fruktansvärt dåligt efter det, för jag älskar er dotter så otroligt mycket. Men efter ett telefonsamtal nyligen fick jag veta att det inte alls var Karin som skrivit brevet och då började jag förstå att det var Sune som låg bakom både det ena och det andra. Jag är hemskt ledsen över att braka in på er fest så där men jag tyckte att alla behövde veta sanningen. Och inte visste jag heller om jag kom för sent, om Karin redan hade gift sig. Men jag chansade och åkte hit så fort jag bara kunde, fortsätter Erik och ser på Thor med vädjande min.

– Och dessutom jag känner till er situation med värdshuset.

– Vad vet du om min situation? Förstår du vad du har ställt till med egentligen? frågar Thor sammanbitet men med lugn röst. Karin hör hans frustration i rösten och hon är rädd att han ska slänga ut Erik ur huset innan han har fått förklara sig.

– Snälla far, du kan väl lyssna på honom? vädjar Karin.

– Ja jag ska lyssna på honom för jag förstod inte det där med värdshuset. Förklara gärna för mig en gång till.

– Thor, nu ger du pojken en ärlig chans att få förklara sig, säger Esther från rullstolen.

– Karin har förklarat för mig sedan tidigare att ni får betala ockerhyra för värdshuset som Harald äger och att stället går dåligt. Min vän Knutte kom på en idé som jag nappade på. Hans far är kamrer och han har hjälpt mig med det jag nu kommer att säga.

– Nå, låt höra, säger Thor otåligt och blänger på Erik. Just nu ser han bara Erik som en pojkvasker som har förstört framtiden för hela hans familj.

– Knutte kom på ett sätt att försöka lura av värdshuset av Vilhelmssons. Herr Håkansson, alltså min väns far, ringde ett samtal till Harald och lät intresserad av att köpa värdshuset, men fick snabbt veta att det är överskrivet till Sune. Senare samma dag ringde herr Håkansson igen och önskade tala med Sune och frågade samma sak. Och Sune blev erbjuden en till synes hög summa pengar för värdshuset. En summa som han inte kunde tacka nej till, trots att han hade lovat halvera hyran för er. Tydligen efter ett ultimatum av Karin för att de skulle gifta sig.

Det blir tyst ett tag och Thor ser ut att tänka så det knakar.

– Det är två saker jag inte får ihop. Hur har du fått reda på om min hyra till Vilhelmssons och varför låter du som om att du tycker det är en bra idé att denne Håkansson har köpt värdshuset? undrar Thor och blänger på Erik.

– Karin har nämnt någon gång för mig att ni hyr värdshuset av Harald och att han ständigt höjer hyran. Damen som ringde Knuttes far och berättade om det falska brevet var Vilhelmssons hembiträde. Asta tror jag visst hon hette. Vi ringde upp henne lite senare och hon lättade sitt hjärta om både det ena och det andra. Hon bekräftade också hur det låg till med hyran. Och för att svara på er andra fråga så är inte herr Håkansson det minsta intresserad av värdshuset. Jag kommer att köpa det av honom och jag garanterar herr Lewin kommer bli nöjd med den nya hyran, ler Erik. Det blir åter tyst ett tag.

– Ursäkta min nyfikenhet, men har du verkligen råd med att köpa ett helt värdshus? Du är ju fortfarande i ringa ålder och ett värdshus med alla inventarier är inte gratis.

– Som herr Lewin känner till så var jag med om en allvarlig olycka på Gotland i samband med min beredskapstjänstgöring.

– Ja det känner jag till. Fruktansvärt beklagligt naturligtvis men du verkar ha återhämtat dig väl vad jag har förstått. Men vad har din olycka med saken att göra?

– Ja tack det har jag. Men jag fick ett brev hem för ett par veckor sedan från regementet på Gotland. I brevet stod det att de funnit brister i säkerheten i bilen jag körde. Bältet i förarsätet var trasigt. Det hade påvisats sedan tidigare av underbefälen men att inga åtgärder hade vidtagits. Slarv med andra ord. Om bara bältet hade fungerat ordentligt hade det lossnat när Knutte försökte få ur mig ur bilen och då hade jag nog inte ådragit mig vissa av skadorna. Jag hade inte behövt få hjärt- och lungräddning och därmed antagligen inte fått de balans- och minnesstörningar som jag fortfarande lider av. Därför är jag beviljad skadestånd från regementet. Ett ganska rejält skadestånd som är tillräckligt stort för att kunna köpa värdshuset. Jag ska erkänna att jag chansade lite här. Om Karin inte velat ha tillbaka mig så hade jag suttit här med ett värdshus som jag inte behöver. Som tur är kunde Sune inte tacka nej till budet och därmed äger inte Vilhelmssons värdshuset längre. Så om ni vill, herr Lewin så kan ni fortsätta driva värdshuset så länge ni önskar och hyran kan jag lova att ni inte behöver oroa er över. Ingen mer ockerhyra för er del, ler Erik med en nöjd blick.

– Men far, det är ju helt fantastiskt! Jag kan knappt tro det är sant! säger Karin och kramar om honom, men Thor sitter kvar i sin stol och är inte riktigt övertygad än. Sedan böjer han sig fram och stirrar på Erik.

– Erik, det här är sannerligen ingenting man skojar om. Man leker varken med min dotters känslor eller skojar om sådana här stora summor pengar. Är det verkligen sant, allt det du säger? Jag måste få veta, för det du har ställt till med nyss med Vilhelmssons, det går aldrig att reparera.

Erik gräver i innerfickan på sin rock och tar fram ett papper.

– Här kan herr Lewin själv läsa köpekontraktet, säger Erik stolt. Thor läser snabbt igenom allt som står på pappret. Där läser han med egna ögon att värdshusets nya ägare är Joakim Håkansson och säljare är Lars Magnus Sune Vilhelmsson. Han mumlar lite för sig själv och sätter sig sedan ner på stolen och drar en djup suck.

– Det var som självaste fan…

Han ser på Erik, sedan på Karin och sist på Esther som sitter och ler. Hon hör illa men har förstått det mesta ändå.

– O herregud, jag tror knappt detta är sant, säger han och ser ner i bordet.

– Karin, min älskade dotter. Detta kunde ju inte bli bättre och du vet mycket väl vad jag egentligen tycker och tänker om den där jäkla släkten Vilhelmsson. Jag har aldrig tyckt om dem för fem öre. Jag har fått ställa mig in som en jävla smilfink för den där Harald i så många år mot min vilja för att vi i familjen ska kunna överleva… Ni anar inte vilken lättnad det här är! För både mig och för dig, kära Karin. Jag är i fullständig chock! Det här måste vi fira! säger han och reser på sig hastigt. Han går och hämtar några glas och en brännvinsflaska som står i skafferiet.

– Jag har aldrig tyckt om vare sig Harald eller hans lönnfete dryge son Sune, men jag såg detta som enda chansen för oss som familj att överleva och du Karin du var beredd att göra allt detta med bröllopet för din familjs skull. Jag finner inga ord, du har så stort hjärta att jag… att få en sådan fantastisk dotter som du…

Thor börjar darra på läppen och blir tvungen att pausa. Sedan vänder han sig till Erik och ler stort mot honom.

– Du vet ju att jag tycker väldigt bra om dig, Erik, eller hur? Tro mig, jag har aldrig tvivlat på dig som person. Jag vet du att du är en bra grabb. En jävligt bra grabb till och med, och betydligt bättre än Sune på alla sätt och vis. Men när du stövlade in där på församlingshemmet och avbröt allt, då ska jag erkänna att jag verkligen inte var glad. Men allteftersom du förklarade varför du var här så började jag ändra mig.

– Ni har alltid varit snäll mot mig herr Lewin, säger Erik.

– Jag har ju mycket hellre er som svärson än Sune och jag behöver nog inte ens fråga Karin vad hon tycker. Ni två har nog en del saker att reda ut vad jag har förstått men det hinner ni med, ler Thor och ser nöjd ut.

– Ja det hinner vi med. Och kanske bröllop också så småningom, säger Karin och kramar om Erik hårt.

– Visst fan, jag glömde ju. Vi måste skåla! säger Thor och häller upp en snaps åt både Karin, Erik, sig själv och Esther. Han ställer sig upp och ser på dem var och en som sitter i rummet med allvarlig blick.

– Jag är ingen storkonsument av alkohol och den här flaskan har stått här länge. Jag har tänkt att den ska jag smaka av när jag har anledning till att fira något och vad vore en bättre anledning än denna kväll? Skål på er. Och till de där jäkla Vilhelmssons har jag bara en sak att säga: Dra åt helvete med dem hela högen! skrattar Thor och höjer sitt glas i en skål.

Efter en liten stund har stämningen hunnit lugna sig något och alla har fått smälta allt som hände uppe på församlingshemmet för en stund sedan. Erik tar Karins hand.

– Karin, kan vi gå en liten sväng du och jag? Jag känner att vi behöver tala ut.

– Absolut. Far, vi går ut en sväng. Det kan nog ta ett litet tag så sitt inte uppe och vänta.

De klär på sig, går ut och stänger dörren efter sig. Thor häller upp en halv sup till sig själv och en halv till Esther och suckar djupt.

– Ja du, svärmor. Vilken kväll. Tänk att en enda grabb kan röra om i grytan så mycket för så många människor.

– Tänker du på Erik eller Sune?

– Jag tänkte på Erik, men Sune har ju rört om i grytan lika mycket.

– Jag är inte ett dugg förvånad. Jag kände på mig att det skulle hända något denna kväll och jag visste att den där Sune inte är något att ha. Att Erik däremot är en bra grabb har jag aldrig tvivlat på, skrockar Esther i sin stol.

Erik och Karin går längs vägen som leder ner till hamnen. De möter två pojkar som cyklar längs vägen. På en klippa sätter de sig sedan och ser ut över Stora Persholmen. Det är kyligt ute men de har varma kläder på sig. Karin suckar djupt och låter blicken svepa längs stranden. Vågorna kluckar stillsamt in över stenarna.

– Erik, jag hoppas att du förstår att jag aldrig velat gifta mig med Sune. Men jag...

– Du behöver inte förklara Karin, avbryter Erik.

– Tänk vad den där jäveln har ställt till med. Jag trodde ju naturligtvis på att det var du som skrivit brevet till mig.

Du vet, jag såg ju att du kysste den där främmande mannen utanför hotellet den där kvällen. Jag blev ju chockad och helt förstörd! Jag såg hur han tafsade dig på rumpan! Jag borde kanske stannat kvar och konfronterat honom, men det blev bara inte så. Bilden av er två som kysser varandra var som en kniv i bröstet och jag ville bara ta mig därifrån.

– Jag förstår verkligen det, älskade Erik. Men vad du inte såg var smällen jag gav den där killen. Han höll fast i mig hårt och tvingade sig på mig. Men till slut lyckades jag slita mig loss och i ren reflex slog jag honom allt vad jag orkade i ansiktet. Jag blev så himla arg! Man gör bara inte så!

– Verkligen inte. Men via den där hushållerskan har jag fått veta en hel del. Hon berättade för mig att Sune hade muta henne att skriva brevet. Och visst erkände hon att det var hon som skrivit det, men under hot. Vi kan inte anklaga henne för detta. Allihop är Sunes fel. Hon berättade också att hon hade hört ett samtal mellan honom och någon person om att möta dig inne i stan utanför hotellet. Dessutom hade hon hört Sune och Uno prata om brev flera gånger.

– Hur kan en människa vara så fruktansvärt elak som Sune är? suckar Karin.

– Jag tror mycket beror på rädsla. Han är rädd att inte räcka till, att inte duga åt Harald, säger Erik.

– Du har nog rätt. Han har alltid varit rädd för sin far och jag vet att Harald alltid har varit sträng mot honom under alla år. Innerst inne är det kanske synd om Sune, han har inte alltid haft det så lätt. Han har ju vuxit upp utan en närvarande mor. Hon är psykiskt sjuk och bor på ett hem och Harald verkar inte vilja veta av henne. Jag tror han skäms över att ha en fru som är instabil. Men hur jobbigt Sune än har haft det så är det oförlåtligt det han har gjort mot oss, säger Karin argt.

– Ja det är det. Att leka med andras känslor på det viset och inte bry sig om konsekvenserna är inget jag kan förlåta. Karin, jag vet inte om jag vågar berätta för dig om hur nere jag har varit.

– Vad menar du? Jag förstår att du också varit ledsen, men…?

– Jag hade tänkt att ta mitt liv.

– Vad säger du? utbrister Karin förtvivlat.

– Ett liv utan dig hade varit meningslöst för mig. Om man en gång har blivit så upp över öronen förälskad i någon och sedan blir så pass chockad och ledsen som jag blev när jag såg dig med den där killen… Karin, du är det bästa som någonsin har hänt mig och ingenting kan någonsin mäta sig med den känslan. Jag älskar dig och kommer alltid att göra det. Lova mig att ingenting får komma emellan oss igen! säger Erik och ser på Karin med allvarlig min.

– Det lovar jag dig Erik! Det vi har är magiskt, någonting som ingen annan än vi två förstår. Du och jag ska leva lyckliga ihop resten av livet och jag ska aldrig svika dig. Det har du mitt ord på, säger Karin och smeker Erik ömt på kinden, sedan kysser de varandra passionerat.

Kapitel 33

Redan under den senare delen av vintern började allt fler gäster besöka värdshuset. Thor som tidigare inte riktigt varken hade råd eller trodde på reklam i tidningarna vågade nu satsa på annonser om sitt värdshus, vilket gav gott resultat. Både Karin och Erik jobbade på värdshuset och gästerna såg till att hålla dem sysselsatta. Dock hade varken Harald eller Sune av naturliga skäl satt sin fot något mer på värdshuset. Karin hade varit och hälsat på sina blivande svärföräldrar tre gånger sedan hösten och nu var det dags för alla att träffas igen men den här gången på Utö då det nalkades bröllop. Erik och Thor som hade fått en tuff start kom snabbt överens om det mesta och Thor lärde upp honom om allt som hade med ekonomin på värdshuset att göra. Han själv föredrog att hålla till i köket för att göra det han älskar - att laga god mat med fina råvaror.

Klockan är elva på förmiddagen och Erik börjar bli nervös. Han har redan klätt upp sig och går mest och vankar fram och tillbaka på rummet. Gertrud ser att han är nervös försöker lugna ner honom så gott hon kan.

– Sätt dig ner lite en stund. Eller gå ner och ta en kopp kaffe i restaurangen om du behöver lite tidsfördriv. Jag förstår om du är nervös men det behöver du inte vara. Allting är ordnat så du behöver inte oroa dig.

– Lätt för dig att säga, det är inte du som ska gifta dig. Tänk om hon har grubblat på giftermålet under natten och kommit fram till att hon vill vänta med att gifta sig? Eller helt enkelt inte vill gifta sig alls?

– Ha! Struntprat. Klart tösen vill gifta sig med dig, det fullkomligt lyser i ögonen på henne när hon ser på dig, skrattar Gertrud.

– Det är bara det att det har varit så mycket tumult kring Karin och mig ända sedan vi träffades. När kan vi bara få lite lugn och ro? Den där Sune har ju förstört så mycket för oss! Ser jag den jäveln så slår jag ihjäl honom!

– Såja, såja, lugna ner dig nu. Inte ska du vara arg på din bröllopsdag. Tänk inte på den där drummeln, honom har ju ingen sett till på månader. Inte sedan den där kvällen då du kom tillbaka till Utö. Han är ju spårlöst puts väck, det säger ju alla.

– Jo jag vet. Men tänk om han helt plötsligt dyker upp i kyrkan och sabbar för oss igen, säger Erik oroligt.

– Det tror jag knappast. Han har gjort bort sig och vågar aldrig mer visa sig här, var så säker, säger Gertrud med självförtroende i rösten.

– Jag går nog ner och tar en kopp kaffe i alla fall. Kanske Thor behöver hjälp med något.

Karin, som har varit hos Ulla Bolander och fått håret uppsatt kommer hem. Där väntar Astrid som ska hjälpa henne med bröllopsklänningen, sminket och fixa i ordning med det sista.

– Men där är du ju! Vilken tid det tog för dig, du skulle ju vara här för en halvtimme sedan, utbrister Astrid oroligt.

– Ja, jag vet. Förlåt att jag är sen. Det… drog ut lite på tiden. Men nu är jag här, säger Karin och tittar på klockan.

– Jag halkade i gruset, det är därför jag är smutsig.

– Ja jag ser det. Vilken tur att du inte hade på dig klänningen då. Sätt dig ner lite på stolen, jag måste fixa till ditt smink lite, det har smetat sig, säger Astrid stressat. Hon böjer sig fram och ser allvarligt på sin vän.

– Du ser verkligen nervös ut. Som ett nervvrak! Du börjar väl inte ångra dig?

– Absolut inte! Men vem skulle inte vara nervös en sådan här dag?

– Det kommer gå bra ska du se, säger Astrid och kramar om henne.

En stund senare är det dags att åka. En häst och vagn hämtar upp först Karin och sedan Erik som väntar borta vid värdshuset. Sedan åker de bort till kyrkan. Vädret är en aning kyligt men stundtals tittar solen fram.

Det är ett nervöst men lyckligt par som en stund senare säger ja till varandra inne i kyrkan. Många tal och glädjetårar senare är festen i full gång uppe på värdshuset. Thor som insisterade på att få göra all maten själv, serverade sina gäster mat på högsta nivå. Det blir bröllopsvals, glada skratt och långa tal från olika släktingar. Stundtals blir det känslomässigt när Erik själv håller ett vackert tal där han bedyrar sin kärlek till Karin.

Han nämner sin tid på sjukhuset och att det var tankarna på Karin som fick honom att stå ut där på Gotland, han nämner att trots alla motgångar de båda har haft så övervinner kärleken allt.

Lite senare under festen går Erik fram och viskar i Karins öra.

– Kom älskling! Vi smiter i väg du och jag en stund. Låt de andra festa och dricka!

Hon tar hans hand och de smiter i väg ner till stranden. Karin tror knappt sina ögon när hon ser en stor filt utbredd i sanden och på den står en korg med två glas och en champagneflaska.

– Jag tänkte att jag skulle överraska dig lite, säger Erik och ser lurig ut.

– Åh, Erik! Det var det mest romantiska jag någonsin varit med om! utbrister Karin.

– Jag tog med en extra filt också, för jag vet att du är frusen av dig. Men vi behöver ju inte stanna så länge om du inte vill. De andra kanske efterlyser oss om vi blir borta för länge, ler han.

– Vet du vad Erik? Jag blir mer och mer övertygad om att jag har precis gift mig med den mest perfekte mannen i hela Sverige! säger hon och kysser honom. De kommer precis lagom till solnedgången och Karin tar av sig de ömmande klackskorna och går barfota i sanden bort till filten. De sätter sig ner och Erik sveper en filt om hennes bara axlar. Han drar en djup suck och ser på sin fru.

– Tänk att du äntligen är min på riktigt. Det är nu jag mår som allra bäst, att bara få sitta helt själv med dig vid min sida och njuta av en vacker solnedgång. Kan det bli bättre?

– Nä, jag tror inte det kan bli bättre. Tänk om livet alltid kunde vara så här? Tänk att vi är gifta nu. Herr och fru Wall… Det har inte direkt varit en enkel resa hit. Men vad händer nu? undrar Karin.

– Jag vet inte, men vi får ta en dag i taget. Jag är ju ägare till ett värdshus nu och det innebär ju en del skyldigheter antar jag. Men hittills har det ju gått bra tycker jag. Det funkar fint att arbeta ihop med din far. Det känns som att allting verkligen har ordnat sig till slut.

– Ja verkligen. Vår framtid ser ljus ut.

– Ja det gör den. Har vi klarat av allt elände hittills så ska vi väl kunna klara av lite till om det skulle dyka upp något? undrar Erik och sneglar på Karin.

– Ja, om vi bara håller ihop så klarar vi av det mesta, ska du se. Det är du och jag mot världen nu, säger Erik och ser ut över den vackra solnedgången.

Man brukar säga att hemligheter brukar oftast förr eller senare avslöjas, att det bara är en tidsfråga. Men vissa hemligheter bör aldrig någonsin avslöjas. För vem vet om det kan skada mer än det gör nytta när den avslöjas? En hemlighet kan vara något man viskar till en klasskamrat. En person man är kär i. Eller så kan en hemlighet vara att man backar in i en bil och smiter från platsen och inte berättar för sin partner. Kan det vara så att det man en gång höll hemligt inte är så farligt längre, om man berättade efter ett tag? Men vissa hemligheter blir bara tyngre och tyngre att behålla för sig själv för varje år som går. Kanske man till sist behöver lätta sitt hjärta för att orka stå ut?
Karin bar på sin hemlighet i över sjuttio år.

Kapitel 34

Utö, samma dag som Erik och Karin gifter sig, 15 maj 1942

Ingen har sett till Sune på flera månader. Inte ens Harald och han börjar tvivla på att hans son fortfarande är i livet. Trots stora sökinsatser med både frivilliga och polis har inga lyckats hitta honom. Han har varit spårlöst borta ända sedan kvällen då hans bluff avslöjades. För ett par månader sedan ryktades det om att någon hade sett en okänd person smyga omkring på södra delen av ön. Däremot hade flertalet inbrott rapporterats under hela vintern. Inbrott hade annars invånarna på Utö varit förskonade med hittills. Man uppmanades att låsa alla dörrar om kvällarna och vara extra uppmärksamma och aldrig gå själv ute om kvällarna.

Klockan är tio på förmiddagen och Karin lämnar Ulla Bolanders hus som inte ligger långt ifrån Käringnäset på östra sidan av ön. Hon har hjälpt Karin med att sätta upp håret i en vacker bröllopsfrisyr.

– Gå försiktigt hem nu så ska du se att frisyren håller sig. Jag kommer sedan till kyrkan och är det så att någon lock har trillat ner så hjälper jag dig med det då, jag tar med mig lite nålar i fickan, säger Ulla med ett stort leende.

– Tack snälla Ulla! Ni är verkligen otrolig på att göra bröllopsfrisyrer! Det här blir jättebra!

Glad som en lärka går Karin hemåt för att försöka få i sig lite sen frukost. Hon borde ha ätit lite tidigare på morgonen men nervositeten hade tagit bort all matlust. Medan hon går längs stigen tänker hon igenom om allting är klart inför bröllopet.

Far vet vad han ska ha på sig, likaså Erik. Olle och Gunnars kläder är strukna och ligger på stolen hemma. Bäst att de tar på sig kläderna så nära inpå bröllopet som möjligt, annars lär de väl smutsa ner sig. Astrid träffar jag om en stund så hjälper hon mig med klänningen och sminket. Det blir ju perfekt. Synd bara att jag inte slapp undan Ewald Johannesson som vigselförrättare. Det borde ju vara sista året han viger folk, han är ju så skröplig att han knappt kan gå. Och inte hör han vad man säger heller. Att det ska vara så svårt att få tag på en annan präst... Hoppas att Erik blir klar i tid nu bara. Och att han har vattenkammat håret ordentligt. Men det håller väl hans mor koll på. Om två timmar är det äntligen dags! Då blir vi man och hustru. En ny epok i livet börjar. Vad konstigt det känns ändå, att jag snart blir fru Wall. Jag är ju ändå fortfarande bara tonåring.

Ett par hundra meter in på den öde stigen stannar Karin plötsligt till strax innan en övergiven gammal stuga. Bara några meter framför henne står Sune. Hans kläder är smutsiga och håret är både vildvuxet och rufsigt.

– Sune! Var har du varit någonstans? Och som du ser ut! Alla har ju letat efter dig! säger Karin förfärat och ser på honom. Men Sune svarar inte. I stället blänger han bara på henne med en iskall blick. Sakta synar han henne uppifrån och ner och Karin känner sig riktigt obekväm. Ögonen är otäckt uppspärrade och han ser rentav farlig ut.

– Du fattar inte vad du har gjort. Du har förnedrat både mig och min familj! Jag kan inte se någon i ögonen här på ön utan att skämmas. Jag kommer aldrig kunna visa mig för folk igen, fattar du det?! Folk skrattar åt mig och det är den där jävla Eriks fel. Och ditt fel. Du tror väl inte att jag kommer glömma ditt svek mot mig i första taget?! skriker han så att saliven skvätter.

– Hur kan det vara vårt fel när det är du som har betett dig som en idiot?! Hur fan hade du mage att förfalska brev från mig? Och dessutom sälja värdshuset? Du hade lovat dyrt och heligt att du skulle halvera hyran om vi gifte oss men i stället går du och säljer det! Hur hade du tänkt att förklara det för mig och far när det hade uppdagats?

Sune ser ut att lugna ner sig. Han tittar ner i backen och muttrar.

– För att… jag ville visa far att jag också kan göra husaffärer, precis som honom. Och jag tänkte att det på något sätt skulle lösa sig ändå. Jag ville göra honom stolt. Jag var kanske inte så klartänkt då. Jag hade ju bara ett mål och det var att vi skulle gifta oss och inget annat gällde. Inget annat… Jag hade ju lovat far att jag skulle gå den svåra vägen…

– Vet du vad Sune? Jag är jäkligt glad över att allting uppdagades till slut och att inte vi är gifta! Fy fan för dig och det du har orsakat Erik och mig! skriker Karin och börjar gå vidare. Men Sune ställer sig i vägen för henne. Långsamt tar han fram en stor kniv och håller den mot Karin. Hon stannar till och blir stel av skräck. I panik ser hon sig om efter en flyktväg. Men Sune bara skakar på huvudet. Det är ingen idé, jag kommer att hinna i kapp dig, det vet du. Dessutom är du för långt inne i skogen för att någon skulle höra dig om du skriker, säger han lugnt och flinar.

– Gör inte saken värre nu! Gör ingenting du kommer ångra, Sune! Var snäll och lägg ifrån dig kniven, jag lovar att inte försöka springa i väg, säger Karin och skakar på rösten. Sune tar ett par långsamma steg närmare. Han ser nu helt lugn ut.

– Far brukar säga att man aldrig får ge sig om det är någonting man vill ha. Man ser till att skaffa det till varje pris. Du var den jag ville ha, Karin.

– Du borde kanske inte lyssna så mycket på din far. Stå upp för dig själv nån gång i stället, det har du aldrig gjort!

– Det är inte så jävla lätt! skriker han med gråten i halsen.

– Du måste gå vidare, Sune. Du måste inse att det aldrig har funnits äkta känslor mellan oss och kommer aldrig att finnas.

– Mina känslor var äkta! De var jävligt äkta, och det vet du om!

– Fast jag har aldrig haft känslor för dig. Jag tror nog att du innerst inne vet det med. Om man ställer olika ultimatum såsom jag gjorde när du friade så borde du begripa att känslorna inte var äkta från min sida. Jag tänkte gifta mig med dig för att rädda vår familj från att gå i konkurs. Du måste släppa mig, fattar du inte det? Sunes ögon tåras och han skakar på huvudet.

– Nej! Aldrig! skriker han och höjer kniven igen.

– Gå in i skjulet! befaller han och pekar på den gamla byggnaden som står några meter bort.

– Är det här du har hållit hus hela tiden? undrar Karin.

– Bry dig inte om det, gå bara in dit och gör som jag säger! skriker han och ser nervös ut.

– Vad tänker du göra? Snälla Sune, gör ingenting dumt nu! ber Karin. Hon skakar av rädsla och tårarna rinner ner för hennes kinder. När de kommer in i det halvt förfallna gamla huset ser hon gamla använda konservburkar och något som liknar en sängplats och hon förstår att det måste vara här som han har hållit sig gömd under flera månader. Plötsligt får Sune en slags vädjande blick och tilltalar henne med desperation i rösten.

– Karin, för helvete… än är det inte för sent. Jag lovar att bli en bra make. Du är ju så jävla fin… snälla, om du bara ger mig en chans att visa vem jag är.

– Jag vet nog vem du är Sune. Du är en rikemansson som inte är någonting annat en än larvig snuskhummer som gillar att smyga på tjejerna i omklädningsrummet i skolan. Du är bara en stor rädd tönt som inte vågar stå upp för dig själv! En stor lögnare som ljuger och förfalskar brev, ett stort svin är du! Vet du vad, sådana som du äcklar mig och jag kommer aldrig att bli intresserad av dig! Om bara ett par timmar ska jag gifta mig med en helt fantastisk kille som både älskar mig och respekterar både mig och min familj! Det måhända att han inte är rik som du, men jag bryr mig inte ett dugg om det. Du är bara en odugling som tror att du är något bara för att du har en rik far, men du är bara en lönnfet, kobent skit som fuskar på proven i skolan och tafsar på oss tjejer så fort du får chansen. Du har kommit undan med dessa saker i alla år bara för att alla vet vem din far är. Det är bara att inse Sune, det är ingen av oss tjejer som gillar dig, så stick hem med dig nu och låt mig vara ifred! skriker Karin så hon blir hes. Hon är så arg att ögonen tåras. Hon borde inte ha tagit i så hårt och hon ångrar sig när hon ser vreden i Sunes blick samt kniven som blänker i hans hand.

Ju mer Karin skriker åt honom ju mer rödmosig blir han i ansiktet och ögonen tåras och han börjar koka inombords.

– Du tilltalar inte mig på det där sättet! Ingen pratar skit om någon i släkten Vilhelmsson, det ska jag fan lära dig!

Sune gräver i fickan och tar upp en servett och trycker brutalt in den i munnen på Karin. Hon vågar inte annat än låta servetten vara kvar i munnen och hon fruktar nu för sitt liv och hon börjar svettas av rädsla. Hon ser på kniven som Sune håller framför sig. Den är lång och spetsig. Sune börjar flåsa kraftigt igen medan han stirrar på henne och han har en hatisk blick.

– Om jag inte får gifta mig med dig så ska jag åtminstone vara den förste som får vara med dig! säger han och börjar hastigt ta av sig sina byxor. När han har tagit av sig dem sliter han tag i Karin och drar ner henne på det hårda, kalla golvet och hon landar med en hård duns.

Han trycker upp kniven mot halsen på Karin och med andra handen sliter han av henne först byxorna och sedan trosorna. Karin vill skrika allt hon orkar men hon varken kan eller vågar. Om hon rör sig det minsta kommer kniven att skära in i halsen på henne, det vet hon. Hon blundar och försöker skrika ändå när Sune tränger in. Hon vet inte hur länge våldtäkten pågår men den känns som en hel evighet. När Sune är klar reser han snabbt på sig och backar och ett par steg. Hans ögon är glansiga och han är andfådd.

– På detta sätt straffar jag dig, Karin Lewin. Varje gång du är tillsammans med Erik så kommer det här påminna dig om att jag var före honom. Det är som far säger - det du vill ha, det ser du till att skaffa dig…

Han drar upp byxorna, knäpper gylfen och ser på Karin med förakt. Karin kryper ihop i fosterställning på golvet och gråter hejdlöst.

– Gråt du bara, din smutsiga hora. Vi kunde ha haft det bra tillsammans här på ön, du och jag. Men den där jävla lycksökaren Erik lyckades övertala dig att han skulle vara bättre än mig. Ha! En fattiglapp, en sprätt från Gävle! Vad har han att erbjuda dig egentligen? Jag kunde ha gjort dig både förmögen och lycklig.

– Du och din familjs pengar skulle aldrig kunna göra mig lycklig! Allt handlar inte bara om pengar! snyftar Karin som sitter hopkrupen och skakar på golvet. Hon är chockad och kan knappt röra sig. Sune böjer sig ner mot henne och hytter med kniven precis vid hennes ögon.

– Om du nämner detta för någon så kommer jag döda både dig och dina småbröder! Jag har full koll på dem ska du veta. Jag och far kan få er att försvinna hur lätt som helst, vi tar båten och dumpar både dig och dina bröder långt ute till havs när det är mörkt ute. Ingen kommer någonsin hitta liken efter er, bara så du vet!

Sune skyndar sig ut från huset och försvinner in i skogen. Karin sitter kvar en lång stund och gråter, hur länge vet hon inte. Till slut tar hon sig samman och reser sig upp. På skakiga ben går hon ut från stugan och ser efter om Sune är utanför men hon ser honom ingenstans.

Gråtandes går hon i väg och haltar tillbaka på stigen hon kom ifrån, men hon tar en omväg förbi Ulla och fortsätter ner till stranden.

Ingen får se mig så här, ingen ska få se mig i det här skicket! Åh, snälle gode Gud, hjälp mig! Aj!

Karin famlar bland de hala klipporna tills hon står upp till knäna i vatten. Det värker i underlivet och hennes trosor är blodiga. Hon ser sig om för att försäkra sig om att ingen ser henne, sedan försöker hon tvätta sig ren från allt som har med Sune att göra. Trosorna blir nästan helt fria från blod men hur mycket hon än vrider på dem så är de fortfarande fuktiga och kalla. Hon stoppar dem i fickan och går tillbaka till klippan för att tänka.

Kära älskade mor, jag behöver dig nu, mer än någonsin! Snälla mor, vad ska jag ta mig till? Du brukade alltid säga att det alltid finns alternativ för alla händelser. Nu då? Vad ska jag ta mig till nu? Jag ska ju gifta mig om bara ett par timmar.

Karin fryser så hon skakar. Det iskalla havsvattnet har gjort att fötterna har domnat.

Vad i hela friden ska jag ta mig till? Ska jag avbryta bröllopet nu? Men alla som har kommit hit idag för att närvara blir ju besvikna. Och om jag meddelar att jag vill avbryta, ska jag då tala om att jag blivit våldtagen? Ska jag ta Sune på allvar att han tänker döda både mig och mina bröder om jag nämner våldtäkten? Tänk nu Karin, tänk! Jag måste bestämma mig snart, innan det är för sent. Vad har jag för alternativ? Ullas hus är närmast, dit kan jag gå på bara några minuter och berätta allt. Eller så kan jag försöka ta mig hem igen. Men jag har så ont, skulle jag orka ta mig dit? Ska jag då berätta för Erik vad som hänt? Han skulle antagligen göra allt för att hitta Sune och göra sig olycklig på honom, men det skulle resultera i att han hamnar i fängelse och förstöra både sitt och mitt liv för all framtid. Eller så berättar jag ingenting för någon och låtsas som allt är som vanligt och genomför bröllopet. Kanske jag straffar Sune bäst på det sättet, att ändå gifta mig i dag? Det skulle sticka bra mycket i ögonen på honom för allt framtid. Men det är inte tillräckligt straff. Men jag ska försöka straffa Sune senare på något sätt. För straffas, det ska han. Han ska aldrig få komma undan med det här ostraffat, det ska bli min livsuppgift att få honom lida för det han har gjort mot mig!

Karin bestämmer sig för att försöka ta sig tillbaka hem och låtsas som ingenting har hänt. Hon tänker genomföra bröllopet och hon tänker inte låta någon få märka vad hon har varit med om. För ingenting ska kunna hindra henne från att gifta sig med Erik idag.

Med stor möda tar hon sig upp från stranden och tillbaka in på stigen. Hon torkar sina tårar och försöker rätta till frisyren så gott det går. Om någon anmärker att kläderna är blöta och smutsiga tänker hon bara säga att hon ramlade på vägen. Som tur var är hon inte klädd i bröllopsklänningen när hon mötte Sune. Hon tittar på sitt lilla armbandsur hon bär på armen och ser att hon inte är mer än en dryg halvtimme försenad. Hon kommer att kunna hinna fram i god tid innan det är dags att bege sig till kyrkan.

Kapitel 35

Luften är kylig och klar denna förmiddag. Den hårda vinden utifrån havet tycks nå Karin ända in i ryggmärgen. Hon drar upp dragkedjan så långt det går och önskar att hon hade satt på sig en tröja till. Hon borde veta bättre vid det här laget - det är alltid kallare ute på sjön. Färjan lägger an vid bryggan och hon går mödosamt i land med långsamma steg. Rullstolen är tung att dra framför sig, men det går om hon bara tar det lugnt. Så mycket som Erik har gjort för henne under alla år så är detta ingenting i jämförelse. Hon ser sig omkring. Mycket är sig likt sedan hon var här sist men mycket är också förändrat. Det var femtiofem år sedan hon satte sin fot här på Utö senast. Mödosamt fortsätter hon skjuta rullstolen vidare upp på ön. Den gamla lanthandeln som hon sprang i jämt som barn finns inte längre. I stället står där ett modernt hus med lekstuga och carport på tomten. Bryggorna är såklart på samma ställe men hon gissar att brädorna är utbytta både en och två gånger sedan hon var här sist. Värdshuset ligger en bit bort men vägen dit är plan och hon har ingen brådska. När de kommer fram stannar hon till och ser på den gamla byggnaden. Mängder av gamla minnen bubblar fram och hon ler lite. Stentrappan framför ingången är kvar. Det var där som hon och Astrid brukade sitta och äta glass när de var små och det var där som hon och Erik brukade sätta sig sent på kvällarna när arbetspasset var över. Han brukade alltid ta med sig en filt ut och lägga runt hennes rygg för han visste att hon var frusen av sig. Sedan satt de där och pratade och tittade på solnedgången ända tills det blev mörkt.

På sidan av trappan finns en handikappanpassad gångbro upp till ingången. Hon puttar upp rullstolen och går in på värdshuset. När hon kommer upp, stannar hon till och pustar en stund. Hela entrén är omgjord och hon känner knappt igen sig. Alla mörka trädetaljer på väggarna är borta och i stället är allt ljust och fräscht. Karin rullar in rullstolen i restaurangen och sätter sig vid ett fönsterbord med utsikt över vattnet. En ung man kommer in för att ta upp beställningen och hon beställer två koppar kaffe och två mandelbiskvier, för det vet hon att Erik tycker om. Karin ser på Erik och tycker det ser ut som om han har en bra dag idag. Först hade hon tvekat till att besöka värdshuset men nyfikenheten hade tagit överhand.

– Erik, vet du vem jag är? Känner du igen mig i dag? undrar hon och ser på sin man. Det dröjer några sekunder och sedan tittar han upp på henne.

– Min fru?

– Ja, älskling, jag är din fru. Vet du var vi är någonstans?

Han ser sig omkring inne i restaurangen länge och väl, sedan tittar han ut genom fönstret och vidare ner åt havet. Plötsligt blixtrar det till i ögonen på honom och han ser arg ut.

– Säg för fan inte att vi är på Gotland! fräser han och gör en grimas.

– Haha! Nädå, jag lovar.

– Det var bra. Jag vet inte vad, men det är nånting med Gotland jag inte tycker om, muttrar han och tar en tugga på kakan.

– Vi är på Utö. Minns du Utö?

Erik funderar en lång stund.

– Näe…

– Jag är född och uppvuxen här på ön. Du och jag ägde och drev värdshuset här några år för länge sedan. Det var långt innan vi flyttade till Gävle. Vi bor i Gävle nu, men vi är här och hälsar på bara, påminner Karin.

– Jaså jaha, svarar han utan att verka bry sig. Med darrande händer lyfter han sin kaffekopp och smakar.

Karin sträcker sig över bordet och håller Eriks händer ömt. Osäker på om han förstår vem hon är, börjar hon ändå tala till honom.

– Älskade Erik, det var här på Utö som jag förstod att du var den jag ville tillbringa resten av mitt liv med. Det var även här som du friade till mig en gång för så många år sedan. Men det kommer du inte ihåg längre, min vän. Men jag minns det fortfarande även om det var länge sedan nu. Jag minns så väl när du gick ner på knä framför mig borta vid vårt favoritställe nere vid Ryssnäset. Det fanns inget uns av tvivel i din blick när du sa de magiska orden, och jag tvivlade inte heller när jag sa "ja".

Erik ser ut att lyssna på vad hon säger och han ler lite emellanåt, men Karin är osäker på om han förstår. Hon ser sig om i den nästintill folktomma restaurangen och minns tillbaka på gamla tider.

Tänk så många timmar jag tillbringat här inne och torkat bord och tagit upp beställningar. Så många fina minnen härifrån. Men också några fruktansvärda. Det går inte en dag utan att jag tänker på den där hemska händelsen för så många år sedan. Så många blandade känslor på en och samma dag. Dagen då vi gifte oss, käre make. Den var dels en av de finaste i mitt liv men också en av de absolut värsta. Att som 18-åring bli brutalt våldtagen ska ingen kvinna någonsin behöva vara med om. Men tio års samtalsterapi har hjälpt mig ganska bra. Hemligheten jag burit på i alla år är det bäst att du aldrig får veta, min vän. Om jag skulle berätta nu så är det inte säkert att du skulle förstå. Hur ska jag kunna se dig i ögonen och berätta att jag blev våldtagen samma dag som ...... du och jag skulle gifta oss. Jag bet ihop och försökte hålla minen så gott det gick den dagen. Gud, vad jag fick bita ihop. För jag hade bestämt mig - ingenting skulle förstöra vår dag. Du anade nog aldrig någonting men bröllopsnatten blev en mardröm för mig. Men du var så fin och försiktig, och vi var ju oerfarna båda två.

Men det är inte den enda hemligheten jag har undanhållit för dig, tyvärr. I alla år har jag undrat vem som är far till vår son och jag är fortfarande inte helt säker. Är det du eller är det Sune? Jag vet inte men tyvärr tror jag det är Sune som är far till vår son. Men spelar det verkligen någon roll nu? Du har ju

älskat honom som din egen och har aldrig tvivlat att han är din,
såvitt jag vet. Och Håkan vet inget annat än att du är hans far.
Varför säga någonting nu efter alla år? Nä, vissa saker är bäst
att ha osagt för alltid. För allas skull. Men du ska veta att
familjen Vilhelmsson kom inte undan ostraffat. Sune hittades
till slut av polisen via ett anonymt tips från mig. Men inte vid
stugan där han våldtog mig utan i djupt inne i en av
gruvgångarna, på samma ställe där vi ofta lekte som barn. Han
var smutsig och mager, nästan oigenkännlig. De sa att han var
förvirrad och pratade med sig själv, mumlade om att han hade
misslyckats och inte duger, om och om igen. Är det inte ironiskt
ändå - Sune hamnade till slut på samma psykavdelning som sin
mor. Och stackars hushållerskan Asta, som hittade Harald
hängd i trappan samma år som Sune sattes på psyket. Han
klarade väl inte av förnedringen som hans son ställde till med,
antar jag... Somliga säger att man alltid måste förlåta, men jag
kan inte.

När de är klara tar hon Eriks rullstol och rullar ut igen.
Omsorgsfullt drar hon upp hans dragkedja och lägger
filten tätt intill om hans hals. Men än är hon inte riktigt
klar med Utö. Hon tänker gå ner till kyrkogården och
lägga några blommor på mormor Esthers och
föräldrarnas gravar innan hon kan känna sig nöjd.

Karin böjer sig fram och kysser Erik i pannan. Hon sätter
sig på huk bredvid och lägger sin arm om honom. Hon
ser ut över Utö och vidare bort över havet. Solen håller på
att gå ner långt borta över fastlandet.

– Tänk vilket liv vi ändå har fått tillsammans, du och jag.
Jag fick min stilige soldat och du fick din ö-prinsessa och

aldrig någonsin har jag ångrat att det blev vi. Du har alltid älskat mig mer än jag förtjänat och du har alltid behandlat mig med respekt och värme. Tänk om alla kvinnor fick lika mycket kärlek som jag har fått av dig. Vi har känt varandra i mer än sjuttio år och ändå känner jag att jag inte hunnit säga allt jag vill. Men vad jag än säger nu till dig spelar ingen roll. Mina ord till dig är bara luft som inte du märker av, käraste du. Men jag hoppas så mycket att jag hann visa vad jag känner för dig innan ditt minne försvann. Vi två, vi har framtiden bakom oss. Så är det bara, hur svårt det än är att inse. Även jag har svårt med minnet ibland och det oroar mig. Den dagen jag inte längre känner igen dig, då vill jag inte leva längre. Gode Gud, hoppas jag hinner dö före det händer. Jag ska ta hand om dig Erik, in i det sista, även om du snart inte längre minns vem jag är, säger hon och klappar sin make på kinden.

En timme senare har alla de hon älskat som inte längre är i livet fått en bukett blommor på sina gravar. Karin och Erik sitter nu och väntar på färjan nere i hamnen. Hon ser den komma åkandes långt där borta i sydväst. En stund senare går de ombord på färjan och lämnar Utö för sista gången i sina liv.